친구 여동생이 나한테만 짜증나게 군다

vol. 4

작가
미카와 고스트
일러스트 **토마리**

"너, 혹시…… 쑥스러워 하는 거야?"
"정치행정이론의 영역에서 정의된 귀여움을 지녔다는 거군요!"

© tomari
"흐, 흐음~,
선배는 저를,
『일반적으로』 귀엽다고
생각하는 건가요."
?!
"공공성 면에서
매우 뛰어난 귀여움을
지녔다는 거네요."

“마시로의 최고의 선생님을……
바보 취급하지 마!”

“마시로를…… 진정한 의미에서,
지켜주는 건 스미레 선생님뿐인걸.”

"기다리게 했네~!"
"어라~? 기대가 어긋난 듯한 표정이네요?"
"선배는 대체 뭘 기대한 거예요~?"

“기, 기다렸지?
……아키.”
© tomari

CONTENTS

친구 여동생이 나한테만 짜증나게 군다

vol. 4

미카와 고스트 지음
토마리 일러스트
이승원 옮김

000 ····· 지난 권의 줄거리 ·····

억지 친분 사양, 여친 사절, 친구는 진정으로 가치 있는 한 명만 있으면 된다. 『청춘』의 모든 것은 비효율적이며, 가혹한 인생 레이스에서 살아남기 위해서는 낭비를 극한까지 줄여야 한다— 그런 신조를 가슴에 품고 있는 나, 오오보시 아키테루의 방에 눌러앉은 애가 있다.

코히나타 이로하. 여동생도, 친구도, 하물며 애인도 결단코 아닌, 그저 친구 여동생.

짜증나고 성가신 후배인 이로하에게는 비밀이 하나 있다.

그것은 그녀가 정체불명의 애플리케이션 게임 제작 집단 《5층 동맹》의 숨겨진 멤버라는 것이다.

《5층 동맹》는 프로듀서인 나, 천재 프로그래머 OZ인 코히나타 오즈마, 일러스트레이터 무라사키 시키부 선생님인 카게이시 스미레, 라이트노벨 업계의 초신성 베스트셀러 작가면서 어째선지 우리에게 협력해주는 시나리오 라이터 마키가이 나마코. 이렇게 네 명이 중심인 창작 집단이다.

대표작인 『검은 새끼 염소가 우는 밤에』는 시장에 거의 없는 본격 호러×매력적인 캐릭터의 운영 콘텐츠로 인기를 끌고 있으며, 많은 유저가 즐기고 있다.

여러 이유로 꿈을 포기해야만 했던 재능 넘치는 동료들을 거대 엔터테인먼트 기업인 허니플레이스 워크스에 취직시키기 위해, 나는 삼촌인 츠키노모리 사장과의 연줄을 이용하기로 했다.

팀을 통째로 받아주는 조건으로 상대방이 제시한 것은 사장의 딸— 츠키노모리 마시로와 가짜 연인 사이를 졸업할 때까지 유지하는 것, 그리고 진짜로 사귀어선 안 된다는 것이었다.

원래 목적을 위해 연애나 청춘 같은 것에 휘둘릴 생각이 없었던 나에게 그 계약은 무난한 조건처럼 느껴졌지만, 마시로의 「진심어린 고백」과 스미레와의 「결혼 소동」 등에 휘말리면서 원치 않게 러브코미디 시공간에 빨려 들어갔다.

그런 와중에 스미레는 교사를 관두고 일러스트레이터의 길을 나아가기 위해, 당주의 약점을 잡아서 반기를 들기로 결의한다. 물론 나와 동료들은 협력하기로 했다.

그리고 스미레의 고향, 카게이시 마을에 전해져 내려오는 결연의 의식— 커플 성공률 100%라는, 작가가 밤샘 직후의 텐션으로 짠 듯한 설정의 행사에, 나는 스미레로 위장한 이로하와 함께 참가하게 된다. 우리는 그따위 비과학적인 의식이 실제로 존재할 리 없다고 여겼지만…….

『러브호텔이잖아.』

의식의 무대로 지정된 사당 안은 영락없는 러브호텔이었습니다. 정말 감사합니다.

……………………이걸 대체 어떻게 수습할 거야?

등장인물 소개

오오보시 아키테루

주인공. 고등학교 2학년. 청춘을 낭비하는 걸 질색해서, 친구도 딱 한 명뿐인 극도의 효율충. 온갖 면에서 평균적인 고등학생이라고 자칭하지만, 실은 어플리케이션 게임 제작 집단 「5층 동맹」의 프로듀서. 평소 효율 좋은 트레이닝을 거르지 않고 수행한다.

코히나타 이로하

고등학교 1학년. 오즈마의 동생. 밝고 상냥하며 청초한 우등생으로 학교에서 평판이 매우 좋다. 하지만 아키테루한테는 묘하게 끈적끈적 짜증나게 치근덕댄다. 혈관에 에너지 드링크가 흐르고 있다는 소문조차 존재하는 체력 괴물.

츠키노모리 마시로

고등학교 2학년. 아키테루의 동급생이자 사촌. 아키테루의 가짜 여친이기도 하다. 아키테루에게 고백한 후, 맹렬히 대시 중. 인기 작가 마키가이 나마코라는 이면의 얼굴을 지녔다. 담당 편집자인 카나리아로부터 체력을 키울 것을 요구받았으나 무시 중.

코히나타 오즈마

고등학교 2학년. 아키테루의 유일한 친구. 아키테루를 절대적으로 신뢰한다. 미남에 호인. 최근 미묘하게 어두운 면모가 부각되고 있다. 「5층 동맹」의 버팀목이라 할 수 있는 천재 프로그래머. 요즘 전 세계의 계단을 에스컬레이터로 교체하고 싶다고 생각한다.

카게이시 스미레

《맹독의 여왕》이라 불리며 학생들에게 두려움의 대상인 아키테루의 담임 교사. 마감을 절대 지키지 않는 민완 일러스트레이터 「무라사키 시키부 선생님」. 노멀, 리버스, BL, 백합 등 뭐든 오케이인 넓은 도량을 갖춘 25세. 술을 좋아한다. 운동은 가끔 하지만 그 뒤엔 무조건 맥주를 마신다.

prolgue …… # 프롤로그 ……

짹짹짹…….

아침. 참새의 지저귐이 들려왔다. 정신이 멍한 가운데, 눈을 비비며 몸을 일으켰다.

처음 보는 천장. 처음 보는 침대 안.

춥다.

그럴 만도 했다. 나는 실오라기 하나 걸치지 않고 있었다.

옆에서는 쿨~, 쿨~ 하는 소리가 들려왔다.

문뜩 그쪽을 쳐다보니, 낯익은 친구 여동생이, 낯선 모습으로 자고 있었다.

아, 그래.

러브호텔 같은 사당 안에 갇힌 나와 그녀는— 친구의 여동생, 코히나타 이로하는…….

한 여름밤의 음란한 꿈에 휘말려, 하룻밤을 같이 보내고 말았다.

이렇게 됐으니, 어쩔 수 없지.

나는 책임을 지기 위해, 이로하와 결혼을 하기로 했다. 그리고 평생의 반려자인 그녀를, 행복하게…….

『인마, 오즈. 멋대로 이상한 독백을 날조하지 마.』

『누구나 꿈꾸는 최고의 전개를, 한순간의 덧없는 꿈이라는 형태로나마 실현해주고 싶었거든…….』

『아침까지 시간대를 스킵하기에는 이르단 말이야.』

『오케이. 천천히 보여줘. 실제 상황도 존귀함 그 자체겠지?』

『내가 알 바 아냐.』

*

남자란 생물은 좋아하는 애한테 심술을 부리고 싶어 한다.

언제부터 그 『가설』이 가장 그럴듯한 『진실』로 여겨져 왔는지는 모르지만, 적어도 나에게 있어 그것은 완벽한 거짓말이다.

전략적으로, 효율적으로 연애 전쟁을 치르려 한다면, 좋아하는 사람에게 불합리한 심술을 절대 부리지 않을 것이다.

좋아하는 상대에게 일부러 심술을 부리는 녀석, 일부러 차가운 태도를 보이는 녀석은 라이트노벨이나 애니메이션 안에만 존재하는 가공의 존재다. 현실의 여자애는 좋아하는 남자에게 환하게 웃어 보이며, 명명백백하게 자신의 마음을 드러낼 거라고 생각했다. ……하지만, 말이다.

만약 그것을 『긍정』한다면, 큰 문제 하나가 생겨난다.

"이대로 이 의식의 마력에 휩쓸리고 싶다— 제가 그렇게 말하면, 선배는 곤란할까요?"

카게이시 마을이 위치한 산속, 벌레 소리조차 들리지 않는 밤의 정적이 흐르는 가운데.

커플 성공률 100%인 약혼 의식이라는 IQ 3 수준의 이벤트가 한창 진행 중.

이 의식의 무대, 유서 깊은 일본풍 공간에 핑크빛 공간을 억지로 덧씌운 듯한 내부 장식의 러브당(AKI 언어. 러브호텔 같은 내부 장식의 사당이란 의미)에서 단둘뿐.

눈동자가 촉촉이 젖고 볼이 달아오른 채, 나의 속내를 살피려는 듯한 억양으로, 그렇게 묻는다면…….

그 언동에는 사람을 가지고 놀려는 듯한 느낌이 어려 있지 않았고, 치와와를 쓰다듬듯 사람의 역린을 마구 주무르는 뻔뻔한 태도 또한 아니었다.

내가 뭐라고 대답할지 몰라 걱정에 잠긴, 요조숙녀 같은 얼굴로 그렇게 묻는다면…….

그것은 나를 좋아한다—고 말하는 것이나 다름없지 않을까?

물론 그렇다고 해도 방심할 수 없는 이가 바로, 친구 여동생인 코히나타 이로하다.

1분 전까지만 해도 청초한 모습을 보였으면서, 불쑥 전부 연기였다고 늘어놓는 녀석이 바로 이 후배다.

자, 해라. 언제든 해봐라. 아니, 제발 해줘.

네가 이 상황에서 짜증나게 굴어 준다면, 나는 안심이 될 거라고.

얼마나 시간이 흘렀을까?

시계가 없는 이 장소에서는 심장 뛰는 소리만이 시간의 경과를 알리고 있었다.

아무리 기다려도 소녀의 가면은 벗겨지지 않았고, 아무리 기대해도 짜증나게 굴지 않았다.

만약 이대로 아무 일도 일어나지 않아서, 이로하의 질문에 답해야 할 정도로 시간이 흐른다면…….

My 연애 철학에 비춰봐도 완전한 호의를 내비친 이로하는, 나에게 연애 감정을 품고 있다고 할 수 있는 걸까?

아니다. 그런 건 지금 중요하지 않다.

나는, 어떨까?

만약 이게 그녀의 본심이며, 이 복숭앗빛 공간의 마력에 휩쓸려 어떤 식의 어프로치를 감행하고 있는 것이라면, 나—오오보시 아키테루는, 이로하에게 어떤 감정을 품어야 할까.

어떤 감정을 품는 것이, 정답일까?

*

『고오오오오오오오오오올——인!!』

『인마. 멋대로 결판 난 듯한 분위기를 조성하지 말라고.』

등을 통해서는 부드러운 침대의 쿠션이 느껴졌고, 이로하와 밀착한 가슴 쪽에서는 심장과 폐가 앙상블을 연주하고 있었다.

리본이 스르륵 풀리는 소리가 들렸다.

이로하는 땋고 있던 머리카락을 풀면서, 한 단계 더 무방비해졌다.

마치 굳은 결심을 한 소녀처럼…….

몸이 확 달아오르는 것을 자각한 내가 목덜미 쪽에 있는 이로하의 얼굴을 쳐다보자, 그녀의 발그레해진 얼굴, 그리고 술에 취한 것처럼 초점이 맞지 않는 눈과 조우했다.

어이, 그 눈빛은 뭐야. 대체 **어느 쪽인 건데**.

마치 카드 게임을 하고 있는 것 같았다.

『좋아해』와 『거짓말』의 카드를 뒤집어서 깔아둔 후, 그 카드가 뭔지 맞추면 승리. 틀리면 패배.

현재 이로하는 명백하게 『좋아해』라고 선언하며 카드를 제시했다.

내가 그 말에 진지하게 답한다면, 어떻게 될까?

『메롱~! 그냥 놀린 거예요~☆ 에헤헤, 가슴이 뛰었어요~?』

……같은 식으로 짜증나게 굴 것이며, 아마 그 후로 한 달 동안은 이 일로 나를 놀려댈 것이다.

하지만 만일 진심이라면?

솔직하게 받아들이며, 제대로 답해주는 것이 남자의 도리 아닐까. 설령 이걸 가지고 놀림을 당하더라도, 나만 수치를 겪는 게 낫지 않을까. 이 상황에서 거짓말이에요~☆ 같은 소리를 듣는다면 짜증날 것이며, 건강에 좋은 혈에 16연타가 확정적으로 들어가겠지만 말이다.

나는 일전에 이로하의 방에 쳐들어가서 사과했던 날을 떠올렸다. 마시로에게 고백을 받고 들뜬 나는 《5층 동맹》에게 있어 최선의 행동을 취하지 못했고, 그 바람에 이로하는 기분이 상하고 말았다.

청춘을 내팽개치고라도 이로하를 프로듀스하겠다— 《5층 동맹》 멤버가 최고의 활약을 할 수 있도록 최선을 다하겠다— 그날, 나는 이로하 앞에서 다시 맹세했다.

그러니 이번에도, 그냥 어영부영 넘어갈 수는 없다.

설령 이로하가 어떤 감정을 품고 있더라도, 나는 청춘에 정신이 팔려서는 안 된다.

나는 이제까지 청춘의 편린을 발견할 듯한 상황에 부닥치더라도, 내 안의 냉정하고 객관적인 부분을 이용해 그것에 뚜껑을 덮었다. 그 모든 것은 오즈와 이로하, 스미레와 한 약속을 위해서다.

하지만 그것이 가능했던 건, 내가 딱히 좋아하는 사람이 없어서다. 그리고 타인의 진심 어린 호의를 느낀 적이 없었던 것에 지나지 않는다.

만약 그 전제조건이 무너지더라도 강철 같은 의지를 발휘할 수 있을까? 그것은 전례가 없는 영역이다.

무슨 말인지 이해가 안 된다고? 오케이, 그럼 빙빙 돌리지 말고 딱 잘라서 말하겠어.

어쩌면 나는, 이로하를 좋아하는 걸지도 모른다.

온몸을 흐르는 내 피가 끓어오르는 것을 느낀 순간, 이 가설은 엄청난 설득력을 지녔다.

만약 그렇다면, 이로하의 마음이 어떠냐는 건 아무래도 상관없다.

이 녀석이 나를 어떻게 생각하든, 나는 나다. 내 마음을 어떻게 정리할지가 중요할 뿐이다.

만약 이로하를 좋아하는 거라면, 나는— 나는—…….

"곤란해!!!"
"……어?"

나는 눈을 꼭 감은 채 이로하의 몸을 살짝 밀어냈다.

밀착 상태에서 벗어나기 위해 어쩔 수 없이 만진 팔의 부드러운 감촉조차도 나에게는 독이나 다름없었지만, 이대로 음란한 분위기에 휩싸여 있는 것보다는 훨씬 낫다고 생각했다.

"솔직하게 말하겠어! 너와 단둘이서 이런 음란한 분위기의 공간에 갇혀 있으니, 매우 난처해!"

"그, 그런, 가요……."

얼이 나가 있던 이로하는 내 말을 이해하더니, 풀이 죽었다.

이대로 확 끌어안으며 덮치고 싶단 욕구가 날뛰는 것을 참으며, 나는 말을 이었다.

"차, 착각하지 마. 네가 여자로서 매력이 없다는 건 아냐. 그러니까, 이대로 너를 끌어안고 싶은 욕구가 치밀어 오른다고나 할까—."

"그, 그래요?"

"——이이이이이, 일반론! 이건 어디까지나 일본의 일반적인 남자의 감각을 이야기하는 거야!!"

너무 직설적으로 칭찬해서 그런지, 이로하도 약간 당혹스러워했다.

나는 허둥지둥 방금 실언을 둘러댔다.

"흐, 흐음~. 선배는 저를 『일반적으로』 귀엽다고 생각하는 건가요."

"그, 그래. 어디까지나, 일반적으로, 말이야."

"공공성 면에서 매우 뛰어난 귀여움을 지녔다는 거네요."

"아니 그렇게 고상한 생각을 한 건 아냐."

"정치행정이론의 영역에서 정의된 귀여움을 지녔다는 거군요!"

"그런 말 안 했어. 왜 쓸데없이 인텔리전스한 표현을 쓰는 건데?"

"흐, 흐음~. 그런가요~. 선배는 그렇게 이 이로하 님을 좋아하는 거군요. 하긴, 어쩔 수 없죠. 제 귀여움은 공공사업급 인프라니까요."

"……너, 아까부터 이상해."

말투는 평소처럼 짜증났지만, 괜히 어려운 단어를 골라 쓰고 있었다.

뭐, 전교 1등인 이로하라면 어려운 단어도 얼마든지 써먹을 수 있을 것이다.

하지만 그걸 이렇게 맥락 없이 쓰는 걸 보면, 역시 아까 질문은 평소 짜증나는 짓의 연장선……인, 거겠지?

응. 그래. 틀림없어.

아까부터 이 녀석의 눈이 빙글빙글 돌고 있지만, 그건 아마—.

"너, 혹시…… 쑥스러워하는 거야?"

"으윽?! 무무, 무슨 소리를 하는 거예요, 선배! 완전 자의식 과잉이네요!"

"그래? ……뭐, 네 말이 맞겠지."

이로하의 태도가 좀 이상했다. 평소에는 이런 소리를 하는 녀석이 아니었다.

하지만 저 당혹스러워하는 모습이 내 혼란을 가라앉혀줬고, 냉정함을 되찾을 수 있도록 도와줬다.

가슴은 여전히 크게 뛰고 있지만, 그래도 머릿속을 정리할 수는 있…….

"솔직히 말하자면『그냥 이 분위기에 휩쓸려도 괜찮겠다』고, 한순간 생각했어."

"선배……. 그럼, 선배는, 저를……."

"하지만, 안 돼. 그럴 수는, 없어."

그것은 내가 미숙하고, 이로하가 지닌『여성스러움』에 매료된 것에 지나지 않는다.

평소에는 이성으로 억누르고 있는, 사춘기 남자의 욕구가 고개를 치켜든 것에 지나지 않는다.

게다가 그것은 내가 이로하를 실제로 어떻게 생각하는지와 아무런 상관이 없다.

"《5층 동맹》이 허니플레에 입사하기 위해서는 츠키노모리 사장과의 약속을 지켜야만 해. 마시로가 고등학교를 졸업할 때까지, 나는 그 녀석의 연인이어야 한다고. 여기서 너와 무책임한 짓을 할 수는, 없어. ……《5층 동맹》을 위해 전력을 다하겠다고, 너와도 약속했잖아."

말을 하고 보니, 그 결론은 우리의 관계를 비춰봤을 때 매우 지당했다.

청춘을 버리고, 학생다운 사랑놀음에 휘둘리지 않으며, 목적을 이루기 위해 전력을 다한다.

그것은 오즈를 위한 일이자, 이로하를 위한 일이며, 스미레를 위한 일일 뿐만 아니라— 무엇보다 나 자신을 위한 일이다.

애초에 나는 그런 이유로 마시로의 고백을 거절했다. 그런데 이 상황에 휘둘린다면, 용기를 내서 고백한 마시로에게도 실례다.

그러니 이번에도 그 프로토콜에 따라 의사 결정을 했을 뿐이다. AI가 내린 듯한 결론이다.

하지만, 평소와 다른 점이 있다면…….

“너는, 귀여워. 귀여운 애와, 이런 장소에 있으니, 나도 흥분되고, 분위기에 휩쓸리고 싶어져. ……하지만, 한순간의 성욕보다 백배는 중요한 게 있잖아.”

“……아하하☆. 뭐, 그럴 줄 알았어요.”

“남자가 여자에게 이런 말을 하는 게 최악의 짓이라는 건 알아.”

“맞아요. 여자 마음을 모르는 망할 남자는 죽어! 하고 마시로 선배라면 말할걸요?”

“자주 들어.”

“아하하♪ —그래도, 저와의 약속을 최우선으로 삼아준

거잖아요. 칭찬해줄게요."

"네가 머리를 쓰다듬어주니, 기분이 복잡하네."

"어리광부리고 싶어졌어요? 자기 분야에서 완벽한 사람일수록 갓난아기 플레이를 좋아한대요."

"……그딴 잡학은 알고 싶지 않았어……."

실제로 이로하의 체온을 두피로 느끼니 기분이 좋았고, 이대로 몸을 맡기고 싶다는 느낌이 들었다.

한동안 자애롭게 내 머리를 쓰다듬어주던 이로하가 내 귓가에 살며시 입을 가져가더니…….

"선배는 정말 못 말린다니까요. 뭐~, 그런 면을 좋아하지만요♪"

"……윽!"

놀리듯 그렇게 말한 이로하는 깔깔 웃었다.

그 짜증나는 웃음소리에서는 평소 분위기의 징후가 느껴졌지만, 한편으로는 평소와 확연하게 다른 웃음소리란 느낌이 들었다.

좋아하지만요. ―이로하가 경솔하게 입에 담은, 종이보다 가벼운 그 말.

진심이 아닐 확률이 높은 그 말을 듣고, 치사량에 가까울 정도로 내 감정이 흔들리고 말았다.

지능지수가 낮은 표현을 쓰자면, **가슴이 콩닥콩닥**했다.

지금까지는 이런 적이 없는데, 왜 이러는 걸까.

역시 나는 이 짜증나는 여자애를— 아니, 아직은 모른다.

이로하를 좋아하는 걸지도 모른단 가설이, 사실로 증명된 것은 아니다.

만약 그렇다면 마시로에게 미안하잖아. ……진짜로 말이야.

한 번 생각해줬으면 한다.

아까부터 심장이 시끄럽게 뛰고 있는 건 분명하지만, 인간의 가슴은 연애적인 시추에이션에서만 뛰는 걸까?

일본 최고의 속도와 높이를 자랑하는 롤러코스터에 탄다면 누구라도 심박수가 흐트러질 것이며, 뛰어난 배우가 연기하는 귀신의 집에 들어간다면 어떨까? 가슴이 두근거릴 것이다. 그런 것을 연애 감정으로 인식했다간, 이 세상 모든 유원지가 하룻밤 커플 제조 랜드가 되어버린다.

만약 한밤중에 홀로 걷다가 쫄쫄이를 입은 아저씨와 마주친다면 어떨까? 분명 가슴이 뛰겠지만, 그것은 위험을 느낀 생물의 본능에 지나지 않는다. 그딴 것까지 연애 감정으로 인식했다간, 이하 생략.

“지, 지금은 너무 놀리지 마. 이 분위기에선…… 위험하다고.”

“에헤헤, 선배를 난처하게 만들었네요☆”

“이, 인마.”

“괜찮잖아요~. 가슴이 콩닥콩닥거리는 선배의 귀여운 얼굴 좀 구경하자고요. 그런다고 벌 받지는 않을걸요?”

이로하는 혀를 쏙 내밀며, 장난스레 웃었다.

그 짜증나는 행동 또한 찬란히 빛나는 것처럼 보이다니, 나는 이미 중증인 것 같았다.

"아무튼, 그만해. 나는 아무 일 없이, 이 밤을 보내고 싶어. ……알았지?!"

"네~."

재미없다는 듯이 볼을 부풀리며 나한테서 떨어진 이로하는 침대 가장자리에 앉아서 발을 흔들어댔다.

아무튼 이대로 충동적인 첫날밤을 보낼 위기에서 벗어난 나는 가슴을 쓸어내렸다.

진심이다. 아무 일도 없어서, 진짜로 다행이다.

"그건 그렇고…… 잠이 깨버렸네."

"이 시추에이션에서 깊이 잠드는 건 무리겠네요~. 저도 눈이 초롱초롱해요. 선배 탓이니까, 뭔가 재미있는 개인기라도 해봐요."

"말도 안 되는 소리 하지 마. 막 데뷔한 신인 예능인도 아니고, 그런 개인기가 있을 리 없잖아."

그런 별것 아닌 대화를 나누다 보니, 우리는 평소 같은 느낌으로 되돌아갔다.

아직 이로하의 일거수일투족과 그녀의 몸에 감도는 향기가 가슴에 두근거렸지만, 아까처럼 탁류와도 같은 감정에 휩싸이지는 않았다.

몸가짐을 바로 한 나와 이로하는 침대에 나란히 앉은 후,

차분한 분위기 속에서 이야기를 나눴다.

"참, 선배. 《5층 동맹》과 스미레 쌤 관련으로 좀 신경 쓰이는 게 있는데요."

"흐음, 별일이네. 그게 뭔데?"

"선배가 멤버 전원을 꼬드겨서 《5층 동맹》에 억지로 끌어들인 건 아는데—."

"어이, 말 좀 가려서 해. 그러니까 내가 인간쓰레기 같잖아."

"잘 생각해보니, 저는 선배가 다른 사람들과 구체적으로 어떤 약속을 했는지 몰라요. 팀을 통째로 허니플레에 입사시켜서 스미레 쌤을 교사가 아니라 전업 일러스트레이터로 만들어주겠다는 건 알고 있지만요. **대체 왜 허니플레에 들어가면 교사를 관둘 수 있는 거예요**?"

"아~. 그러고 보니 그런 심각한 이야기는 피했었지."

불안한 지반 위에 세운, 금방이라도 무너질 듯한 모래성. 그것이 바로 《5층 동맹》이다.

마키가이 나마코 선생님은 일단 제쳐두고, 다른 이들은 하나같이 무거운 짐을 짊어지고 있다.

아니, 남들이 보기에 그것은 딱히 무거운 짐이 아닐지도 모른다.

하지만 본인에게 있어서는 까딱 잘못했다간 자신을 짓뭉개버릴지도 모르는 무시무시한 것이기에, 나는 시리어스한 이야기를 피했다.

"뭐, 그래도 스미레 선생님에 관한 건 이야기해줘도 되겠지. 어떤 결말을 맞이하든, 오늘 안에 결판이 날 테니까."

"오늘 안에, 본가의 문제가 해결되는 거예요?"

"그게 아냐. 스미레 선생님의 문제가 해결되는 거야."

"……어떻게 다른데요?"

"그 사람이 안고 있는 가장 커다란 문제가 뭐라고 생각해?"

질문에 질문으로 답한다. 이로하는 그 문제 있는 화법을 지적하지 않고, 으음~ 하고 신음을 흘리며 생각에 잠겼다. 그리고 곧 고개를 들며 답했다.

"여교사인데도 쇼타콤인 점!"

"딩동댕! ……하지만 유감스럽게도 지금은 시리어스한 시간이니까 틀렸어."

"너무해~."

"도망치는 버릇이야. 곤란한 상황에 맞서지 않고, 문제를 나중으로 미루려고 해."

"아하, 무라사키 시키부 선생님의 특기, 『마감이 지난 후부터 진심』! ……어, 그것도 개그잖아요. 시리어스한 시간은 어디 가버린 거예요?!"

"기다려봐. 그건 그 인간이 일상적으로 긴장 완화를 위해 벌이는 우스꽝스러운 헛짓거리지만……."

나는 지금쯤 카게이시 저택을 뒤지느라 바쁠 동료를 떠올리며, 눈을 가늘게 떴다.

확실히 웃긴 소리를 하는 것처럼 보일지도 모른다.

드디어 찾아온 시리어스는 대체 뭐였던 거냐며, 우리를 관찰하는 신이 있다면 발끈했을지도 모른다. 하지만…….

"거기에 본질이 있어. 스미레 선생님이란 인간이 안고 있는 문제의 본질 말이야."

"저기, 선배! 아무리 생각해봐도 시리어스해지지 않는데요!"

"즉, 가문의 규율 탓에 교사가 될 수밖에 없었다는 이야기가, 그 사람의 착각이란 거지."

"넷?! 하지만 꽤 엄격한 가문이잖아요? 이딴~ 걸 입혀서, 요상한 의식까지 치르게 하는걸요."

이로하는 약간 당황한 듯한 반응을 보이며 하얀 전통 혼례복의 소매를 들어 보였다.

시대착오적인 그 광경은, 전통을 중시하는 카게이시 가문의 가치관을 구현하고 있는 것 같았다.

"카게이시 가문이 전통을 지키는 것과, 스미레 선생님이 거기에 따라야 한다는 건 이퀄이 아니잖아."

"으으으음~?"

"본심을 밝힌 후, 가문의 의향 같은 건 무시하면 돼. 기본적 인권이 존중되는 현대 사회에서, 아무리 전통과 역사가 있는 일족일지라도 개인의 의지를 속박할 수 없어."

"아니, 잠깐만요. 역사나 전통이나 가문의 규율 같은 건, 그렇게 가벼운 게 아닌데……."

"이 나라는 법치국가야. 법보다 무거운 건 거의 없다고."

"완벽한 정론이네요. 확실히 그 말이 옳지만, 으음……."

이성으로는 이해할 수 있지만, 감각적으로 받아들일 수 없는 듯한 이로하가 할 말이 있는 것처럼 입을 오물거렸다.

무리도 아니다. 냉철한 사실 인식은, 그것이 아무리 올바를지라도 때로는 부정을 동반하는 것이다.

"하지만, 스미레 선생님은 그런 식으로 딱 자르지 못해. 그건 알아. 방금 그건 어디까지나 논리적, 법률적 이야기야."

"그럼……."

"그러니 이건 심정적인 문제야. 겁 많고 도망치는 버릇이 있는 스미레 선생님— 아니, 무라사키 시키부 선생님이라도, 절대적이고 거대한 뒷배가 있다면 어떨 것 같아?"

"아……! 안도감의 차원이 다를 거예요! 세계적인 대기업, 허니플레의 오퍼를 받는다면……!"

"그런 거야. 이건, 극약처방이지."

인생을 걸어야겠다는 생각이 드는 천재일우의 기회가 찾아온다면.

거기까지 판을 깔아준다면, 그제야 처음으로 각오를 다질 수 있을 것이다. 그렇게 치명적일 정도로 도망치려 하는 버릇이 바로 카게이시 스미레가 안고 있는 문제의 본질이자—그녀를 옥죄는, 저항할 수 없는 사슬의 정체다.

"혹시 일러스트를 악랄하게 받아냈던 것도……."

"도망치는 버릇을 교정하기 위한 훈련의 일환이었어. 허니플레에 들어가지 않더라도 이 점을 극복한다면, 그걸로 시키부의 문제는 해결되거든."

"아하……. 오랜 의문이 풀렸어요!"

"오래됐다고 할 만큼 우리의 활동 기간은 길지 않았는데…… 어떤 의문인데?"

"『검은 새끼 염소가 우는 밤에』의 갱신에 관한 거예요. 스미레 쌤은 거의 항상 마감을 어기는데, 게임 자체의 갱신 일정에 차질이 생긴 적은 거의 없잖아요. 일러 완성 후의 작업에서 엄청나게 무리를 하는 거라고 생각했는데—."

"아, 그것 말이구나. 처음부터 마감을 어기는 것을 전제로 스케줄을 짜고 있어. 그 사람의 성격은, 코미컬한 의미에서도 시리어스한 의미에서도 하루아침에 뜯어고칠 수 없거든."

완충재를 겹겹이 끼운 스케줄링이다.

그런 식으로 스미레의 도망치는 버릇을 조금씩 고치면서, 허니플레 입사라는 극약처방 또한 동시에 진행한 것이다.

"우와아…… 저 몰래, 그런 생각을 쭉 해온 거네요."

"뭐, 맞아."

"뭐랄까, 선배는 진짜 대단해요. 아니, 바보 같달까요?"

"시비 거는 거냐?"

"노려보지 말아요~. 보통은 그렇게까지 남의 인생을 신경 써주지 않는다고요."

"그런 거창한 게 아니야. 봉사 정신 같은 건 눈곱만큼도 없어. 서로를 이용할 수 있으니, 하는 것뿐이라고."

"그건 모순이에요~. 그냥 부려 먹기만 할 거면, 지금 관계를 질질 끌고 가도 되잖아요."

"……아, 그건 말이지. 으음…… 전업 일러스트레이터가 되어준다면, 리소스를 확보하기 쉬울 거다, 같은 거랄까?"

"겸업 상태에서도 일러스트를 계속 그려주고 있으니, 현상 유지로도 오케이일걸요? 그런데 일부러 도망치는 버릇을 고쳐줘서 『자유』롭게 만들어주려고 하는 거잖아요. 그게 무슨 효율충이냐고요~."

입가가 히죽거리고 있는 이로하가 내 얼굴을 아래편에서 올려다보았다.

진짜 짜증나는 녀석이다. 남의 마음을 멋대로 들여다보려고 하지 말라고.

"선배는 사람이 너무 좋다고요. 오늘 이 타이밍에, 스미레 쌤의 문제를 해결할 작전을 결행했잖아요. 진짜로 문제가 해결되면 어쩔 거예요?"

"나쁠 건 없잖아. 최대한 빨리 해결된다면, RTA(리얼타임 어택) 성공이야."

"저~기~, 저를 바보라고 생각해요? 눈치 못 챌 리가 없잖아요?"

"……쳇."

너처럼 감이 좋은 꼬맹이는 싫어.

"오늘 스미레 쌤의 문제가 해결된다면, 허니플레에 들어갈 필요가 없어지잖아요? 어찌 보면 이제까지는 겸업이란 약점을 쥐고 있었기 때문에 《5층 동맹》에서 독점할 수 있었어요. 하지만 전업 일러스트레이터로 활동하게 된다면…… 진정한 의미에서 자유로워진다면, 선배한테 손해일 것 같은데요."

"덜렁이 캐릭터면서 때때로 날카로운 지적 좀 날리지 말라고……."

그 모순이라면 옛날 옛적에 눈치챘다.

정확하게는 눈치채지 못한 척 해왔지만, 마키가이 나마코 선생님의 담당 편집자인 카나리아 때문에 직시하게 됐다.

나는 탁월한 재능을 지녔지만 여러 이유로 그것을 살리지 못하는 자들의, 그 불합리한 상황을 어떻게든 해주고 싶다고 생각한다.

그것을 위한 가장 효율적인 수단으로서, 철저하게 이기주의에 입각해 《5층 동맹》을 운영하고 있다.

하지만 지극히 이타주의적인 동기— 자신이 아니라 타인의 재능을 최대한 살린다는 마음이 출발점인 만큼, 언젠가 수단과 목적이 대립하는 순간이 찾아온다.

"스미레 쌤의 자유와, 《5층 동맹》의 이익. 선배는 어느 쪽이 더 중요해요?"

"그건……."

일본풍의 사당 안이, 위화감으로 가득 찬 핑크색 빛에 휩싸였다.

어른스러운 색기를 풍기는 연출 좀 자제해줬으면 좋겠다.

"입 다물고 있어봤자, 답은 알거든요? 선배는 참 좋은 사람이잖아요."

"……이 나라는 기본적 인권을 존중한다고 아까도 말했지? 그건 그 사람과 가문 사이의 관계만이 아니라, 나한테도 해당해. 선택하는 건 스미레 본인이야. 내가 이러쿵저러쿵할 권리는 없어."

"즉, 스미레 쌤이 우선인 거네요?"

"아냐. 나는 《5층 동맹》이 최우선이야. 나한테 선의를 기대하면 곤란하다고 너희한테 말했지? ……그러니 반대 경우도 마찬가지야."

보답을 원하지 마라. 나 또한 보답을 원하지 않겠다.

기대받지 않고, 기대하지 않는다면, 배신을 당하고 상처입을 일도 없다.

"정말~, 그렇게 배배 꼬인 소리 안 해도 되잖아요! 다크히어로 취향은 이성한테 인기 없다고요!"

"그래서 나는 실제로도 인기 없는 거야."

"부우…… 히윽?!"

"삐친 척 해봤자 내 생각은 달라지지…… 어, 방금 그 소리는 뭐야?"

반론을 하려던 이로하의 입에서, 찌부러진 개구리의 비명 같은 소리가 흘러나왔다.

이 비유를 처음으로 생각해낸 사람은 개구리의 압사 현장을 어떻게 목격한 걸까?

아니, 한심한 의문을 제쳐두자.

"이로하? ……왜 그래?"

"아, 아무것도 아니에요."

"그래? 그럼 됐어."

이로하는 질린 듯한 미소를 지으며 실내를 두리번거렸다.

그리고, 그녀의 얼굴이 새파랗게 질렸다.

"마, 말도 안 돼……. 어, 없어……!"

"뭐가 말이야?"

"아, 아냐, 아냐. 말도 안 돼. 어딘가에 숨겨져 있을 거야. 여기 아니면, 여기. 그, 그래. 밖에 있을지도 몰라!"

이로하는 좁은 러브당을 이 잡듯이 뒤지며 뭔가를 찾았다. 그리고 그 무언가를 찾지 못한 그녀는 허겁지겁 신발을 신고 밖에 나가더니, 곧 다시 돌아왔다.

"아무 데도…… 없어……."

이로하가 절망에 찬 표정을 지었다. 그 얼굴에서는 땀이 폭포수처럼 쏟아지고 있었다.

낯빛은 빨강파랑노랑, 그리고 보라색—.

망가진 신호기처럼 시시각각 색깔이 변하고 있었다.

—명백하게 이상했다.

"어디 안 좋은 거야? 저기—."

"마, 만지지 마세요!!"

"으, 응. ……당해보니 충격이 상당하네."

"아, 딱히 선배를 싫어하는 게 아니라……. 으음, 저기, 으으~……!"

이로하는 몸을 배배 꼬더니, 허벅지를 요염하게 비벼댔다.

"진짜로, 왜 그래?"

한참 우물쭈물하던 이로하는 결국 저항을 포기한 건지, 천천히 입을 열었다.

"방금까지의 시리어스한 분위기를…… 망쳐서, 죄송해요……."

"잘 모르겠지만, 이런 절망감은 너한테 어울리지 않아. 최후의 순간까지 희망을 버리면 안 돼. 포기하면 그 순간이 바로 시합 종료라고, 모 유명 만화에 나왔다고."

"선배……!"

만화였다면 커다란 눈물방울이 맺힌 표정이 커다란 컷에 확대 표현됐을 듯한 느낌으로…….

이로하는 털썩 무릎을 꿇더니, 애원하듯 이렇게 말했다.

"화장실에…… 가고 싶어요……."

……저기, 현실에서는 진짜로 심각한 상황이거든?

© tomari

*

『여자애는 좋아하는 사람과 같이 있으면 오줌이 마려울 때가 있나 봐. 호의에 대한 과학적 증거를 추구하는 아키라면, 이제 안심이 되겠네?』

『그딴 계기로 연애 감정을 눈치채는 건 딱 질색이니까, 그냥 모르는 걸로 해둘래.』

002 제2화 …… 친구 여동생이 내 앞에서만 화장실

여름의 습기와 열기를 미세하게 머금은 바람이 한밤중인 숲속의 나무를 흔들었다.

사당에서 한 걸음 밖으로 나가자 아까까지 들리지 않았던 벌레 소리와 동물의 기척이 느껴지면서, 자연계가 갑자기 진심을 드러냈다는 생각에 사로잡혔다.

마치 게임에서 MAP을 변경한 듯한 현상이다. 이 세상은 가상 현실이며, 갑자기 뒤를 돌아보면 로딩이 아직 끝나지 않은 탓에 배경에 발생한 랙이 보일지도 모른다는 생각을 해본 적 없어? 나는 꽤 있는데. 어쩌면 그건 비주류적인 사고관일지도 모르겠다.

내가 나 스스로와 눈곱만큼도 관련 없는 SF 고증을 전개하고 있는 건…….

"서, 선배. 거기 있나요?"

"으, 응. 있어."

—목소리가 들리는 거리에, 현재 볼일을 보려고 하는 이로하가 있기 때문이다.

어디까지나 야산에서 중요한 볼일을 보고 있는 거다! 같은 재치 있는 표현이 아니다. 화장실 가서 보는 그 생리적 욕구를 해결하고 있는 거다. 사당 안에 화장실이 없어서, 이렇게 밖에서 볼일을 볼 수밖에 없는 것이다. 문학적 미사여구라고는 눈곱만큼도 없는 직구 표현을 써서 송구하지만, 이것이 현실이니 양해해줬으면 한다. 화장을 고치러 간다는 표현을 쓰는 편이 나았으려나. 문학적 측면에서 진짜 별로인걸.

……그것보다 저 사당은 철저하게 러브호텔 느낌이 나게 개조해놨으면서 왜 화장실이 없는 거야. 크래프트쪽 게임 초보자냐.

"거, 거기서, 지금, 뭐 하는 거예요? 제가, 볼일 보는 소리, 녹음하고 있는 건 아니죠?"

"문학의 위대함에 대해 고찰 중이야."

"진짜로 뭐 하는 거예요?"

진심 어린 딴죽 좀 걸지 마.

나는 이 특수한 환경을 어떻게든 극복해 보려고 필사적이란 말이다.

"아, 아무튼 이상한 짓 하지 마세요. 소리는 절대 들으면 안 돼요!"

"알았어. 뭣하면 좀 더 거리를 둘까?"

"그것도 안 돼요……!!!"

"어이, 고함 지르지 마."

야생의 곰이 듣기라도 하면 어쩔 거야.

"죄, 죄송해요! 하지만 이런 깜깜한 어둠 속에 남겨지는 건 리얼 공포 1000%니까, 꼭 거기 있어요!"

"……알았어. 알았으니까, 빨리 볼일이나 마쳐."

"그, 그럴게요……!"

듣지 말라는 둥, 멀리 가지 말라는 둥, 참 주문이 많은 후배다.

현재 상황을 생각하면 당연한 말이지만 말이다.

……하지만 이로하도 자기가 볼일 보는 소리를 남이 듣는 건 부끄러워하는구나.

저 녀석이 부끄러워한 건 어린애 취급을 받았을 때뿐이지만, 이건 새로운 발견이다. 뭐, 생리 현상을 이용해 괴롭히는 건 룰 위반이지만 말이다.

실제로 하지는 않더라도, 이로하가 부끄러워하는 모습을 보니 묘한 감각이 싹텄다.

더 난처한 상황으로 몰아넣어서, 부끄러워하게 만든다면 어떻게 될까? ……하는 생각 말이다.

러브당의 마력에서 아직 벗어나지 못한 건지, 평소 같으면 「아~, 그래」 하며 넘겨버렸을 이로하의 반응 하나하나가 불가사의하게도 귀엽게 느껴졌다.

더 곤란하게 만들면, 더 귀여운 반응을 보일지도 모른다고 생각하니…….

……어라?

혹시 이게 좋아하는 사람에게 심술을 부리는 감성, 이란 걸까?

나는 항상 그걸 도시 괴담이라 여겼잖아. 그런데 실제로 존재했던 건가?

—잠깐만. 판단을 서두르지 마. 그 전제 조건인, 내가 이로하를 좋아할지도 모른다는 건 아직 아무런 증거도 없는 가설에 지나지 않잖아.

연애 감정 자체를 부정한다면, 애초에 좋아하지도 않는 게 돼. 그러면 나의 원래 가치관과 전혀 모순을 일으키지 않는다고.

나란 녀석은 참 복잡하게 생각하는구나. 뭐, 알고는 있어. 자각하고 있다고.

그런 생각을 하다 보니, 이로하가 **볼일을 보는 소리** 같은 건 전혀 신경 쓰이지 않게 됐다.

하지만 이로하도 머리가 좋으면서 논리적이지 못한 소리를 한다.

자기가 볼일을 보는 소리를 남이 듣는 게 부끄럽다면, 나를 좀 더 먼 곳에서 대기하게 하면 될 텐데 말이다.

어차피 이로하가 두려워하는 호러틱한 트러블이 발생한다면…….

"꺄아~~~~~~~~~~~~~!!"

……이런 식으로, 귀청 떨어질 듯한 비명을 지를 거라고.

어, 방금 그건 상상이 아니라 실제로 들린 거잖아!

"이로하?!"

"서, 서, 서, 선배! 큰일 났어요! 저, 저기 좀 봐요!"

"유령이라면 나한테 맡겨. 신사에서 사 온 대량의 부적으로 퇴치해버리겠어."

"들개떼예요!!"
"아, 무리야. 못 이겨."

수풀을 헤치며 현장으로 뛰어간 내 눈에 들어온 것은 다리가 풀린 이로하…….

그리고 겁먹어서 꼼짝도 못 하는 이로하에게 서서히 다가가는, 세 마리 들개였다.

개의 품종에 대해선 잘 모르지만, 치와와나 토이 푸들처럼 소형견이 아니다. 도사견이나 불도그로 대표되는 대형견이다. 참고로 치와와 흉포설 같은 것도 있지만, 지금은 그런 걸 논의할 기분이 아니다.

그것보다 저런 들개가 출몰한다면 사당 안에 화장실을 만들어두라고, 카게이시 마을! 위험한 장소인데 농성 환경도 갖추지 않고 핑크 연출에 올인하면 어떻게 해! 너희는 머릿속이 남자 중학생이냐!

"농담이 아니라 진짜로 위험한걸. 저 세 마리는 어떤 관계인 걸까?"

"저, 저희는 큰일난 거죠? 엄청나게 으르릉거리네요!"

"게다가 하나같이 살이 통통한걸. 들개인데도 빼빼 마르지 않았다는 건, 꽤 잘 먹으며 지낸다는 의미겠지."

"저희도 쟤들한테 풍부한 영양분을 제공하게 되는 거네요~!"

"앗. 어이, 그렇게 떠들면—."

이로하의 목소리에 화들짝 놀란 들개들이 재빨리 좌우로 흩어졌다.

진형을 짜서 전투에 임하려는 것이다. 들개인데도 불구하고, 그 움직임에서는 지성이 느껴졌다.

그렇다면 우리도 전력을 다해 머리를 써야겠지.

"이로하, 일어설 수 있겠어?"

"네!……아얏?!"

힘차게 대답하며 일어서려던 이로하는 곧 감전된 듯한 비명을 지르며 엉덩방아를 찧었다.

"크, 으으으~……!"

이로하는 입술을 깨물며 발목을 움켜잡았다. 전통 복식에 맞춰 신은 나막신을 벗어보니, 복사뼈 쪽이 새빨갛게 부어 있었다. 들개를 보고 놀라 넘어지면서, 발목을 삔 것 같았다.

재빨리 도망치는 건 불가능하다. 그렇다면 들개 세 마리를 어떻게든 쫓아낼 수밖에 없다.

"해볼 수밖에…… 없겠어……."

여행 도중에 트러블이 발생했을 때의 대처법은 얼추(인터넷으로) 조사해뒀다.

조난, 해난 사고, 상어 피해, 고속도로에서의 엔진 고장, 기타등등…….

물론 들개에게 습격을 당했을 경우의 대책도 조사해뒀다. 실제로 써먹는 날이 찾아올 거라고는 생각 못 했지만 말이다.

"이로하, 개들한테서 눈을 떼지 마. 몸을 일으키지 못해도 되니까, 서서히 뒤로 물러나면서 저 나무 쪽으로 가."

"……넵!"

이로하는 이유도 물어보지 않은 채, 순순히 후퇴했다.

오케이, 그걸로 됐어.

들개는 무리 지어 적을 습격할 때, 여러 방향에서 공격하려고 한다.

몰래 등 뒤로 이동한 들개가 사각지대에서 달려든다면, 그 순간 바로 게임 끝이다.

하지만 나무를 등진다면, 적어도 등 뒤에서 공격을 당할 걱정은 없어진다.

【들개 대처법 STEP1】 들개 무리가 상대라면 등 뒤를 내주지 말 것.

"날씨 점치기가 취미는 아닌데 말이야. 영……차!"

초등학생이 내일 날씨를 점칠 때 신발을 던져보듯, 발을 휘둘러서 나막신을 날렸다.

전통 복장에 맞춰 빌려 신은 나막신이 슬로 모션으로 포물선을 그리며 날아가더니, 툭, 툭 하면서…….

좌우로 흩어진 들개들의 코앞에 떨어졌다.

가장 기세 좋게 으르렁거리던 리더 격의 대형견 앞에는 손전등 모드를 켠 스마트폰을 던졌다.

"왜, 왜 신발을 벗는 거예요?! 그럼 도망치지 못하잖아요!"

"어차피 너는 못 뛰잖아. 너를 두고 갈 수도 없으니까, 우리한테 남은 길은 저 녀석들을 격퇴하는 것뿐이야."

"하, 하지만, 저를 버리고 간다면—."

"그럴 수는 없어!"

"……윽! 그, 그렇다고 스마트폰까지 버려요?! 뭘 어쩔 작정이에요?!"

"스마트폰은 나중에 주우면 돼. —그리고 지금 들고 있는 게 없으니 방법이 없어. 방어벽을 만들기 위해선 이 방법뿐이라고."

"방어벽?……어, 이 위기 상황에서 중2병이 발동한 거예요? 놀림거리를 제공해주는 건 고맙지만, 때와 장소는 가리는 게 어때요?"

"개그도, 중2병도 아냐. ……동물행동학의 박사가 이렇게 하라고 했거든."

자신과 개 사이에 물건을 두면, 개는 그것에 신경이 팔린다. 그 물건이 물리적, 심리적 벽이 되는 것이다.

물론 이것은 개의 갑작스러운 돌진을 일시적으로 봉쇄하는 것에 지나지 않는다.

【들개 대처법 STEP2】 개와 자신 사이에 물건을 둘 것.

내가 친 방어벽(나막신과 스마트폰)을 경계하는 건지, 들개들은 털을 곤두세운 채 다가오지 않았다.

나는 그 틈에 주위를 살폈고, 근처에 떨어져 있던 나무 막대를 주웠다.

길이도, 두께도 충분하다. 손에 쥐어보니 딱 맞았다.

그 막대를 가볍게 몇 번 휘둘러본 나는 자신만만한 미소를 지으며 그것을 고쳐 쥐었다.

"선배, 설마 그걸로 싸우려는 거예요? RPG에서 초반의 마을에서만 쓰는 완전 쓰레기 무기…… 그런 장비로 괜찮겠어요?"

"너, 모르는 거야?"

나는 걱정스레(그러면서도 절묘하게 사람을 짜증나게 하는 목소리로) 묻는 이로하를 돌아보았다.

노송나무 막대(아마 노송나무가 아니다)를 들어 보이며,

나는 말했다.

“상어 영화에서, 나무 막대는 최강의 장비야.”

“그딴 마니악한 법칙을 아는 사람 없을걸요?!”

“시끄러워! 이길 수 있다고 생각이라도 해야 싸워볼 거 아냐! 플라세보 효과라고 생각하며 넘어가!!”

“방금까지 논리적이었으면서, 갑자기 정신론으로 돌아섰네요오오오오오?!”

미묘하게 상황에 맞지 않은 단어를 쓰는 것도, 악에 받쳤다는 증거다.

나는 나무 막대 하나를 들고, 우오오오오오 하고 고함을 지르며, 정면에 있는 들개에게 달려들었다.

【들개 대처법 STEP3】 그 다음에는 나무 막대라도 들고 최선을 다해볼 것.

마지막이 자포자기한 느낌인 건 양해 바란다. 진짜로 노하우를 알고 싶다면, 내 수박 겉핥기식의 지식을 참고하지 말고 직접 조사해볼 것을 권한다.

뭐, 아무튼…….

결론부터 말하자면, 나는 들개 무리를 상대로 승리를 거뒀다.

정확히는 배틀이 시작되기 전에 내 고함에 겁먹은 들개들이 끼잉끼잉 하고 귀여운 울음소리를 내며 도망쳤다. 땡큐, 동물행동학 박사님.

“푸, 하하…… 이겼어……. 이겼다고……! 하하, 하하하하!!”

“무기를 들고 그런 정신 놓은 듯한 스마일을 짓고 있으니 무섭거든요? 텐션 좀 낮추면 안 돼요? 뭐, 무기라고 해봤자 나무 막대지만요.”

“미안해. 아드레날린이 과도하게 분출된 것 같네.”

어쩔 수 없잖아. 한밤중에 산속에서 들개한테 습격을 당한 건 처음이라고.

그것보다 이런 경험을 해본 고등학생이 일본에 몇 명이나 있을까?

“참, 이로하. 중요한 걸 물어볼게.”

“물리거나 긁히지 않았어요. 광견병 걱정은 말아요.”

“볼일은 다 본 거야?”

“……부상 여부보다 그걸 먼저 걱정하는 건 좀 그렇지 않아요?”

“아니, 중요한 점이잖아.”

배설을 가볍게 여기면 안 된다. 비효율적인 시간이라 여기며 배설 횟수를 줄인다면, 몸이 순식간에 망가진다. RTA에서 반드시 발생하는 로딩 시간 같은 것이다.

“그건 그렇지만, 섬세함이 너무 없잖아요! 선배는 그런 쪽으로 신경을 쓰라고요!”

"그래그래. 신경 좀 쓸게. 그것보다, 볼일은 다 본 거야?"

"……너무 놀란 바람에, 쏙 들어가 버렸어요."

"그것도 무리는 아니겠지……. 뭐, 좋아. 일어설 수 있겠어?"

"으음. ……좀 무리일 것 같아요. 아하하……."

엉덩방아를 찧은 채. 이로하는 자신의 발목을 손가락으로 가리키며 메마른 웃음을 흘렸다.

새빨갛게 부은 발목은 쓰러지면서 돌에 긁힌 건지, 표면에 찰과상도 나 있었다.

"그냥 둬도 될 상황이 아니잖아. 좀 보자."

소독할 필요가 있다. 그렇게 생각한 나는 이로하를 근처에 있던 바위에 걸터앉게 한 후, 그대로 사당으로 돌아갔다.

언뜻 둘러봤지만 응급 상자는 없었고, 당연히 소독액 같은 것도 없었다.

어쩔 수 없다고 생각한 침대 옆에 있는 자판기 느낌의 미니 냉장고에서 물이 든 페트병을 꺼냈다. 그리고 대량으로 준비되어 있던 수건 두 개를 챙긴 후, 이로하의 곁으로 돌아갔다.

"잠시 눈을 뗀 사이, 되돌아온 들개한테 잡아먹히지 않아서 다행이야."

"제가 이런 말을 하는 건 좀 그렇지만, 호러 작품이었다면 죽었을 거예요."

"뭐, 이건 현실이잖아. 아, 미안한데 다리 좀 빌리자."

"네? 어, 잠깐…… 어어어어어어어?!"

"인마, 버둥거리지 마."

나는 이로하의 발치에서 몸을 웅크린 후, 옷자락을 걷어 올려서 허벅지까지 노출시켰다.

얼굴이 새빨갛게 붉힌 채 버둥거리는 이로하의 다리를 꾹 움켜 잡고…….

"이상한 짓 안 해. 다친 곳을 씻겨주려는 것뿐이야."

"아, 아하, 그런 거군요. ……뭐, 그럼 됐어요……."

겨우 얌전해졌다. 하아, 진짜 성가신 녀석이라니깐.

"아프면 말해."

"……상냥하게 해주세요."

페트병의 물을 상처 부위에 뿌린 후, 적신 수건으로 살짝 닦았다.

자극이 강했던 건지 흠칫거리며 떠는 이로하의 다리를 보니, 기묘한 감정이 엄습했다.

하지만 그런 감정에 휘둘릴 때가 아니기에 어찌어찌 번뇌를 떨쳐낸 나는 상처 부위를 닦은 후, 마른 수건으로 그곳을 동여맸다.

"자, 일단 응급 처치는 끝났어. ……하지만, 혹시 모르니 빨리 소독하고 싶은걸."

"참 솜씨가 좋네요. 혹시 보이스카우트였어요?"

"긴급 상황에서 최소한의 처치도 못 하면 죽을 수도 있거든. 능숙한 수준은 아니지만, 혹시 몰라 익혀뒀어."

"선배는 너무 만능이라 슬슬 무서울 지경이거든요?"

"에이, 아직 멀었어. 일류 수준이었다면 더 능숙하게 지혈했을 테고, 살균 처리도 했을 거야. 이 정도는 평균적인 일반교양의 범주야."

"모든 장르에서 평균에 도달한 시점에서 충분히 비정상이지만, 피곤하니까 더는 뭐라고 안 할래요."

이로하는 꽤 짜증이 어린 어조로 이 이야기를 끝냈다.

평소에는 내가 딴죽 담당이지만, 요즘 들어 역할이 뒤바뀐 것 같은데…… 기분 탓일까?

"아, 그딴 건 아무래도 상관없어. —그것보다, 하산하자."

"어? 지금 바로요?"

"그래. 상처를 소독하지 않고 내버려 두는 건 위험 부담이 크거든."

"으, 으음. 하지만, 이 옷차림으로……."

"잔말 말고, 빨리 업혀."

"으으~……!"

나는 LIME으로 오즈에게 하산하겠다고 알린 후, 이로하에게 등을 보이며 몸을 숙였다.

즉, 업어주겠단 자세를 취했다. 어린애 취급을 당하는 것을 극도로 부끄러워하는 이로하에게는, 어쩌면 들개를 능가할 만큼 두려운 일일지도 모른다.

“부끄러운 건 알지만, 오늘은 순순히 업혀줘.”

“으으윽……. 소독을 안 해도, 사당에서 쉬면…….”

“안 돼. 너는 단순히 내 후배가 아니라, 내 친구의 여동생이잖아? 오즈가— 내 유일한 친구가 맡긴 여동생이 다쳤어. 상처를 제대로 살피지 않은 바람에 네가 건강을 해치는 사태만큼은, 절대 일어나선 안 된다고.”

“으으……. 뭐~, 선배한테 오빠와의 의리가 얼마나 중요한 건지는 잘 알지만요~.”

왠지 이로하는 아까와 다른 의미에서 삐친 것 같았다.

여자 마음은 갈대 같다고 했던가. 예측을 할 수가 없다. 뭐, 진짜로 그런지는 모르겠지만 말이다.

“자, 고집부리지 말고 빨리 업혀.”

“으으~…… 알았어요! 알았다고요! 나중에 이 일 가지고 놀리지 말라고요!”

“그런 생각을 하는 건, 네가 항상 나를 놀릴 거리를 찾아서야. 이참에 생각을 고쳐먹는 게 어때?”

“설교에 반론할 수 없어~……. 으으, 굴욕이야~!”

이로하는 분하다는 투로 그렇게 말하더니, 머뭇거리며 내 어깨에 손을 얹었다.

그 후, 실례할게요~란 말로 조신함을 살짝 어필하면서, 천천히 나에게 체중을 맡겼다.

등을 통해 흉악할 정도로 매력적인 감촉을 느낀 나는 여자애 한 명의 체중과 흉악할 정도로 매력적인 감촉을 곱씹으면서 몸을 일으켰다. 참고로, 이 앞의 중복 표현은 의도된 문장이다. 중요한 부분이라 두 번 말했을 뿐이다.

*

정비되지 않아 투박한 산길은 잠시라도 긴장을 풀었다간 넘어지고 말 만큼 위험한 지뢰밭이었다.

한밤중에 이곳을 지나다니는 경우를 고려하지 않은 건지 가로등 하나 없을 뿐만 아니라, 달빛이 스며들 틈새조차 거의 없었다. 그런 최악의 환경에서, 이로하를 업은 나는 올 때의 기억을 더듬어가며 산을 내려가고 있었다.

등에 업은 이로하에게 스마트폰을 건네주고, 손전등 기능으로 발치를 비춰달라고 했지만…….

아까 이로하를 의식한 탓인지, 손에서 느껴지는 허벅지의 부드러움과 등에서 느껴지는 가슴의 감촉에 평소보다 더 신경이 쓸렸다.

평소 같으면 마음이 전혀 흔들리지 않았겠지만, 피부의 신경이 예민(이전 대비 3000배)해진 바람에 서서히 고개를 쳐드는 짐승 같은 충동을 이성으로 억누르는 것도 힘들었다.

내가 이렇게 힘들어한다는 것은…….

나와 이로하의 파워 밸런스는 질량보존의 법칙을 통해 일정하게 유지된다고 학회에서도 이미 발표됐다. 그리고 오랫동안 갈고닦아온 짜증 본능을 통해 내 정신적 패배를 눈치챈 그녀는 나한테 업힌다고 하는 굴욕적인 행동에 대한 치욕이 옅어졌고…….

"선배의 사진 폴더, 봐도 돼요? 봐도 괜찮죠? 장난 아닌 걸 숨기고 있나 보네요. 다 안다고요☆"

……결과적으로, 나한테 업힌 채 건방진 태도를 보이고 있었다.

"너, 이 상황에서도 용케 짜증나게 구는구나. 내던져버린다?"

"에이~. 하지도 못할 거면서~."

"갓난아기 취급할 거야!"

"그것도 무리일걸요~. 선배는 상냥하니까요~. 다친 이로하 님을 괴롭히는 건 무리 아니에요~?"

"큭…… 으으으윽……."

"시내에서 업히는 건 어린애 취급의 극치~ 같아서 부끄럽지만, 여기는 딱히 보는 사람이 없는걸요. 부상자의 특권으로 선배의 괴롭힘도 면제고요~. 그냥 선배 버전 인력 택시를 마음껏 즐기기만 하면 되네요☆"

"어이. 내가 너를 배려해주고 있으니까, 너도 좀……."

"NO! 라고 말할 수 있는 이로하 님이에요!"

"이 짜증녀…… 인마, 나중에 두고 보자……."

"으~, 아야야야. 선배의 겁주니 상처가 아파~(교과서 읽는 말투).”

“크으으으으으으으윽!”

평생의 실수다. 이 신화생물급의 짜증녀가 기어오르는 걸 허용했다.

인마, 진짜로 두고 보자.

“자, 걱정 많은 선배의 등은 안전지대니까, 폴더 안의 찌찌나 구경해야지~.”

“어이, 해도 되는 짓과 안 되는 짓이 있거든?!”

이로하가 귓가에서 흥분한 듯이 콧김을 뿜으며 스마트폰을 조작하는 느낌이 들었다.

안면 인식으로 스마트폰을 잠가뒀지만, 이로하는 등 뒤에서 팔을 둘러서 그 잠금을 간단히 해제했다.

IT기술이 진보해도 치근덕에 대한 대책은 아직 완벽하지 않은 것 같았다. 고객센터에 연락할까도 생각했지만, 괜한 트집이나 다름없을 것 같아서 관두기로 했다.

“어, 야한 사진이 하나도 없잖아요.”

“당연하잖아. 나는 건전한 미성년 남성이라고.”

“으으으으, 재미없어어어어어! 청천편력의 충격적 성적 취향이 드러날 줄 알았는데! 선배가 요즘 애용하는 따끈따끈한 최신 에로물을 가지고 마구 놀려줄 생각이었는데에에에!”

“이상한 고사성어를 만들지 마. 오랫동안 이어져 내려온 그 고사성어를 만든 선현들에게 실례잖아.”

청천편력은 『청천벽력』에서 따온 것 같으며, 스미레라면 그 말을 가지고 맑은 하늘 아래에서의 므흐흐~ 같은 에로 발언을 할 것 같네, 그래도 그 정도의 음란 마신은 아닌가, 같은 생각이 들었다.

아무튼, 그 스마트폰에는 이로하가 기대하는 사진 같은 건 하나도 들어 있지 않다.

언제 어떻게 남이 볼지 모르는데 증거를 남기는 어리석은 짓을 할 리가 없잖아.

요즘 같은 시대에는 따로 저장해놓지 않더라도, 필요하면 얼마든지 WEB 상에서 볼 수 있다고.

정말~, 깜찍하게 은폐하기는~ 같은 소리가 어디선가 들려오는 것 같았다.

이로하는 더 꼼꼼하게 뒤져보면 있을 거라면서 열심히 뒤졌지만, 부질없는 짓이야. 오즈가 만들어준 흑역사 클리너로 이미 삭제했거든. 마법사 뺨치는 엔지니어링을 실현하는 그 녀석이 버그가 있는 프로그램을 나한테 제공할 리가 없다. 만약 그런 일이 벌어진다면, 그것은 마법이 풀렸을 때다. 마법사의 자격을 잃는다는 건, 곧…….

"어라. 이 사진……."

"……동정을 잃은 거냐?!"

"그 최악의 딴죽은 뭐예요?!"

"미, 미안해. 그래도 내 머릿속에서는 앞뒤가 맞는 말이었다고."

남자는 동정을 유지하면 마법을 쓸 수 있게 된다고 하거든, 같은 인터넷상의 전설을 이로하에게 설명해줄 마음은 들지 않았다.

"영문을 모르겠네! ……뭐, 됐어요. 그런데 이 사진은 어떤 시추에이션이에요?"

"응? 아, 반가운 사진인걸."

나는 이로하가 내민 스마트폰의 화면에 표시된 사진을 보았다. 그것은 대량의 애니메이션 BD, BL 동인지, 포스터와 피규어 같은 오타쿠 아이템과 술병에 둘러싸여, 행복에 겨운 듯한 표정으로 더블 피스를 날리고 있는 무라사키 시키부 선생님의 사진이었다.

"어마어마하게 음란한 사진인데요……."

"미풍양속에 저촉되는 짓은 안 했어. 제목은 『믿고 보낸 고지식한 딸이 자기의 변태적 취미 취향에 푹 빠져서 해피 스마일 피스 비디오 레터를 보내오다니……』."

"하다못해 아까 한 말이 귓가에서 맴돌지 않게 된 후에, 그런 제목을 입에 담아주면 안 될까요?"

"자기 취향의 물건에 둘러싸여 있을 뿐인 건전한 사진이니까, 딱히 문제 될 건 없잖아. 반올림하면 좀 천박해 보이겠지만 말이야."

"올림을 하든, 내림을 하든 천박해 보일 것 같은데요? 어쨌든, 선배는 스미레 쌤과 얽힌 일에서는 수위가 급상승하네요."

"……부정은 못 하겠네."

매일같이 자기 분석을 해온 덕분에 깨닫게 된 사실이 하나 있다.

다른 이들의 재능을 접해온 탓인지, 《5층 동맹》 멤버 한 명 한 명의 성향에 조금씩 영향을 받는 듯한 느낌이 들었다.

시키부와 오랫동안 얽혀있다간 머릿속이 시키부처럼 될지도 모른다. 상상만 해도 소름이 돋았다.

뭐, 아무튼…….

"그 사진은 옛날에 스미레 선생님을 스카웃한 직후, 본가에 보내려고 찍어둔 거야."

"윤리관 붕괴 레벨이 심각한 탓에 뭐라고 딴죽을 날리면 좋을지 모르겠거든요?!"

"스미레 선생님이 얼마나 자기 취미를 사랑하는지 알 수 있는 사진을 찍어서 보내면, 설득할 수 있을 거라고 생각했어. ……뭐, 관뒀지만 말이야."

"빨강 신호에 멈춰서 다행이네요. 액셀을 밟았으면 대형 사고가 터졌을 거예요."

"그럴지도 몰라. 그때는 카게이시 가문의 실체를 몰라서 함부로 움직이지 않았던 건데, 결과적으로는 정답이었던 것 같아."

"적을 알고 나를 알면 백 번 싸워도 위태롭지 않다, 였죠? 선배의 좌우명 말이에요."

"48개 정도 되는 좌우명 중 하나지만 말이야. 뭐, 맞는 말이라고 생각해."

인간관계는 전쟁이다. 경제는 전쟁이다. 인생은 전쟁이다.

목표가 있고, 이해득실이 대립하며, 한정된 자원을 차지하기 위해 다툰다. 형태는 다를지언정, 그 본질은 전쟁과 다름없다.

그러니 인생을 확실하게, 효율적으로 이겨나가기 위한 비결은 병법에 있다.

그것이 내 철학이었다.

"적을 알기 위해, 스미레 쌤에게 집을 뒤지라고 한 거죠?"

"뭐, 그런 거야."

나는 이로하의 질문에 건성으로 답했다.

현재, 나와 이로하가 결연의 의식을 치르는 사이— 당주인 코우가 없는 카게이시 저택을, 스미레가 몰래 뒤지고 있다. 닌자의 후예답게, 화려하고, 바람처럼, 음란물을 찾고 있으리라.

"음란물을 증거랍시고 제시한다는 건 완전 개그 전개인데…… 그건 그렇고, 저희는 이대로 산에서 내려가도 괜찮은 거예요?"

"무슨 소리야?"

“하산 도중에 의식에 참여한 마을 사람들과 마주치기라도 했다간, 스미레 쌤이 증거를 제시하기도 전에 전부 들통나버릴 거잖아요.”

“뭐, 작전에 다소 지장이 발생할지도 모르지.”

“그렇죠?! 그럼…….”

“그래도 네 몸과 건강이 우선이야. 작전 같은 건 뒷전이라고.”

“네엣?! 가, 갑자기 무슨 소리를 하는 거예요. 갑자기 미남 보이스로 멋진 말 좀 하지 말라고요.”

내가 미남 보이스라고? 17년 살면서 처음으로 듣는 말이다. 목소리에 관해 이런저런 말을 들은 적이 없는 인생이었지만, 이제 와서 미남 보이스의 수호령 님이 내 몸에 강림한 걸까.

칭찬인 것 같으니, 솔직하게 기뻐하기로 했다.

My 기쁨 게이지가 극단적으로 상승하는 것을 자각할 수 있는 것도, 의식의 마력 덕분일 것이다.

하지만 과도한 자기 긍정은 엄금이다. 나 같은 조무래기는 쓸데없이 기고만장해지면 안 되니 말이다.

“이로하는 《5층 동맹》의 중요한 자산이잖아. 파상풍이라도 걸리면 곤란해.”

“하지만 스미레 샘의 문제를 해결하는 것도, 동맹의 미션이잖아요?”

“그건 그래. ……하지만 그쪽은 그다지 개의치 않는다고나 할까…….”

“네?”

“만에 하나, 가짜를 의식에 참여시켰다는 게 들통나도 딱히 문제없거든.”

“어? 어? 어? 자, 잠깐만요.”

이로하는 이번 미션의 성공 여부에 전혀 집착하지 않는 내 태도를 보고 당황했다. 뭐, 아무런 설명도 하지 않았으니 당연할 것이다.

“카게이시 코우는 로리콤. 그러니 그 집에는 음란물이 숨겨져 있을 거라고 나는 말했어. 그건 실은…….”

나는 짓궂은 장난이 생각난 짜증귀염 여고생 같은 미소를 지었다.

“……**거짓말이야.**”

“네……?”

“적을 속이려면 우선 아군부터, 같은 건 아냐. 그래도 그건 최고의 결말로 유도하기 위한, 회심의 거짓말이지. 진짜 목적은— 따로 있어.”

*

『상처에 입을 대고 독을 빨아내는 두근두근 장면은? 다들 만화나 애니메이션에서는 흔히 나오는 그런 걸 기대하고 있을 것 같은데 말이야.』

『그건 상처를 통해 독이 들어간 게 확실할 때의 대처법이잖아. 방금 시추에이션에서 그랬다간, 타액에 들어 있는 잡균이 상처에 들어갈 확률이 더 크다고.』

『지독한 현실주의자……. 알았어. 내가 아키에게, 천상에 계신 신들의 목소리를 전해줄게.』

『갑자기 괴전파 수신 같은 새로운 설정을 자기 자신한테 더하지 말아 주겠어?』

『신께서는 이렇게 말씀하셨어. ―【시건방진 소리 그만하고 빨리 날름날름해라】 하고 말이야!』

『진짜 어이없는 신인걸.』

interlude 막 간…… 마시로와 스미레

"마키가이 나마코…… 그게, 마시로의 또 하나의 이름."

결의를 다지며 내뱉은 그 말이 불러온 정적 속에서, 대나무 물통이 돌과 부딪치는 소리만이 운치 있게 시간을 새겼다.

이 자리에는 나, 카게이시 스미레와 제자인 츠키노모리 마시로뿐이다.

빛 한 점 없는 카게이시 저택의 일본 정원을 볼 수 있는 방. 실내로 스며드는 달빛에 비쳐 찬란히 빛나는 색소 옅은 머리카락, 그리고 투명한 느낌의 눈동자에 나는 시선을 빼앗겼다. 평소 같으면 「귀여버!」, 「끌어안고 싶어!」 하며 가니러브(시키부어. 그리스 신화에서 제우스를 모시는 미소년 가니메데스급으로 사랑해준다, 는 의미)했겠지만, 지금만큼은 아무리 나라도 진지했다.

그것보다, 마시로가 느닷없이 뭐라고 했지? 너무 뜻밖의 발언인데 말이야. 러브코미디 주인공도 아닌데 「어, 뭐라고?」 하고 되물을 뻔했어.

아니, 아니아니아니, 애초에 말도 안 되잖아! 왜냐하면…….

"저, 정말, 이상한 농담으로 선생님을 놀리지 말아 줄래?

마키가이 나마코 선생님은 남자니까, 말도 안 되거든?"

"거짓말이 아냐. 지금부터 증거를 보여주겠어."

스마트폰을 꺼낸 마시로가 여고생 특유의 초스피드 조작으로 앱을 켜더니, 자신의 도톰한 입술을 핸드폰으로 가져갔다.

뚜르르르, 뚜르르르.

"어머? 내 스마트폰에…… 어, 어라?"

LIME의 통화 기능으로 연락을 해온 상대의 이름은— 마키가이 나마코.

두근, 하며 심장이 뛰었다. 두근— 두근— 하고 심장 박동이 빨라졌다.

왜, 이 타이밍에? 어, 잠깐만. 그럼 진짜야? 아냐, 우연일지도 몰라.

잠깐만 있어 봐. 그러고 보니 마시로가 담당 편집자와 함께 여관에 묵고 있다는 말을 아키한테서 들었던 것 같아. 신인상에 도전하려고 쓴 원고가 마키가이 나마코 선생님을 담당하는 편집자의 눈에 들었다고 했어. 잘 생각해보니 마시로=마키가이 나마코 선생님이라면 전부 앞뒤가 맞아. 맞는다고.

맙소사…… 마키가이 나마코 선생님이, 마시로라니. 그, 그렇다면…….

떨리는 손가락으로「통화」를 터치했다.

"여, 여보세요?"

"추천해준 백합 애니, 나쁘지 않았어. 무라사키 시키부 선생님."

『추천해준 백합 애니, 나쁘지 않았어. 무라사키 시키부 선생님.』

눈앞에서 들려온, 여자애의 목소리와…….

한발 늦게 스마트폰에서 들려온, 통명한 청년의 목소리.

그 둘은 목소리의 질이 다르기는 해도, 어조와 억양이 완벽하게 일치했다.

"『이제 믿어지지?』"

툭하면 적당한 이유를 대며 개최됐던 《5층 동맹》의 뒤풀이 파티. 바쁘다는 이유로 한 번도 얼굴을 비추지 않고, 보이스 채팅만으로 참가했던 인기 작가의 목소리가 똑똑히 들렸다.

"음성변조기……. 뭐…… 그럼 진짜로 마시로가, 마키가이 나마코 선생님……?"

"『두 눈으로 똑똑히 보고도, 믿지 못하는 건가?』"

"어떻게 믿어! 믿고 싶지 않은 현실을 접한다면, 그걸 받아들이는 건 간단하지 않단 말이야!"

천동설조차 틀렸다는 게 인정되는 데 천 년 이상 걸렸는걸!

"『믿고 싶지 않다……라. 역시, 용서해줄 수 없나 보군…….』"

"당연하잖아! 이건 악랄한 배신이야!"

“『하하. 그렇게까지 말하는 거냐. 어느 정도는 각오했지만, 면전에서 비난을 당하니…… 대미지가 상당한걸…….』”

상대는 충격을 받은 것 같지만, 이것만은 양보할 수 없다. 마시로가 마키가이 나마코 선생님? 성인 남성이 아니라 현역 여고생? 이건…… 이건…… 이건……!

“『AKI×나마코』가 노멀 커플이라니, 이건 초대형 불판감이거든?!”

“『뭐?』”

내 혼이 어린 외침에 대한 마시로의 반응은 매우 심플했다.

왠지 어이없어하는 느낌도 들었지만, 내 교의를 걸고 이 주장만은 꼭 해야 한다.

“아, 나는 물론 NL(노멀 러브)도 즐겨. 남녀노소, 전 장르 안 가리고 다 사랑할 수 있거든. 하지만 원래 BL(보이즈 러브)였던 것의 해석을 뜯어고치는 건, 아무리 유연성 S랭크일지라도 시간이 걸릴―.”

“자, 자자, 잠깐만 있어봐.”

『자, 짜짜, 잠― 이써…… 시……!!』

“목소리가 이상해졌어?!”

음성변조기의 흐트러짐은 마음의 흐트러짐이다.

당황해서 변환하기 어려운 음역대로 말을 한 마시로는 성가시다는 듯이 앱을 껐다.

버럭
……
……

"시, 실망한 포인트가 거기야? 실은 《5층 동맹》에 깊이 관여하고 있으면서, 시치미 떼며 접근하는 것 같은…… 기분 나쁜 짓을, 했잖아."

"아니, 해석 차이보다 더 심각한 문제가 어디 있냔 말이야."

이 애가 무슨 소리를 하는 거지?

신경을 쓰던 제자가 《5층 동맹》의 동료, 그것도 성별까지 달랐다는 사실에 놀라기는 했다. 그래도 속았다거나 역겹다고 생각할 리가 없다.

"오히려 발상을 전환해보면 남장 미소녀 특유의 맛이 있지 않아? 같은 생각도 드네. BL이 아니면 납득할 수 없다고 주장하던 나를 100초 만에 노멀 커플충으로 개조할 수 있는 게 내 유니크 스킬이거든."

"……풉. 아하하. 그게 뭐야? 처음 들어. 바보 아냐?"

"너무해! 이래 봬도 나는 고학력이거든?!"

"학력 같은 건 상관없어~. 정말. 진짜…… 시키부는 시키부인걸."

긴장의 풍선이 터진 것처럼 웃음을 터뜨린 마시로는 마키가이 나마코의 편린이 느껴지는 남자 말투로 말하며 어깨를 으쓱했다.

이렇게 이야기를 나눠보니, 진짜로 츠키노모리 마시로=마키가이 나마코, 라는 걸 납득하게 됐다.

설마 이런 우연이 다 있구나 하고 생각한 나는 훈훈한 기분으로 그녀의 볼을 찰흙처럼 주물럭거렸다.

"으응…… 가지고 놀지 마. 마시로의 볼은 장난감이 아냐."

"헉! 미안해! 감개무량한 나머지, 무심코……!"

"여자들끼리도 성희롱은 성립하거든? 조심 안 하면 경찰한테 잡혀갈 수도 있어."

"어, 이것도 성희롱이야?!"

"여자 마음을 모르는 망할 교사라고 SNS에 올려버릴 거니까 조심해."

나는 그 현실적인 위협은 가슴에 깊이 새겨두자고 생각했다. 조물조물. 그래도 아쉬우니까 손을 떼기 전에 한 번만 더 조물조물. 마시로가 도끼눈으로 노려봤기에, 이번에는 순순히 손을 뗐다.

"그건 그렇고, SNS로 교류했더니 전혀 눈치 못 챘네."

"……맞아. 언제 들통날까 조마조마했는데, 아무도 눈치 못 채지 뭐야. 마시로한테 아무도 흥미가 없나 했어……."

"으음, 참 부정적이네. 눈치 못 채는 게 당연하잖아. 이렇게 이미지가 다른걸."

"마키가이 나마코를 대체 어떻게 생각하는 거야?"

"한마디로 말해 천상계 사람! 슈퍼 베스트셀러 천재 작가에 크리에이티브 세계에 머리부터 발끝까지 담그고 있는 엄청난 사람! LIME으로 이야기를 나눌 때도 묻어나는 인텔리전스! 그야말로 업계의 최첨단을 달리는 시대의 기린아—."

"으~~~~! 잠깐! 스톱! 그, 그걸로 충분……!"

내가 마키가이 나마코에 대한 인상을 장전, 장전, 장전한 후에 기관총처럼 쏟아내자, 마시로는 고개를 숙인 채 말렸다.

와우, 부끄러워하는 걸까? 얼굴이 새빨개졌네~. 귀~여버~!

"딱히 빈말을 한 건 아냐."

"그, 그래서 더 문제인 거야. 마시로는 그렇게 대단한 사람이 아닌걸……."

"자기 평가가 낮네. 마키가이 나마코 선생님은 리얼 리스펙트하고 있는데~."

LIME의 《5층 동맹》 그룹에서 이야기를 나누던 나날을 떠올렸다.

자신이 추구하는 재미와 성적 취향을 작품에 담으며, 당당히 창작 활동을 하는 프로 작가. 그 모습은…….

"교사와 일러스트레이터 사이에서 우왕좌왕하는 내가 보기에, 너무나도 눈부셨어. 실은 동경하고 있었거든? 과거형이 아니라, 현재진행형적으로♪"

"그, 그러니까 그만하라고. 마시로를 칭찬 지옥에 빠뜨려서 뭘 어쩌려는 거야……!"

"그런데~. ……후훗♪ 설마 고민을 안고 전학을 온 여자애가, 바로 그 마키가이 선생님이었을 줄이야."

"으윽……. 시, 실망시켜서 미안해……."

"탓하는 게 아니라니까 그러네! 정말~. LIME에서는 그렇게 당당했으면서 현실에서는 자기 긍정 제로구나~. 그 갭으로 나를 모에사시키려는 거야~?"

"잠깜…… 우읍……!"

자신 없어 보이는 그 모습이 너무 귀여운 나머지, 무심코 꽉 끌어안으며 머리를 헝클어질 정도로 쓰다듬어줬다.

내 품속에서 부끄러워하며 버둥거리는 모습도 정말 사랑스럽다.

"그래도 진짜 청천벽력이야. 아키는 알면서 마시로를 《5층 동맹》에 소개한 거야?"

나는 마시로를 끌어안은 채 물었다. 아, 얘의 머리카락에서 엄청 좋은 향기가 나.

그건 그렇고 『청천벽력』이란 말에서는 푸른 하늘 아래에서 므흐흐~하는 느낌이 감도네. 일본어는 에로스 덩어리야.

"아냐. 아키는 아직 몰라."

"어머, 그래? 그럼 내가 첫 상대구나."

"표현 좀 가려서 해."

주의를 받았다.

그 후로 마시로는 조그마한 가슴 앞에 두 손을 꼭 모았다.

"아키한테는 말 못 해. 아직…… 용기가, 없어."

"흐음. 왜?"

"그게…… 그런 쓰레기 같은 소설을 쓴다는 걸, 아키한테 알려주고 싶지 않아."

"쓰레기 같은 소설? 말이 좀……."

"딱히 비하하는 건 아냐. 재미있는 작품을 쓴다고 자부하기는 해. ……하, 하지만, 쓰레기 같은 소설이라는 생각도, 양립하고 있거든……."

오호라, 이해가 안 돼. 천재 작가의 사고회로는 이상야릇하네.

"마키가이 나마코의 작품에는, 마시로의 더러운 욕망과 감정이 전부 담겨 있으니까…… 아키가 그걸 보는 게, 부끄러워……."

"하지만 아키는 마키가이 작품의 광팬이야. 스카우트하기 전에도, 나한테 성가실 정도로 추천했다니깐."

"그건…… 알아. 응. 마키가이 나마코란 탈을 뒤집어쓰고 있으면, 마시로도 괜찮아. 하지만……."

"츠키노모리 마시로로서는, 무리라는 거야?"

"……응."

"그렇구나. 자기 자신을 솔직하게 드러내지 못하면 참 갑갑하고 힘들 거라고 생각하는데 말이야. ……어라?"

방금 뭔가가 내 가슴에도 깊숙이 박힌 듯한 느낌이 들었다.

"왜 그래?"

"뭐? 아…… 으음."

가슴이 욱신거리는 느낌이 들었지만, 그 정체를 모르는 상태에서 마시로에게 이야기를 해봤자 소용이 없을 테니 다른 이야기를 해봤다.

"맞아! 왜 나한테 정체를 밝힌 거야? 아키나 오즈가 아니라 나한테만 말이야. 내가 미인에 믿음직할 뿐만 아니라 우수한 담임 교사라서?"

"형용사가 너무 많이 붙었어."

마시로는 내 센스 넘치는 농담에 정확히 딴죽을 걸었다.

안도감과 신뢰에 찬 마키가이 나마코 테이스트를 선보인 그녀는 고개를 슬며시 저었다.

"……아냐. 선생님이라는 점도 이유 중 일부이긴 해. 하지만 가장 큰 이유는 다른 거야."

"그게, 뭔데?"

"무라사키 시키부 선생님은— 스미레 선생님은, 마시로와 **닮았다는 느낌이 들었어**. 그래서 마시로의 마음을, 이해해 줄지도 모른단 생각이 든 거야."

닮았다.

너무 뜻밖의 말이라서, 나는 영문도 모른 채 고개를 갸웃거렸다.

마키가이 나마코는 천상계 사람이다. 어중간한 존재인 무라사키 시키부와는 하늘과 땅만큼 차이 난다. 일종의 선망어린 눈길마저 보냈던 상대한테 자기와 닮았다는 말을 들어도, 어떤 반응을 보이면 좋을지 몰라서 난처했다.

카게이시 스미레의 교육론. 모르는 게 있으면, 즉시 물어볼 것.

내 머릿속에 사는 여교사, 『맹독의 여왕』의 제안에 따라, 나는 순순히 물어보았다.

"으음…… 어디가 말이야? 오히려 정반대 같은데……."

"마시로는 크리에이터라는 탈이 없으면 동료들과 당당히 이야기를 나누지 못해. ……비슷하지 않아?"

"……아~."

그 말을 듣고 겨우 눈치챘다. 그와 동시에, 아까 가슴에서 느껴진 욱신거림의 정체도 알았다.

여교사의 탈을 쓰지 않으면 가족과 당당히 이야기를 나누지 못한다— 그런 이가 바로 나, 카게이시 스미레.

거짓말을 하고, 탈을 써서, 진짜 자신의 모습을 숨긴 채 살아온 나날의 갑갑함을 이해하기에, 마시로를 동정한 것이다.

"정반대지만, 비슷해. 그래서 스미레 선생님이라면 마시로를 이해해 줄 거라고, 아키와 다른 사람들에게 비밀로 해줄 거라고 생각했어."

"물론 떠벌리고 다닐 생각은 없어."

"응. 만약 다른 사람한테 말한다면, 아까 나를 성희롱한 것에 대한 증거를 교육위원회에 제출할 거야."

"좀 원만한 방식을 부탁하면 안 될까?!"

내가 울먹이며 호소하자, 마시로는 속내를 알 수 없는 표정으로 농담이라고 말했다. 그리고 그녀는 본론에 들어갔다.

"마시로는 말이지? 동료를 가지고 싶었어. 그래서, 이렇게 커밍아웃을 한 거야."

"동료……?"

"아까 마시로가 말했지? 《5층 동맹》이 없어지는 게 싫다고 말이야. 아키와의 연결점이 잃는 게, 싫어."

"……애인이라서야?"

"그것도 거짓말이야. 사실 마시로는 아키의 애인이 아냐. 아키가 《5층 동맹》을 위해, 내 가짜 애인이 되어준다는 계약을 아빠와 맺었어. ……선생님은, 어렴풋이 눈치채고 있었지?"

나는 아무 말도 하지 못했다.

아키한테서 이야기를 들었다. 마시로의 가짜 애인이 된 건, 허니플레에 들어가기 위한 합리적 전략 중 하나라고 그는 말했다.

하지만 내 반응은 개의치 않으며, 마시로는 자신의 솔직한 마음을 털어놨다.

"마시로는 아키를 좋아해. 이 마음은, 마시로의 진심이야. ……그래서 《5층 동맹》이 사라지지 않기를 바라는 거야."

마시로는 솔직하게 자신의 마음을 밝혔다.

솔직히 말해, 깜짝 놀랐다.

전부터 마시로의 마음은 눈치채고 있었지만, 본인의 입을 통해 직접 듣게 될 줄은 몰랐다.

평소에는 내성적이지만, 결의를 굳힌 그녀는 그야말로 저돌적이었다.

"무라사키 시키부 선생님과 마시로가 《5층 동맹》에서 아무것도 얻을 수 없는 상태가 된다면, 동맹은 사라질 거야. 카나리아 씨는 그렇게 말했어. 카나리아 씨는 보기와 다르게 똑똑한 사람이거든. 그 사람이 그렇게 말했다면 충분히 신빙성이 있어. 그러니까…… 《5층 동맹》이 우리에게 무엇을 줄 수 있을지…… 우리가 왜 이곳에 속해 있어야 하는지…… 그 이유를, 함께 생각해줬으면 해."

정말, 날카로운 지적이다. 그와 동시에, 잔혹한 미래 예지다.

그런 걸 아직 감수성이 예민한 시기인 마시로에게 말한 담당 편집자란 사람은 꽤 악랄했다. 머리가 좋지만, 인정사정이 없다. 아키와 좀 닮은 구석이 있단 느낌이 들었다.

"그러니, 약속해줘. 증거를 찾아내서, 일러스트레이터로서 자유롭게 활동할 수 있게 되더라도. ―《5층 동맹》을, 버리지 말아줘……!"

마시로는 고개를 숙인 채 내 소매를 꼭 움켜쥐더니, 절실한 어조로 애원했다.

……아아…….

이 아이는 동료를 원한다고 말했지만, 아마 그것은 가장 큰 이유가 아니다.

마시로가 나에게만 정체를 밝힌 건, 이 잠입 이벤트가 끝나면 내가 바로 《5층 동맹》을 그만둘 듯한 분위기를 느꼈기 때문이다. 에로 게임으로 치면 플래그 같은 걸 느껴서 조바심이 난 것이다.

"후후. 에이~. 그건 마시로의 지레짐작이야♪"

"뭐?"

"걱정 안 해도 돼. 아키— 아니, 아키테루 님 말고는, 그 누구도 나한테서 마감에 맞춰 일러스트를 받아낼 수 없거든!"

"빼기듯이 할 말은 아닌 것 같은데……."

"에헷♪"

나는 혀를 살짝 내밀었다.

구태여 광대 짓을 하다니, 나는 참 쿨하네. 구태여 말이야, 구태여.

"뭐, 자유로워지더라도 《5층 동맹》에 남아준다면 그걸로 됐어. 하지만…… 앞으로 마시로의 상담 상대가 되어주지 않을래? 그리고 다른 사람들에게 폭로하면, 안 돼."

"물론이야! 초절정 가련 미소녀가 비밀을 밝혔는걸. 관엽식물 대표, 카게이시 스미레. 괜한 분란 일으키지 않고 조용히 응원하기만 하겠다고 이 자리에서 맹세하겠어!"

"응. 그거면 돼."

내 의도대로 안심한 건지, 마시로는 안도한 표정을 지으며 다시 카게이시 저택을 뒤지기 시작했다.

…………….

마시로가, 마키가이 나마코 선생님이었구나.

당치도 않은 폭탄을 넘겨받고 말았네. 미소녀 게임 같은 《5층 동맹》에 속한 여교사(나)는 어쩌면 좋으려나요?

물론 남들에게 떠벌릴 생각은 없고, 마음속에만 품고 있을 생각이다.

그래도 미안해, 마시로. 방금 한 말 중에, 거짓말이 딱 하나 있어.

『자유로워지더라도 《5층 동맹》에 남아준다면—.』

그 부분인데 말이야.

아마, 마시로가 바라는 대로는 되지 않을 거야.

못난 선생님이라, 정말 미안해.

003 제3화 …… 친구의 추억이 여동생에게만 화제

"체력적으로 한계야. 기력도 바닥났으니까 잠시만 쉬자."

"21년 싸워온 스모의 제왕 같은 소리를 하기엔 아직 이르다고요. 선배, 요즘 일만 하느라 체력이 떨어진 거 아니에요~?"

"네가 무거운 거야."

"너무해~. 완전 섬세함 제로네요, 대박~!"

이로하를 업고 산길을 내려오던 나는 마침 적당한 바위를 발견했기에 이로하를 거기에 앉히고 한숨 돌렸다. 내가 체력이 없다며 깔깔 웃는 이로하에게 딴죽은 날리고 싶지만, 화내느라 체력을 소모하기 싫었기에 일단 무시했다.

러브당에서 가져온 페트병을 딴 후, 미네랄워터로 목을 축였다.

지친 몸에 스며드는걸. 역시 물은 최고의 음료야.

참고로 러브당의 냉장고에는 물 말고도 여러 가지 음료가 상비되어 있었지만, 나는 일부러 이것을 골랐다. 집에서도 토마토 주스 말고는 보통 물만 마셨다. 커피나 홍차를 마실 때도 있지만, 역시 가성비 최상인 물을 가장 많이 섭취한다.

세상에서 가장 맛있는 음식이 햄버거란 이론에 비춰보면, 세상에서 가장 맛있는 음료는 물일 것이다. ……뭐, 그 이론의 허점은 잘 알지만 말이다.

"으응."

"어? 아…… 너도 마실래?"

이로하가 손을 내밀자, 나는 호주머니에 넣어뒀던 새 페트병을 꺼내서 건네줬다.

"응…… 으응!"

"음료가 마시고 싶은 게 아니구나. 그럼 뭐야?"

이로하는 내가 내민 페트병을 받지 않더니, 계속 손을 내밀며 호소하듯 내 왼손을 응시했다.

정확하게는 방금 내가 입을 대고 마신, 내용물이 줄어든 페트병을 말이다.

"……이걸 마실래?"

"으응."

이로하는 입을 꾹 다물며 아무 말도 하지 않았지만, 긍정의 의사는 느껴졌다.

"왜. 새것이 낫잖아."

"으응~. 므흐흐흐흐♪"

"뭐, 뭐야? 기분 나쁘네."

나는 약간 질린 표정을 지으며 들고 있던 페트병을 내밀려고 했다.

어라, 잠깐만 있어봐. 이건 간접 키스 아냐? 이 녀석, 그걸로 나를 놀리려는 거 아냐? 그렇게 저와 간접 키스가 하고 싶은 거예요~~~?! 하며 내 속을 긁을 생각인 건가?

하지만 내가 그 생각에 이르렀을 때, 이로하는 이미 내가 내민 페트병을 넘겨받았다.

"고마워요~. 으음, 꿀꺽…… 푸하~. 맛있네요~."

"……어라?"

또 짜증나게 굴 거라고 생각하며 긴장했지만, 이로하는 아무 짓도 하지 않았다.

이래서는 그냥 평범하게 간접 키스를 한 거잖아.

자, 잠깐만 있어 봐. 이 녀석은 대체 뭐가 하고 싶은 거지? 혹시 나와…… 가, 간접 키스를 하고 싶었을 뿐인 건 아니겠지? 아, 안 돼. 또 목이 말라. 젠장. 내가 왜 이러는 거야. 어처구니없는 생각을 하며 툭하면 동요하네.

일단 물 한 모금 마시면서 진정하자고 생각한 나는 새 페트병을 따서 입에 대려고 했다.

"선배~♪ 으음."

"어?"

이로하는 자신이 마시던 페트병을 몸 반대쪽으로 숨기더니, 다른 한 손을 쑥 내밀었다.

방금 딴 페트병도 내놓으라는 건가.

"잠깐만, 방금 줬잖아."

"새 페트병의 물을 마시고 싶어졌어요☆"

"그거나 이거나 같은 물이거든?"

"알거든요? 하지만 그쪽을 마시고 싶어졌으니까, 빨리 주세요☆"

"뭐……."

영문을 모르겠네. 하지만 나는 오늘 좀 이상할지도 몰라.

평소 같으면 영문을 모르겠네, 바보야 하고 일갈하며 물을 다 마셨을 것이다.

자기 자신을 객관적으로 파악하는 편인 나는 자신의 알고리즘이라면 분명 그랬을 것이라고 확신한다.

하지만 지금은 그럴 수 없다.

즉, 내 감정과 행동을 결정하는 뇌의 특정 부분에 에러가 발생한 것이다.

장난꾸러기 같은 표정으로 손을 내밀며 히죽거리는 이로하를 설득할 수가 없다.

그뿐만 아니라…… 그뿐만 아니라…… 정말 굴욕적이지만…….

어라?이 녀석, 꽤 귀여운 것 같지 않아?

……그런! 그런 이상한 생각이 머릿속에 떠올랐다!

"빈틈 발견! 잘 마실게요~."

"앗."

자기모순에 빠져 고뇌하던 사이, 페트병을 빼앗기고 말았다.

물을 꿀꺽꿀꺽 마신 이로하는 푸하~ 하고 일부러 한숨을 내쉬었다.

이로하는 뚜껑을 닫은 두 페트병을 울●린처럼 손가락 사이에 끼우더니, 나한테 넘겨줄 생각이 없다는 듯이 휘둘러 댔다.

"으흐흐흐~♪"

"대체 뭐하는 거야……."

"아~, 선배가 물 마시는 걸 방해하니 재미있어서요~."

"뭐…… 설마 그딴 이유로 이런 거냐?!"

"맞아요~."

"맞아요~는 무슨. 나도 목이 마르니까, 하나 내놔."

"으음~. 어떻게 한다~."

이로하는 손에 쥔 페트병의 뚜껑이 입술을 가져가더니, 살며시 키스했다.

그런 이로하는 히죽거리면서 도발적인 눈길로 나를 쳐다보더니—.

"두, 개, 다. 내가 입을 댔는데~."

"윽?!"

"선배는, 내가 입을 대고 마신 페트병의 물을 마시기 싫어할 텐데~."

"아니, 그건……."

"이로하가 입을 댄 페트병 안의 물을 마시고 싶다고 딱 잘라 선언한다면, 저도 마음 놓고 넘겨줄 수 있을 것 같은데요~."

"크……!"

내 입으로, 간접 키스를 하게 해달란 소리를, 뱉으라는 거냐!

굴욕 탓에 입술을 깨문 나는 팔을 부들부들 떨었다.

그런 내가 이상한 건지, 이로하는 어~? 하고 말하며 미심쩍은 눈길로 내 얼굴을 뚫어지게 쳐다보았다.

"선배, 왠지 딴죽이 평소보다 무뎌진 것 같은데요."

"으, 응? 기분 탓, 아냐?"

"아뇨, 분명 무뎌졌어요. 평소에 제가 이렇게 치근덕대면 바로 반격을 하잖아요. 톡톡."

이로하는 울버● 스타일로 들고 있는 페트병으로 내 볼을 톡톡 두드렸다.

"하, 하지 마. 간지럽다고……."

"거봐요! 왜 배시시 웃으며 멋쩍어하는 거냐고요! 선배답지 않거든요?!"

"시, 시끄러워. 짐짝을 들쳐메고 하산하느라 지친 것뿐이야."

"에이~. 진짜예요~? 왠지 얼버무리는 느낌이 드는데요~. 왜 눈도 마주치지 않는 거예요~? 에잇, 에잇."

눈으로 확인 안 해도 열기를 통해 볼이 달아올랐다는 걸 눈치챈 나는 필사적으로 이로하의 시선을 피하며 고개를 돌렸다.

하지만 그런 행동이 호기심을 더 자극한 건지, 이로하는 바위에 걸터앉은 채 상반신만 움직여서 내 얼굴을 들여다보려고 했다.

짜증난다. 하지만 조그마한 동물 같은 움직임이라 귀엽다.

………….

그, 러, 니, 까~!! 왜 나는 아까부터 「짜증」 뒤에 「귀엽다」는 감상을 붙이는 거냐고!

"—뜬금없지만 화제를 바꾸자면, 오즈가 곧 우리를 구조하러 올지도 몰라."

"와아~, 참 뜬금없는 소리네요~."

이 이야기를 더 했다간 최악의 상황에 빠질 것 같았기에, 억지로 화제를 바꿨다.

너무 티가 나서 그런지 이로하의 반응이 미적지근했지만, 나는 개의치 않으면서 새로운 화제를 계속 이야기했다.

"중요한 거야. 우리의 생사여탈권은 그 녀석의 손에 달렸어."

"오빠라면 재미있어하면서 확 짓뭉개 버릴 것 같은데요……."

"자기 오빠를 뭐로 보는 거야?"

"으음. 전자동 냉철 음흉 쾌락주의 머신."

"말이 되게 심하네."

"아, 틀렸어요. 전자동 냉철 음흉 쾌락주의 머신 Mk-2예요."

"강화하지 마. 뭐, 지금의 오즈가 개조 후란 건 어찌 보면 맞는 표현이긴 해."

오즈는 개조 전이 더 강했던 것 같지만 말이다.

"그래도 괜찮은 거예요? 이 산길은 꽤 복잡한 것 같은데, 엇갈릴지도 모르잖아요."

"아, 그건 그래."

이로하가 그런 의문을 품는 것도 당연했다.

평범한 인간이라면 이렇게 정비되지 않은 복잡한 산길에서, 어디에 있는지 파악하지 못한 상대와 합류하는 건 불가능할 것이다.

하지만 양자 컴퓨터급의 연산 능력을 지닌 희대의 천재, 일본 사회에 느닷없이 나타난 현대의 스티브 워즈●악, 현실에 강림한 토● 스타크라고 (나한테만)불리는 코히나타 오즈마라면…….

"오즈라면 우리가 어떤 생각으로 어떤 루트를 골라서 내려올지 예상한 후, 지도 데이터를 통해 내 위치를 정확하게 시뮬레이트할 거야."

"우와~, 전폭적으로 신뢰하네요~."

"당연하지. 그런 레벨의 녀석이니까, 내가 반한 거라고."

"아, 방금 대사는 스미레 쌤 앞에서 리피트 플리즈예요~!"

"고객의 수요에 적절히 부응하는 솔루션 좀 내놓지 마."

"뭐~, 농담이지만요. 그런 게 남자의 우정이라는 걸까요~. 선배와 오빠는 진짜 궁합이 끝내준다고, 동생인 저도 생각해요."

그런 소리를 하며 의미심장한 눈빛으로 쳐다보지 말아줬으면 한다.

스미레한테는 거의 매일 주의를 주고 있지만, 실존 인물을 가지고 그런 상상을 하지 말아줬으면 한다. 우리는 그런 사이가 아니란 말이다.

……그러는 나도 최근에 스미레의 여동생— 미도리와 이로하의 백합을 상상하는 죄를 지었다.

너무 비난했다간 부메랑이 날아올 것 같으니, 생각과 신앙의 자유 정도는 보장해주고 싶지만…….

"하지만, 과연 오빠가 저희를 구조하러 올까요~."

"부정적인가 보네."

"에이~, 당연하죠. 옛날의 오빠는 **동생이 울고 있더라도 손을 내밀지 않을 사람**이었거든요?"

"그건……."

바위에 앉은 채로 고양이처럼 기지개를 켠 이로하는 가벼운 어조로 그렇게 말했다.

그 말투는 동창회에서 옛날이야기를 하듯 가벼웠다.

하지만 그 내용은, 말로 형용할 수 없을 만큼 매정했다.

이로하가 어떤 감상에 젖어 있을지를 생각한 나는 가슴이 옥죄어드는 느낌을 받으며 입술을 깨물었다.

그러자 시리어스한 분위기를 눈치챈 그녀는 허둥지둥 두 손을 내저으며 변명조로 말했다.

"아, 지금은 그렇지 않거든요? 전부 선배 덕분이에요."

"응…… 조금이라도 도움이 된 거라면, 좋겠네."

"오빠는 선배를 만나고 엄청나게 달라졌어요. 무슨 생각을 하는지는 여전히 모르겠지만— 저의 행복을 진심으로 바라게 됐죠. 그런 느낌이, 들어요."

—《5층 동맹》의 분위기를 밝게 유지하기 위해, 평소에는 시리어스한 과거를 봉인해둔다.

이로하가 자기 취미와 꿈을 숨기며 나무랄 데 없는 우등생을 연기하게 된 건, 어머니인 오토하 씨의 교육방침만이 이유는 아니다. 아니, 물론 가정 내 신분 제도에서 항상 상위에 군림하는 어머니의 책망을, 다른 가족도 받게 하는 건 잔혹했다.

하지만, 만약…….

가정 안에 단 한 명이라도, 이로하의 진짜 모습을 긍정하며 무조건 그녀의 편을 들어주는 인물이 있다면.

옆집에 사는 『오빠 친구』에 지나지 않은 내가, 인생을 걸어가며 괜한 참견을 할 필요는 없었을 것이다.

금방이라도 무너질 듯한 아슬아슬한 모래성 같은 상태가 될 만큼, 이로하가 궁지에 몰리지도 않았으리라.

"뭐, 어렸을 적부터 오빠에게 딱히 미움을 받았던 건 아니지만요."

"……그 시절에도 오즈는 누군가를 미워하지 않았어. 그 누구도 좋아하지 않았을 뿐이야."

"네. 아무도 미워하지 않고, 아무도 좋아하지 않았죠. 누구에게나 평등하게 무관심했어요. 제 오빠지만 곤충이나 로봇과 이야기하는 느낌이었다니까요."

"커뮤니케이션의 커 자도 몰랐으니 말이야. 사람의 마음을 하나도 이해 못 했다고나 할까……."

"수학과 이과 쪽 과목은 전부 만점인데, 국어만은 항상 빵점이었고요~."

"어쩔 수 없어. 오즈는 사람과 다른 세계를 보고, 다른 공기를 마시며 살고 있잖아. 외국인의 말은 이해할 수가 없지? 그걸 이해하려면, 서로가 이해할 수 있도록 번역해야만 해."

"그리고 처음으로 이문화 커뮤니케이션에 성공한 사람이……."

"그 정도의 거창한 짓을 한 건 아니지만 말이야. 그냥, 친구가 됐을 뿐이거든."

오즈의 뇌는, 극단적으로 보자면 정교한 컴퓨터에 가깝다. 0과 1의 디지털 처리. 눈앞의 사태에 아무런 감정을 가지지 않고, 그 배경에 감도는 복잡한 분위기를 읽지 않으며, 그저 일정 법칙으로 도출된 절대적으로 옳은 정론만을 제시한다.

효율주의자인 나와도 닮은 구석이 있지만, 스스로도 알고 있다시피 나는 꽤 감정에 휘둘리는 타입이다.

완전히 감정과 혼을 배제하며 의사 결정을 할 수 없다.

효율을 중시한다고 떠들면서도 정상 참작을 고려하는 어중간한 박쥐다.

그런 나에게는, 완벽한 존재인 오즈가 너무나도 눈부셔 보였고…….

그 녀석 같은 천재가 학급에 녹아들지 못한 채, **그런 취급**을 당하는 것을 이해할 수 없었다.

그래서 나는 끈질기게, 몇 번이나, 억지로, 그 녀석과 친해지려 했다.

"오빠가 처음으로 친구를 집에 데려왔다고 말했을 때는 눈이 콩알만 해졌어요. 신흥 종교의 전도사한테 속은 건 아닌가 하고 의심했다니까요."

"아~, 그럴 만도 해. 고학력이거나 머리가 좋은 사람이 그런 것에 쉽게 빠지기도 하거든."

뭐, 나는 그런 게 아니었지만 말이다.

"선배가 처음으로 우리 집에 온 날…… 그날부터 오빠는 점점 따뜻해졌다고나 할까요. 커뮤니케이션을 취하기 쉬워졌어요. 그래서 정말 놀랐다니까요. 어, 뭐야. 저 사람, 마법사 아냐?! 하고 생각하며 선배한테 흥미를 느꼈어요."

"네가 보기에 나는 마법사였던 거냐. 아하……. 마법치고는 세련됨과는 담 쌓은 마법이었지만 말이야."

"대체 어떻게 한 거예요?"

"안 가르쳐줘."

"에이~. 슬슬 가르쳐달라고요. 오빠 인격 교정 프로그램의 내용 말이에요."

"너무 캐묻지 말라고. 그건 남자끼리의 비밀이란 거야."

"앗. 방금 그 대사, 무라사키 시키부 선생님 앞에서 이하 생략!"

"그러니까 고객의 수요에 이하 생략!"

……확실히, 교실에서 고립되어 있던 오즈에게 타인과의 커뮤니케이션을 가르치는 건 쉬운 일이 아니었다.

도서관에 뻔질나게 드나들고, WEB에서 논문을 검색해봤으며, 엄연한 과학으로서 인간의 행동 원리와 심리를 가르쳤을 뿐만 아니라…….

러브코미디를 비롯해 인간관계를 주축으로 한 이야기를 접하게 해서, 감정이 아니라 『패턴의 이해』라는 형식으로 인식하게 했고…….

캐릭터의 심리를 이해하며 선택지를 고르지 않으면 게임 오버가 되는 미소녀 게임을 시켜서, 클리어하게 했으며…….

다양한 시행착오 끝에, 현재의 코히나타 오즈마가 된 것이다.

하지만 그것은, 그 상세한 경위는, 이로하나 다른 동료들에게 말하지 않았다.

말할 수가 없는 것이다. 왜냐하면…….

"그래도 불가사의하네요~."

"뭐가?"

"그때는 선배를 봐도, 아~ 그러고 보니 맨션 복도에서 몇 번 봤었지~ 같은 인식이었어요. 그런 사람과 동침까지 하게 되다니, 세상일이라는 건 참 알 수 없는 거네요☆"

"오, 오해 부를 만한 소리 하지 마. 여관에서 한 방에 묵었을 뿐이잖아."

결과적으로는 이로하 탓에 한 이부자리에서 자게 됐지만, 그 점은 일부러 언급하지 않았다.

"아무튼, 이렇게 가까워질 거라고는 당시엔 예상조차 하지 못했어요."

"뭐, 그럴 테지."

나 또한 이로하는 오즈의 집에 놀러 갔다가 우연히 보거나, 때때로 오즈에게 말을 거는 목소리를 듣기나 하는, 그야말로 일반적인 친구 여동생에 지나지 않았다.

아니, 과거형이 아닐지도 모른다.

옛날도, 지금도, 이로하는 나에게 있어 친구 여동생에 지나지 않는다. 왜냐하면…….

애초에 《5층 동맹》을 만든 것도, 허니플레에 입사하려는 것도, 《5층 동맹》의 편안한 분위기를 유지시켜야만 하는 것도, 이로하를 신경 쓰는 것도, 시키부 선생님을 자유롭게 해주려는 것도……. 전부, 그렇다. 전부…….

오즈를 위해서다. 그것만을 위해 시작한 이 아집에 찬 억지에, 다들 휘말리고 말았을 뿐이다.

가슴이 따끔거렸다. 아마 이것이 죄책감이란 것이리라. 이로하가 나를 따를수록, 좋은 사람이라고 말할수록, 매번 가슴 속 깊은 곳에서 양심이 고통을 호소했다.

오즈의 동생이니까. **친구의 동생이니까**. 그저, 그뿐이다.

솔직히 말해, 이로하가 짜증나게 굴어줘서 다행이라고 여기기도 했다.

뭐, 거기에도 한도가 있다고 생각하지만…….

만약 내 행동 탓에 이로하가 나한테 덜컥 반하기라도 한다면, 그 죄책감을 견뎌낼 자신이 없다. 내 모든 행동의 중심은 오즈이며, 그에 따라 전략적으로 행동하고 있다. 그런데 그것을 좋은 뜻으로 받아들이며, 호의를 품는다면. 그런 건, 상상조차 하고 싶지 않다.

그러니 효율적으로 생각해보면 연애 감정이 어려 있지 않아 보이는 태도를, 이로하가 취해줘서 다행이라고 나는 생각했다.

—그런 내가 이로하를 좋아하게 되다니, 말이 되냐고. 아니, 평범하게 생각해보면 말도 안 된다.

바람이 불었다. 바람이 흔들리는 나뭇잎 소리가, 내 생각에 맞장구를 쳐주는 것 같았다.

그래. 《5층 동맹》은 원래 오즈를 위해 네(내)가 준비한 상자야. 다른 사람들은 그저 이용하고 있을 뿐이지. 그러니까…….

"스미레 선생님한테, 《5층 동맹》에 남아달라고 강요할 입장이 아닌 거야……."

"네?"

무심코 생각이 입 밖으로 흘러나오자, 이로하의 어깨가 부르르 떨렸다.

"나는 목적을 위해 그 사람을 이용하고 있을 뿐인걸."

"에이, 그것만이 아니잖아요. 스미레 쌤을 생각해서……."

"물론 서로에게 메리트가 있는 길을 모색하고 있어. 하지만, 그 사람에게 선택을 강요할 권리 같은 건 나에게 없잖아."

"……하아. 선배는 진짜 짜증나는 성격이네요."

"……너한테는 그런 소리를 듣고 싶지 않아."

"이쪽으로 좀 와봐요."

"뭐……?"

이로하는 어처구니없다는 듯이 한숨을 내쉰 후, 나에게 손짓을 했다.

나는 영문도 모른 채, 선녀처럼 바위에 걸터앉아 있는 이로하에게 다가갔다.

"무릎 꿇어보세요. 제 발을 핥을 필요는 없어요."

"안 핥아. 그리고 내가 왜 기사처럼 공손히 고개를 숙여야 하는데?"

"잔말 말고 허리업!"

"……알았어. 하아. 대체 왜 이러는 거냐고—."

나는 불평을 늘어놓으면서도 이로하의 앞에서 무릎을 꿇었다. 그러자…….

—착하다, 착해.

어? 잠깐만. 방금 그 표현은 뭐야? 그리고 뒤통수에서 느껴지는 이 필설로 형용 못 할 감촉은…….

"……뭐 하는 거야?"

"짜증날 정도로 귀찮은 성격 탓이 마음 편할 날이 없는 선배에게, 릴랙세이션 효과를 부여하고 있는데요."

"무슨 소리인지 모르겠거든?"

"간단히 말해, 쓰담쓰담 중이에요."

"그건 아는데…… 왜 이러는 건지, 모르겠다고."

정성 들여 머리를 쓰다듬는 감촉이 느껴졌다.

손바닥에서 이로하의 체온이 느껴지자, 녹아내릴 것만 같을 정도로 기분 좋았다.

이런 소소한 행동마저도 이로하를 평소의 3000배 정도 매력적으로 만드는 것을 보면, 지금의 나는 정상이 아니다.

"아까부터 말했잖아요. 자기가 응석을 부리는 걸 용납 못 하는 선배를 대신해, 제가 선배의 응석을 받아주는 거예요. 선배가 하고 싶지 않은 일을 하는 거니까, 이것도 짜증나는 짓의 연장선이겠네요♪"

"그 논리는 이상하거든?"

반론을 하면서도, 목소리에 힘이 들어가지 않았다. 강하게 거절할 마음이 생기지 않았다.

눈앞에 있는 이로하의 몸, 의식할 수밖에 없는 여자애 특유의 달콤한 향기.

두근, 두근 하며 심장 뛰는 소리가 귀까지 전해졌다.

—이대로 끌어안아 버린다면, 이로하는 어떤 반응을 보일까?

받아줄 것인가. 아니면, 거부할 것인가.

친구 여동생이라는 거리를 쭉 유지해준다는 현실에 안주했던 주제에 이제 와서 마음이 흔들리고 있는 이 한심한 남자를, 이 녀석은 그런 대상으로 봐줄 것인가.

……아냐. 무리야. 그런 짓을, 어떻게 하냐고.

내 마음을 흔드는 것의 정체가 연애 감정인지 아닌지, 그것조차 정의 내리지 못하는 내가 무책임한 행동을 할 수는 없다. 그건 최악의 쓰레기나 할 짓이다.

그렇게 생각하며, 이로하에게서 떨어지려던 순간— 부스럭하고 잡초 밟는 소리가 들려왔다.

"윽?!"

나와 이로하는 동시에 그쪽을 돌아보았다. 아까 쫓아냈던

© tomari

들개가 쫓아온 걸지도 모른다. 다른 야생 동물일 가능성도 있다.

이로하를 감싸며 몸을 일으킨 나는 소리가 들린 방향을 노려보았다.

산짐승과 마주쳤을 때의 대처법이라면 얼추 파악하고 있다. 그 어떤 적이라도 격퇴해주겠다.

그렇게 생각하며 마음속으로 나 자신을 격려하고 있을 때, 어둑어둑한 숲속에서 그 녀석이 모습을 드러냈다.

나뭇잎 사이로 스며드는 달빛에 비친 그 사람은…….

"콩그레츄레이션! 역시 커플 성취률 100%의 의식! 답답한 남녀를 이렇게 간단히 이어주다니, 역시 데이터는 배신하지 않는걸!"

박수를 치며 환하게 웃고 있는 내 절친— 코히나타 오즈마였다.

"오빠?!"

"오즈, 너. 등장하기 전에 말을 걸라고. 겁먹었잖아."

"어라, 혹시 너무 빨리 등장한 거야? 30클릭 후가 딱 좋았으려나?"

"에로 게임 느낌으로 계산하지 마."

그리고 아무리 기다려봤자 그런 장면은 안 벌어진다고.

"30클릭도 필요 없어요. 진짜로 그런 걸 한다면 3클릭으로 선배를 보내버릴 수 있다고요!"

"괜히 경쟁심 좀 불태우지 마. 너 따위한테 당할 리가…… 당할 리가, 없잖아. 응, 맞아."

"흐음~. 헤에~. 정말이에요~? 이로하 님의 뇌쇄 파워를 진짜로 이겨낼 수 있겠어요~?"

"어…… 얼굴 들이밀지 마."

"봐요! 겨우 이 정도로도 멋쩍어하잖아요~! 그런 쪽으로는 진짜 약해빠졌네요! 한 방 감이에요, 한 방 감~!"

"시끄러워! 귀찮게 하지 마!"

이로하는 클릭~ 클릭~ 하고 말하면서 내 배를 손가락으로 톡톡 눌렀다.

그런 이로하를 귀찮아하며 밀어낸 나는 퍼뜩 놀랐다.

"후후. 참 사이가 좋은걸."

아니나 다를까, 오즈가 빙그레 웃으며 우리를 쳐다보고 있었다.

"그, 그런 거 아니거든?! 이건 애정행각 같은 게—."

"필사적으로 부정하니 더 수상해."

"큭…… 알았어. 알았다고. 확실히 객관적으로 보자면 애정행각 같아 보일 거야. 하지만 실제로는 아무런 의미도 없다고 당당히 선언하겠어. —어때?!"

"뻔뻔한 그 태도에서도 러브러브가 묻어나는걸. 결혼 3년

차 때도 바람을 안 피울 것 같아 다행이야."

"결혼 안 했고, 그런 마니악한 소재를 내추럴하게 써먹지 마."

요즘 세대는 이해 못 할 거라고.

그런 이야기를 나누고 있을 때, 오즈의 시선이 이로하의 발로 향했다. 발목에 감긴 수건을 보더니 맞아, 하고 중얼거렸다.

"미안해. 이로하가 다쳐서 서둘러 하산하던 중이었지. 잡담할 때가 아니네."

"으, 응. 그래. 오즈도 도와줘. 둘이서 부축하면, 장거리를 이동하는 것도 그렇게 부담이 되지 않을 거야."

"아, 그건 거절하겠어."

"뭐? 왜……."

"으음……."

"…………."

오즈는 잠시 뜸을 들이면서 이로하 쪽을 힐끔 쳐다보았다.

이로하는 아무 말 없이 시선을 피했다.

"사춘기 오빠가 상냥하게 대해줘봤자, 현실의 여동생은 난처해할 거라고 생각하거든. 게다가 이로하가 자기 몸을 만져줬으면 하는 사람은 아마 아키일 거야."

"뭐?"

"오빠! 눈치 신경 써줄 거면, 그냥 신경만 써줘요! 괜한 소리 좀 하지 말라고요."

"미안해. 나는 어디부터가 괜한 소리인지 모르는 타입의 남자거든."

"그건 알지만, 대놓고 그런 소리는 하지 말아줘요."

일부러 은근한 태도로 화내는 이로하와, 시치미를 떼듯 어깨를 으쓱하는 오즈.

자연스러워 보이지만, 이 남매의 대화에서는 찢어진 무지 티셔츠에 마스코트 캐릭터의 애교 듬뿍 얼굴을 꿰매놓은 듯한 위화감이 묻어났다.

괜히 그 점에 대해 캐묻지는 않겠지만 말이다.

나는 그것보다 더 중요한 이야기를 꺼냈다.

"도와주지 않을 거라면 온 의미가 없잖아. 너, 대체 뭘 하러 온 거야?"

"그야 물론 나만이 할 수 있는 일을 하러 온 거야. 최대한 빠르게 마을로 돌아갈 방법을 마련해왔지."

오즈는 당연한 소리를 하듯 여유로운 미소를 지으며 그렇게 말한 후, 손가락으로 어딘가를 가리켰다.

그의 손가락은 어둠 너머를 가리키고 있었다.

의식을 치르러 갈 때 이동한 길보다 더 험난하고 어두운 길이었다.

1밀리미터 앞의 광경도 보이지 않는, TRPG라면 GM(게임마스터)이 저쪽으로 가는 걸 전력으로 막을 듯한, 그런 예상치 못한 선택지다.

게다가 정적에 휩싸인 한밤중의 숲인데도 불구하고, 오즈가 가리킨 길에서는 짐승 울음소리를 연상케 하는 중후한 소리가 어렴풋이 들렸다.

귀를 기울여봤다. 음, 틀림없이 들렸다. 이 소리를 문장으로 표현하는 건 어렵지만, 굳이 글자로 표현해보자면— 구웅구웅, 덜컹덜컹이라고나 할까.

"이 소리는……."

"평소에는 쓰이지 않는지 전원이 연결되어 있지 않더라고. 보안장치가 있긴 했지만, 나한테 그건 현관 풀 오픈 상태나 다름없거든. 역시 시골답다고 생각하며 작동시켰어."

"뭐…… 설마……?!"

나는 아연실색했다.

카게이시 마을은 낡은 촌락. 산업 혁명 이후로 발전이 없는 지상의 외딴섬. 그렇게 생각했던 나는 어떤 선택지를 제외했고, **그것**을 찾아보려고도 하지 않았다.

하지만 진짜로 그런 것이 있다면.

처음부터 그것을 이용했다면, 훨씬 효율적으로 하산할 수 있었을 것이다.

그걸 놓치다니, 나는 효율충 실격이다!

"그래. 이거야말로 내가 찾아낸, 카게이시 마을과 이 산에 숨겨져 있던 문명의 이기—."

오즈는 스마트폰의 손전등 기능을 이용해, 어둠 너머를

비췄다.

그곳에 존재하는, 강철로 된 물체는…….

"최신예 리프트야."
"역시 그거였구나……."

게다가 최신예라니…….

"뭐야. 이런 설비가 있었던 거냐고……."

"아하하. 선배는 업어서 손해, 저는 업혀서 손해네요."

몸에서 힘이 쭉 빠진 내가 주저앉자, 이로하는 쓴웃음을 머금었다.

나는 무거운 심정으로, 그리고 이로하는 나한테 설득을 당해서 리스크를 감수했다.

최종적으로는 나 혼자만의 패배로 끝난 느낌도 들지만, 일단 그 점에는 눈을 돌리기로 했다.

미안해, 이로하. 내가 좀 더 현지 조사를 철저하게 했다면 최단 루트로 마을까지 갈 수 있었을 거야. 최고 효율을 실현하지 못한 이 못난 선배를 용서해줘.

먼저 곰비 리프트에 탄 오즈의 뒤를 이어, 이로하를 안아 든 나도 탑승했다.

문명의 이기에 익숙한 도시에서 자라서 그럴까. 궁둥이에 닿은 인공물의 차가운 감촉에서 묘한 안도감을 느낀 나는 하아~ 하고 한숨을 토했다.

오즈가 스마트폰으로(어떻게 한 건지는 모르겠지만) 조종한 콤비 리프트는 흔들거리며 우리를 산 아래로 천천히 옮겨줬다. 경사면을 따라 움직이는 리프트에서 보이는 것은 별이 반짝이고 있는 밤하늘과 은색 달…… 그리고 그것을 바라보는 이로하의 얼굴이었다.

긴장이 풀린 바람에 무심코 이로하의 얼굴을 쳐다보자, 내 시선을 눈치챈 그녀가 나를 돌아보았다. 쳐다본 것 때문에 놀림을 당하는 건가 싶어 긴장했지만, 이로하는 뜻밖에도 침착한 태도로 이렇게 말했다.

"스미레 쌤은 괜찮을까요?"

"……하하."

"왜 웃는 거예요~."

"미안해."

이로하가 볼을 부풀리자, 나는 입가에 손을 대며 웃음을 참았다.

역시 상냥한 녀석이라니깐, 같은 생각이 들면서 마음이 훈훈해진 것이다.

이로하도, 스미레도, 정말 좋은 녀석들이다.

그렇기에. 그렇기 때문에. 오즈만을 위해 만들려고 했던 《5층 동맹》에 휘말리게 한 것을 진심으로 미안하게 생각하며, 만약 이 녀석들이 《5층 동맹》과 갈라서려 한다면 나는 말리고 싶지 않다.

그래서 이번 건— 카게이시 스미레의 문제도…….

나는 최대한 생색내는 느낌이 나지 않는 해결 방법을 선택했다.

"스미레 선생님이라면 괜찮을 거야."

"들키지 않고 증거를 입수할 수 있을 거란 말이에요?"

"아냐. 십중팔구, 당주에게 잡힐 거야."

"네?"

"하지만, 그걸로 됐어. 카게이시 스미레의 일러스트레이터 인생은—."

이로하는 어리둥절한 표정을 지었다.

나는 히죽 웃으면서, 말을 이었다.

"—스미레 선생님은 당주에게 잡힌 덕분에, 비로소 앞으로 나아가게 될 거야."

interlude 막 간 …… 마시로와 스미레 2

"으음. 안 보이네. 이 뒤편에서 로리 냄새가 나는데 말이야."

"로리 냄새라니……."

"비(非) 에로 헌터 스미레, 악한 포르노를 감지하는 후각은 도베르만급이야."

"이렇게 무시무시한 자기소개 대사는 처음 들어……."

화로가 있는 풍류 있는 다다미방. 한자가 적힌 족자를 걷어봤지만, 그 뒤편에는 평범한 벽이 있었다. 숨겨진 금고 같은 건 보이지 않았다.

시대극에 나오는 벼슬아치의 저택 느낌이 나는 넓고 거대한 일본 가옥이다.

객실, 안방, 거실, 사랑채— 나, 카게이시 스미레와 마시로는 2인 체제로 그런 방들을 돌아봤지만, 할아버님이 로리 음란물을 즐긴다는 결정적 증거 같은 건 찾을 수 없었다.

초조한 나머지 땀이 삐질삐질 났다.

어, 어라. 이거, 큰일 난 거 아냐? 증거를 못 찾으면 아키와 이로하는 쓸데없는 짓을 한 거고, 마감 지옥 상황에도 도와주러 온 마시로한테도 미안하잖아!

거짓말…….

이제까지 아키가 한 말이 틀렸던 적은 거의 없으니까, 이번에도 분명 있을 거라고 생각했는데 말이야.

“애초에…… 로리 음란물이라는 건 구체적으로 어떤 매체일까?”

“아~, 깊이 생각해본 적 없어. 표지가 음란한 얇은 책, 같은 거 아닐까?”

“로리 계열 상업지를 보면, 숭고한 청춘물 느낌이 나는 표지던데 말이야.”

“맞아! RO 같은 건 처음 봤을 때 어떤 잡지인지 감도 안 왔어!”

“얇은 책이든, 상업지든…… 역시 종이로 된 서적 매체, 일까?”

“아마 그럴걸? 할아버님 세대는 종이 문화였고, 이 마을의 낡은 촌락 느낌을 생각하면, 전자화의 파도에 휩쓸렸을 것 같지는 않거든.”

“그렇구나. 그럼 그런 기준으로 숨겨둔 장소를 예상해 본다면…….”

마시로는 턱에 손을 대더니, 으음~ 하고 귀여운 목소리를 내며 생각에 잠겼다.

“벽장 안쪽에 있는 종이 상자 같은 게 수상해. 예를 들자면, 이런 거 말이야.”

객실로 돌아오자마자 벽장을 연 마시로는 그 안에 있던

종이 상자를 꺼냈다.

“호오~. 호오~. 근거는 뭐야?”

“꺼내기 힘들면 가족한테 들킬 위험도 적거든. 책이 상하는 걸 피하려면 책장에 두는 게 이상적이겠지만…… 어쩔 수 없을 거야.”

“아하~. 하지만 종이 상자 같은 건, 대청소 때 남이 열어 보지 않을까?”

“다 대책이 있어. 가장 위에는 평범한 책을 두는 거야. ……마시로 말고는 책을 읽는 사람이 없었거든. 우리 오빠도 글자를 보기만 해도 알레르기를 일으키는 타입이었어.”

“참 철저한 대책이네. ……그러고 보니 마시로는 오빠가 있었지.”

“응. 『아버지를 능가하는 BIG한 비지니스가 생각났다』며 가출을 한 후로 연락이 안 돼.”

“그 사람, 살아있긴 해?”

“글쎄?”

“우와, 흥미 없나 보네. 가족이잖아.”

“몇 년이나 얼굴을 못 본 데다, 연락도 주고받지 않았는걸. 거의 남이나 다름없어. 사이가 좋았던 아키와는 아직도 연락을 주고받을지도 모르겠네.”

담담히 종이 상자를 뒤지는 마시로가 별 생각 없이 한 말에 개인적으로 중대 사항이 담겨 있었기에, 나는 바로 반응을 보였다.

"아키는 오즈마 군이 유일한 친구라고 항상 말했는데, 실은 남자가 더 있었던 거야? ……커플충으로서 복잡한 심경이네."

"인연을 끊은 것 아닐까? 오빠와 친구가 됐다간 재수가 나빠질 거야."

"말이 참 심하네……."

대체 어떤 사람인 걸까.

그건 그렇고, 참 다양한 가족이 있구나. ……그러고 보니 아키한테 마시로는 사촌임과 동시에, 어찌 보면 이로하와 마찬가지로 『친구 여동생』이기도 한 거네. 이제까지는 의식하지 않았지만, 재미있는 우연도 다 있는걸.

―그런 건 일단 제쳐두기로 하고, 개인적으로 흘려들을 수 없는 정보가 하나 더 있어!

"동인지를 숨기는 곳에 대해 해박한 걸 보면, 마시로도 그런 걸 가지고 있구나?"

"……윽!"

"쇼타? 로리? 최애 일러레는 누구?! 오타쿠 토크에 그다지 참가하지 않아서 그쪽으로는 흥미 없나 했는데, 종이 상자에 가득 넣어둘 만큼 동인지를 가지고 있다면 꽤 찐팬이네!"

"윽…… 드, 들러붙지 마, 바보."

"아앙~. 매정해~."

내가 들러붙자, 마시로는 한 손으로 밀어냈다.

“저, 저기……! 아까도 말했잖아. 나는, 마키가이 나마코라고.”

“응? 그게 어쨌다는 거야?”

“LIME으로 오타쿠 토크를 실컷 했던 거 기억 안 나? ……너와 노닥거릴 만큼은 나도 오타쿠라고. 그 정도는 눈치채란 말이다.”

“……아! 맞다! 마키가이 나마코 선생님이니까, 그렇게 봐야겠네!”

마시로가 일부러 LIME에서처럼 남자 말투로 그렇게 말하자, 나는 무릎을 때렸다.

“응. 그래서 그런 책도, 가지고 있어. 집 안에 숨겨둔 적도, 있는 거야.”

“흐음~. 마시로도 부모님과 가족에게 말 못 할 비밀이 있구나.”

“마시로는 비밀 덩어리야. ……이 안에도 없네.”

내가 뜻밖이라는 투로 그렇게 말하자, 마시로는 내용물이 건전한 종이 상자를 원래 상태로 되돌리면서 멋쩍은 듯이 고개를 숙였다.

“진짜로 비밀 덩어리야. 마시로가 마키가이 나마코라는 것도, 스미레 선생님한테 말할 때까지는 아키를 비롯해 그 누구한테도 밝히지 않았어.”

“커밍아웃하는 게, 무서운 거야?”

"무서워. 하지만, 계속 숨기고 있어도, 가슴이 계속 따끔거려서, 기분이 좋진 않아."

"죄책감, 이란 걸까."

"아마 그럴 거야. 플러스마이너스로 균형을 이루고 있지만 말이야."

정체를 들키지 않아 안도하는 마음.

정체를 숨긴 채 소중한 이를 대하는, 찝찝한 마음.

그 두 가지가 상쇄된 잔잔한 상태가 가장 안전하기에, 우리는 현상 유지를 선택하고 만다.

하지만 축적된 죄책감이 자아내는 미묘한 불쾌함은 나도 안다. 마시로가 자신을 탓하는 심정도 이해할 수 있다.

그렇기에. 그렇기 때문에. 나는 결정한 것이다…….

"이 수상한 놈들!!"

야생의 곰을 연상케 하는 두꺼운 목소리가 고막을 뒤흔들었다.

그와 동시에, 이제까지 어두컴컴하던 실내가 망막을 태울 듯한 새하얀 빛으로 가득 찼다.

*

빛에 익숙해진 눈을 뜨자, 곰을 연상케 하는 거한의 모습이 보였다.

뻣뻣해 보이는 수염이 무성하고, 눈에는 맹수에게 찢긴 듯한 흉터가 남아 있었다. 후우— 하며 새하얀 숨결을 토하는 모습은 엽기 살인 호러물의 괴인 그 자체였다.

아니, 저 외모로 교육자라는 게 말이 되냐고. 좋게 봐줘도 산적 두목 아냐?

내 조부지만 압도적인 위압감을 뿜고 있는 남자— 카게이시 코우는 날카로운 눈빛으로 나를 쳐다보며 말했다.

"스미레여. 의식에 참가한 네가 어째서 여기 있는 게지?"

"할아버……님……."

"……윽."

듣기만 해도 뱃속 깊은 곳이 묵직해지는 목소리였다. 너무 무서워서 두 발이 떨렸다. 옆에 있는 마시로도 마찬가지인지, 몸을 살짝 웅크린 채 부들부들 떨고 있었다.

—나까지 겁먹으면 안 돼. 나는 선생님이니까, 정신 바짝 차려야 해.

냉철한 여교사의 가면을 다시 쓴 나는 손목시계를 확인하며 냉철하게 물었다.

"의식이 치러지는 사당은 산속에 있을 텐데요. 걸어선 이렇게 빨리 하산할 수 없을 텐데…… 어떻게 여기까지 오신 거죠?”

“강철말(바이크)로 내려왔다.”

“엥?”

느닷없이 문명의 이기가 언급되자, 무심코 본성을 드러냈다. 안 돼. 숨겨야 해.

당혹스러워하는 내 눈앞에서 바이크 열쇠를 들어 보인 할아버님의 관자놀이에는 시퍼런 혈관이 붉어져 있었다.

“마을에서 그 사당까지 이어지는 산길은 험하지. 허나, 사당 너머로 가면— 산 반대편으로 내려가면 바로 도로에 도착하느니라. 미리 세워둔 강철말을 타고 고개를 내려온 후, 지금의 이 분기탱천할 상황을 목격하고 만 게지.”

“정말 용의주도하군요……. 처음부터 저를 의심하고 있었던 건가요?!”

그렇지 않다면, 일부러 귀가 예정 시각을 앞당기는 짓을 하지는 않을 것이다.

이로하의 변장, 연기는 완벽했을 것이다.

의심을 받을 이유는 눈곱만큼도 없는데!

“내가 아무것도 모를 거라고 생각했느냐?”

“네……?!”

“OK. COOGLE(쿠글). 프로젝터 스크린을 펼쳐라.”

—뭐어어어어어어어어어어어어어어어어?!

나는 무심코 비명을 질렀다.

아니, 지를 만도 하잖아! 어떻게 안 지르냔 말이야!

쇠락한 촌락인 일본 가옥에서 갑자기 COOGLE 홈이 작동되더니, 학교 시청각실에 있을 법한 프로젝트 스크린이 천장에서 튀어나왔는걸!

마시로도 새파랗게 질린 얼굴로 나를 돌아보았다.

"스, 스미레 선생님…… 못 버티겠어……. 마시로, 세계관에 일관성이 없어서, 현기증이 나……."

"프로 작가의 멘탈에도 대미지가……?!"

"방황 중인 작가나 미숙한 작가 지망생이 범하는 미스가, 현실에서…… 윽, 머리가……."

"정신 바짝 차려, 마시로. 심정은 이해해!"

나는 공전절후의 세계관 붕괴(월드 브레이크) 현상 탓에 비틀거리는 마시로의 어깨를 움켜잡았다. 아, 정말 가녀리네. 존귀해.

그런 사념에 사로잡혀 있을 때, 스크린에는 LIME 화면이 비쳤다. 이것은 카게이시 가문의 일족 LIME 그룹이다. 나도 참가하고 있다.

할아버님은 어디선가 가져온 태블릿 단말을 조작하더니, 몇몇 사진을 LIME 화면 옆에 표시했다.

"이것은 스미레가 올린 메시지를 시간순으로 정리한 것이니라. 그리고 그 글을 올린 시간과 내용을 AI가 데이터 해석한 결과, 스미레에게는 애인이 없다는 결론이 나왔지.”

“어디부터 딴죽을 걸면 될지 모르겠지만, 일단 무시무시한 건 틀림없네요.”

“AI의 딥러닝 결과, 맞선을 제시하면 현황을 파악할 수 있을 가능성이 대박 크다고 추정되더구나. 근거가 있어서 벌인 일이다.”

“하지만, 저는…….”

“그래. 남친이 있다고 우긴 스미레는 이 데이트 사진을 올리며 맞선을 거절했다. 일족 사람들 사이에서 난리난리 캐난리가 났지.”

“진지한 이야기가 머리에 안 들어오니까, 이상한 속어 좀 섞지 말아줄래요?”

“라져(오케바리).”

뜻밖에도 할아버님은 순순히 동의했다.

“예측이 빗나간 나는 어떤 가설에 도달했느니라.”

“가설……?”

“오오보시 아키테루 군과 결탁해 커플인 척을 해서, 맞선을 피하려 하는 것이 아닌가— 라는 의혹에 사로잡힌 게지.”

변명의 여지가 없을 정도로 완벽한 정답이에요. 정말 감사합니다.

말도 안 돼. 그럼 내 속셈은 처음부터 다 들통이 나 있었던 거잖아. 이래서야 비 에로 헌터가 아니라 피에로 헌터야.

"몇몇 젊은이와 함께 귀성을 한 것도 파악해뒀다. 그렇다면 이 『결연의 의식』에서도 뭔가 일을 꾸밀 거라고 생각하는 게 당연하지 않겠느냐?"

"그럼 속은 척을 했던 건……."

"지금 이 순간, 이 자리에서 스미레의 신병을 구속하기 위해서이니라."

"……제가 이 저택에 침입할 거라는 걸, 어떻게 안 거죠?"

"찾고 있었지? 이 나의 약점을 말이다. 내가 스미레와 **같은 취향**을 지닌 것이라 예상하며, 내가 잡아떼지 못할 완벽한 증거를—."

"…………윽."

반박을 할 수가 없다. 할 수 있을 리가 없다.

전부 간파당했다.

할아버님의 말을 들어보면 처음부터 모든 것을, 그렇다. 내 취미까지도 전부 알고 있었던 것 같았다.

카게이시 가문에 숨겨져 있는 로리콤의 증거를 찾아내 자신의 정당성을 어필하는 건 고사하고, 이대로 있다간 일방적으로 단죄당하고 만다.

어쩌지. 어쩌지, 어쩌지, 어쩌지.

저 엄격한 조부가 모든 것을 알고 있었던 사실이 내 머릿속을 탁류처럼 헝클어뜨렸고, 가면이 억지로 벗겨진 듯한 느낌에 손끝까지 떨렸다.

그리고, 할아버님은 고했다.

커다란 흉터가 있는 눈을 가늘게 뜨더니, 나란 존재의 내면을 파헤치는 듯한 질문을 던졌다.

"만화, 애니메이션, BL— 그렇게 불리는 예술을, 스미레는 사랑하는 게지?"

"그, 건……!"

"네 부모는 네가 애니메이션 같은 것에 빠져서, 만화나 일러스트 같은 걸 몰래 그린다는 사실을 눈치채고 있었느니라. 당주인 나에게도 이미 보고됐지."

"네?"

"어린애의 얕은 지혜로 부모의 눈을 속이는 건 불가능해. 게다가 수백, 수천의 어린애를 지켜봐 온 눈이란 말이다. 아라시마 군이란 자를 사랑하는 것도, 왕족이 정구를 하는 만화에 심취한 것도, 학교가 헤븐이고 안경이 귀축이라는 것도, 유서 깊은 도검이—."

"그, 그만 하세요."

맙소사. 내 오타쿠 편력이 하나도 남김없이 포착당했다.

그럼 뭐야? 아빠와 엄마가 나를…….

"착각하지 마라. 네 부모가 너를 판 것이 결단코 아니니라. —오히려 반대지. 그들은 당주인 나를 찾아와서, 애원했느니라."

"애원……?"

"실은 교사가 아니라 일러스트 일을 하고 싶었던 것이 아닐까, 만약 본인이 그것을 바란다면 허락해주고 싶다, 하고 말이지."

"뭐…… 아빠와 엄마가, 할아버님을 거스르는 짓을……?!"

머릿속에 떠오른 것은 엄격 그 자체라 해도 과언이 아닌 아버지의 얼굴과, 항상 남편의 뜻에 따르는 정숙한 여자였던 어머니의 얼굴이다.

룰을 존중하고, 일족의 가르침을 거스르지 않으며, 오랫동안 이어져 온 문화에 유유낙낙 따르기만 하는 인생을 옳다고 여기는 사람들—이라고, 생각했다.

그래서 그런 부모님을 보고 자란 나 또한, 같은 길을 걸어야만 한다고 생각했다.

"나는 바보 같은 소리를 늘어놓지 말라며 격노했느니라. 허나 꾸짖기 위해선, 네가 빠진 것을 이해할 필요가 있다고 생각했지. 그것이 올바른 교육의 길이니라. ……그렇기에!!"

할아버님은 손가락으로 태블릿을 격렬하게 조작했다.

그러자— 백화요란(百花擾亂).

꽃봉오리가 피어나듯, 혹은 비눗방울이 생겨나듯, 스크린 안에 차례차례…….

전자서적과 DL판매 동인지 이미지가 피어났다.

그 이미지는 대부분 눈에 익었다. 그것들은 내가 사랑해 마지않는 작가의 책, 그중에는 지난주에 본 므흐흐한 작품도 포함되어 있었다.

아니, 그것만이 아니다. 그중에서도 통계학상 있을 수 없을 정도로 많은 건…….

나에게 있어 세상에서 가장 가깝고, 궁극적으로 사랑하며, 치명적일 만큼 보여주고 싶지 않은 작품들—.

"무라사키 시키부 선생님의, 동인지—."

"그러하니라(인정~). 세대 차 탓에 이해할 수 없는 스미레의 길을, 이해하기 위해 좇고 또 좇은 결과, 나는 도달하고 말았지. 무라사키 시키부 선생님— 아니, 카게이시 스미레의, 예술에……."

"…………윽!!"

"안심하거라. 이 사실을 아는 건, 일족 중에서도 나뿐이니라. 네 부모님에게도 밝히지 않았다."

할아버지는 경악을 금치 못하는 나를 염려해 그렇게 말했다.

하지만 그런다고 모든 것이 까발려졌다는 절망감이 사라지지는 않았기에, 나는 그저 망연자실하게 서 있었다.

"일족의 규율에 등을 돌리며, 다른 길을 걸으려 한 자는 없느니라. 허나 IT기술의 등장으로 시대의 흐름은 가속되었고, 내가 이해할 수 없는 가치관을 지닌 가족이 태어나는 것도 이 세상의 섭리일 거다. 그러니 스미레가 무슨 생각으로 무엇을 하려 하는지 이해하기 위해, 다양한 서적(동인지)를 읽었고, SNS를 통해서이기는 하지만 젊은이들과 대화도 해봤지. —유행어, 이라는 것에 어중간하게 물들기는 했지만, 그것도 또 재미있더구나."

할아버님은 곰 같은 얼굴을 일그러뜨리며 웃었다.

하지만 만화의 세계라면 매력적인 갭이었을 그 표정은 2초도 채 유지되지 않았고, 할아버님은 다시 표정을 굳혔다.

"허나, 가장 중요한 스미레의 의지는, 결국 알 수 없었느니라. 그것을 확인하기 위해선, 얼굴을 마주하고 이야기를 나눌 수밖에 없다고 생각했지."

"아…… 그래서 이 타이밍에, 맞선을 추진해서, 본가에 오도록……?"

"그러하니라(인정~). 본심을 털어놓으며 이야기를 나눌 시간이 필요했느니라. 스미레여, 네 본심을 말해 보아라. 일족의 규율을 어기며, 예술(일러스트)의 길을 나아가고 싶은 게지?"

"저, 는…… 저기……."

말끝을 흐렸다.

각오는 다졌는데, 말이 목에서 나오지 않았다.

우물쭈물하는 나를 질타하듯, 할아버님은 강렬한 눈빛으로 나를 노려보며 낮은 노호성을 토했다.

"거짓된 교사라는 가면을 쓰고 교육의 길을 더럽히는 건, 카게이시의 후예에게 용서될 수 없는 일이니라. 예술의 길도 나아가지 못하고, 교사로서도 실격이라면 너에게 뭐가 남지? 어중간한 태도야말로 가장 큰 수치라 여기거라!!"

아냐. 아냐. 확실히 나는 이것도 저것도 아냐. 그건 반론의 여지가 없어.

하지만 나는 이 인생을 부끄럽게 여기지 않아!

아냐. 아냐. 그렇게 말하고 싶은데, 말이 나오지 않는 건…… 역시, 내가 할아버님의 말처럼 일러스트레이터로서도, 교사로서도 실격인, 부끄러운 인간이라서일까.

그럴지도 몰라. 왜냐하면, 나는…….

"아냐!"

…………어?

진짜로 아냐. 방금 그 말, 내가 한 게 아니거든. 그럼 대체 누가……?

"스미레 선생님은, 가짜 선생님 같은 게 아냐. 멋대로, 지껄이지 마……!"

"……너의 이름은?"

"그것도 젊은 사람과 어울리다 받은 영향이야? 뭐, 좋아……. 마시로. 마시로의 이름은 츠키노모리 마시로. 스미레 선생님이 담임을 맡은 반의, 학생이야."

"좋다. 뭐가 『아니라는 것』인지, 말해 보거라."

"마시로를…… 진정한 의미에서, 지켜주는 건 스미레 선생님뿐인걸."

할아버님의 눈빛이 무서울 것이다.

부들부들 떨리는 팔을 다른 손으로 움켜쥔 마시로는 상대의 눈을 똑바로 쳐다보며, 쥐어짜내듯 말했다.

"예전 학교의 담임 선생님은 내 편이 되어주지 않았어. 교실에서 마시로가 괴롭힘을 당해도, 마시로가 상의하러 가도, 내 말에 귀 기울여 주지 않으며 애매한 대답으로 이야기를 돌리기만 했어. 보고도 못 본 척만 했어. 그러더니 『츠키노모리 양이 좀 더 자신감을 가져보는 게 어떨까?』 하고, 마시로가 내성적인 게 문제라는 투의 소리까지……. 정말, 정말 최악이었어."

"흐음. 교육자를 자처할 자격도 없는 자구나. 요즘 그런 자가 많다는 이야기는 들었느니라."

"하지만 스미레 선생님은 달랐어. 마시로를, 진심으로 걱정해줬고…… 아키와 함께, 마시로를 즐거운 곳으로 인도해줬어. 그러니까……."

마시로의 필사적인 고백에, 그런 식으로 생각해줬다는 사실에, 나는 그저 놀라고만 있었다.

물론 교사로서 학생에게 할 수 있는 일은 하자고 생각했지만, 보답을 바란 적은 없거니와 학생이 고마워한다는 실감을 받은 적도 없다. 그러니 그녀의 말이 의외면서도, 솔직하게 기뻤다.

그리고 마시로는 몸을 쑥 내밀더니, 몸집이 자신의 몇 배는 될 듯한 거한을 향해, 힘찬— 힘찬, 어조로 말했다.

"마시로의, 최고의 선생님을…… 바보 취급하지 마!"

그것은 적의조차 어려 있는 듯한, 강렬한 한 마디였다.

츠키노모리 마시로는 매우 약한 학생이다. 전학생 리포트에도 그렇게 적혀 있었으며, 실제로 그녀와 지내보면서 그 「정보」는 「확신」으로 변했다.

마시로가 누군가를 적으로 돌릴지도 모르는 발언을 입에 담는다면, 그 말을 한 상대는 그녀가 진심으로 어리광을 부릴 수 있는, 안도감을 가지고 접할 수 있는 인물일 것이다.

예를 들자면, 아키.

예를 들자면, 《5층 동맹》의 동료들.

마시로가 우리 맨션으로 이사 온 지 얼마 안 되었던 시절. 예전 학교에서 자신을 괴롭히던 애들과 마주친 그녀는 얼어붙은 채 아무것도 하지 못했다고 들었다. 이로하가 쫓아줘서 별일 없었지만, 그녀는 그 애들에게 맞설 용기를 지니지 못했다.

하지만…….

자신을 위해서가 아니라, 나를 위해서. 이렇게 무서운 상대에게 맞서는 건, 그녀가 성장했다는 증거일까?

"오호(카~)라. 썩어빠져도 카게이시 가문의 일원답게, 교사로서의 덕은 쌓고 있는 것 같구나."

"그렇다면……!"

"하지만, 그것과 이것은 별개의 일이니라."

"어."

희망이 어리려던 마시로의 표정이, 그 말에 두 동강이 난 것처럼 얼어붙었다.

"한 개의 거짓말이 만 개의 덕을 수포로 만드는 법이지. 거짓된 가면을 쓴 자의 선의와 선행에 거짓이 없다고, 어찌 믿을 수 있겠느냐?"

"그……건…… 하지만, 거짓말 하나 때문에, 다른 모든 것도 거짓으로 치부할 수는……."

"모든 것을 꿰뚫어 볼 수 있는 신이라면, 그럴 수 있겠지. 허나 인간은 그렇게 만능의 존재가 아니니라. 이 세상에는 거짓말 하나를 용납할 수 있는 너 같은 존재만 있지는 않으니 말이다. —더 많은 이들과, 더 확실한 신뢰를 맺기 위해선, 한 치의 거짓도 있어선 안 되느니라."

"으……."

"확실히 스미레는 교사로서 학생을 위해 할 일을 다했을지도 모른다. 배려심이 있는 좋은 선생이었을지도 모르지. 하지만 본성을 숨겼을 뿐만 아니라, 교사 이상으로 하고 싶은 일이 있었던 만큼, 너를 대하는 태도 또한 어중간했을지도 모르지. 거기에 진정으로 진심이 어려 있었을까? 그렇다고 외쳐본들, 신용해줄 사람이 몇이나 있을까?"

"……윽."

마시로는 입술을 꼭 깨물었다.

마치 자기 자신을 향한 말처럼 느끼는 것처럼, 주름이 생길 정도로 옷을 움켜쥔 마시로는 눈가에 눈물이 맺혔는데도 꿋꿋이 시선을 피하지 않으며 버티고 있었다.

하지만, 그녀의 입에서는 반론의 말이 나오지 못했다.

할아버님의 그 말은 마키가이 나마코란 정체를 숨긴 채 《5층 동맹》에 공헌하고 있는, 마시로 본인에게도 해당되기 때문이다.

—미안해. 내가 어중간한 사람이라, 이런 일을 겪게 했네. 나는 정말 교사로서 실격이야. ……하지만, **고마워.**

어이없을 만큼 겁쟁이인 나 자신 때문에 어이가 없었다. 스스로 정한, 스스로의 길을 나아가자는 결단조차, 혼자서는 내릴 수가 없었다.

그래서, 고마워.

마시로가 있어 줬기 때문에, 「거짓」을 지적당해 괴로워하는 마시로가 있어 줬기 때문에, 나는 스스로에게 자신감을 가질 수 있다.

하는 거야.

무라사키 시키부 선생님으로서. 카게이시 스미레로서.

우리의 삶이 잘못되지 않았다는 것을, 증명하고 말겠어.

스으으읍— 하고 숨을 들이마신 후, 가볍게, 토했다.

그것이 신호다.

절대 얕보이지 않는, 나만의 전투태세.

교실을 전율에 떨게 하는 《맹독의 여왕》의, 역할 연기를 시작하는 스위치.

"얼마나 모욕해야 직성이 풀리는 거야?"

"뭐……?"

갑자기 달라진 분위기를 감지한 할아버님— 아니, 지금은 굳이 카게이시 코우라고 부르자.

카게이시 코우는 약간 당황했다.

철이 들었을 때부터 절대 맞서선 안 된다고 부모님이 가르쳤던, 일족의 우두머리.

겉모습과 성격과 태도와 신념, 그 모든 것이 엄격한 그의 지배하에서, 깔려있는 레일을 벗어난다는 발상조차 못 한 채 오늘까지 살아왔다.

하지만 아키의 말에 따라 이 저택을 수색하자고 결심했을 때부터, 각오는 했다.

카게이시 코우에게 제시할 증거는 존재하지 않았지만, 애초부터 그런 것이 있든 없든 아무래도 상관없었다.

두려워하지 않는다면, 어떤 길이든 고를 수 있다. 나는 처음부터, 선택지를 지니고 있었다.

"일러스트의 길을 나아가? 무슨 소리를 하는 거야?"

그래서 선택했다. 나는, 이 길을…….

"교사를 관둘 생각은, 눈곱만큼도 없어."

"어……?"

내 말에 가장 먼저 놀란 사람은 바로 마시로였다. 응. 놀라는 것도 무리는 아냐. 하지만 미안해. 아까도 마음속으로 사과했지만, 네 예상대로는 되지 않아.

"무라사키 시키부 선생님 같은 건 몰라. 저 스크린에 비친 추잡한 이미지에 관해서도, 아는 바 없어."

"거짓말을 거듭하는 것이냐, 스미레. 나는 네가 동인지 즉매회라는 것에 직접 참가하는 광경을, 멀찍이서 본 적도 있느니라."

"자기 나이를 생각해본 적 있긴 해? 그 노안을 용케도 믿네."

"무라사키 시키부 선생님의 명의로 예술을 관장하는 신사에 그림 액자를 올렸지? 그것의 필적을 감정해보면, 네 필적과 일치할 거다!"

"아까부터 스토커 고백 같은 걸 해대니 살짝 질리겠네. 아무리 증거를 보여줘봤자, 나는 절대 인정 안 해. 누가 뭐라고 하든, 나는 여교사 카게이시 스미레야."

"이 고집불통! 순순히 인정하고, 그 길로 나아가면 되지 않느냐! 예술의 길에 대해서는 충분히 이해했느니라. 만약 네가 진정으로 바란다면, 나도—."

"—착각 좀 하지 말아 줄래? 내 말은 당신한테 인정받을 필요가 없다는 거야, 할아버님."

나는 차가운 어조로 그렇게 말한 후, 처음으로 할아버지 앞에서 돌아섰다.

"나는 교사를 관두지 않을 거고, 결혼도 안 해. 일족의 규율을 지킬 생각도 없어. 남의 허락 같은 건 상관없이 내가 관두고 싶을 때 교사를 관둘 거고, 결혼도 하고 싶을 때 할 거야. 나는 내 길을 가겠어. 인연을 끊을 거면, 좋을 대로 해. 그러니까……!"

어릴 적, 엄격하면서도 때때로 상냥히 달래주던 조부의 얼굴이 머릿속에 떠오른 나는 가슴이 욱신거렸다.

하지만 그 고통을 떨쳐내며, 처음이자 마지막 역할 연기…….

반항기인 자기 자신을 끝까지 연기했다.

"—이제까지, 감사했습니다."

하지만, 우등생의 유전자를 전부 떨쳐내지는 못했다.

나는 딱 한번 할아버님을 돌아보며, 깊이 고개를 숙인 후…… 다시, 돌아섰다.

"스미레……."

등 뒤에서 들려오는 조부의 안타까운 중얼거림이 내 뒷머리를 잡아끄는 것 같았지만, 나는 종종걸음으로 뒤따라오는 마시로와 함께 카게이시 저택을 나섰다.

*

카게이시 저택을 나서고, 수십 미터 정도 나아갔을 때였다.

한밤중의 논두렁길에서, 다리가 풀린 나는 그대로 주저앉았다.

“스, 스미레 선생님. 괜찮아?”

“아하하. 괜찮아, 괜찮아~. 이야~, 저 최종 보스는 무시무시하네~.”

마시로가 걱정하며 부축해주자, 나는 가볍게 손을 흔들어 보였다.

하지만 그녀의 눈동자에 어린 미안한 기색은 사라지지 않았다.

“……미안해, 스미레 선생님.”

“마시로가 왜 사과하는 거야?”

“아까 할아버지가 한 말에, 일러스트레이터의 길을 선택하겠다고 답했다면…… 어쩌면, 인정해줬을지도 모르는데…… 마시로가, 괜히 반론해서…….”

마시로는 가녀린 몸을 웅크린 채, 자조하듯 그렇게 말했다.

아무런 잘못도 하지 않았는데, 자신을 탓했다.

그래, 이 애는 이런 애였지.

그래서 마음을 허락한 상대에게만 험담을 하는 타입이야.

“괜찮아~. 오히려 기뻤거든~? 『최고의 선생님』이라고 말해줬잖아~♪"

"우, 우쭐대지 마. 시키부 느낌이 강해지면 경멸할 것 같다고."

"으음~. 츤데레한 부분도 귀여버~♪"

"저, 정말. 진지한 이야기 중이니까 부비부비하지 마."

마시로는 한 손으로 내 얼굴을 밀어냈다. 부끄러워하는 모습도 정말 귀엽다.

이 애가 계속 이렇게 귀여운 표정으로 지내줬으면 좋겠다고 생각하는 건, 내 아집일까.

"후후. 뭐, 마음 쓰지 마. 어차피 이럴 수밖에 없었거든."

"……무슨 소리야?"

"그 자리에서 인정했다간, 내 취미가 모든 가족에게 폭로될 거잖아?"

"그렇게 증거가 확보됐으면 마찬가지……."

"그렇지 않아. 할아버님은 겉모습만 봐도 알 수 있듯 의리가 두터운 사람이니까, 본인이 인정하지 않는 한 남들에게 이야기하지 않아. 우리 부모님은 이미 눈치채고 있었던 것 같으니 의미 없겠지만…… 미도리나 다른 친척들에게 들키는 건 부끄럽거든."

"부끄럽다니…… 진짜로 그게 다야? 그것만으로, 가문과 의절을 당할지도 모르는데, 그렇게 맞선 거야?"

"응. 왜냐하면, 지금의 나 자신을 들키는 게 무섭거든. 그게 그렇게 이상해?"

마치 그게 당연하다는 듯이. 이 세상 모든 이들의 공통적인 인식이라는 듯이.

나는 태연한 표정으로, 그렇게 말했다.

"스미레 선생님……."

"후후후. 거짓말쟁이끼리, 앞으로 사이좋게 지내자♪"

마시로의 복잡한 표정을 지워주려는 듯이, 나는 그녀를 꼭 끌어안았다.

성게처럼 날카로운 껍데기와, 성게처럼 흐물흐물한 내용물을 겸비한 섬세한 백설 공주.

그녀가 졸업할 때까지 지켜보는 것이 교사의 길에 들어서고 만 나에게 주어진 최소한의 사명이라고, 그녀의 체온을 느끼며 생각했다.

호주머니에 넣어둔 스마트폰이 진동했다.

그것은, 카게이시 가문의 일족 LIME 그룹에서 《스미레》가 삭제되었다는 것을 전하는 알림이었다.

이제 볼 수 없게 된 타임라인을 상상하며, 불가사의하게도 슬픔보다는 개운함을 느낀 나는 쓴웃음을 머금었다.

"아아~. 반항기가, 와버렸네."

© tomari

해삼술 동맹(2)

무라사키 시키부 선생님
자, 둘만의 그룹을 만들었어용~! YEAH!

무라사키 시키부 선생님
여기서라면 서로의 비밀에 관한 이야기를 해도 OK!

마키가이 나마코
오케이.

마키가이 나마코
그런데 전부터 신경 쓰인 건데

무라사키 시키부 선생님
뭔데 뭔데? 섹스를 내포한 표현을 백합이라고 표현해도 되느냐에 관한 것?

마키가이 나마코
아냐. 그리고 쌈박질나기 딱 좋은 발언 좀 하지 말라고.

마키가이 나마코
저기, 단둘이 이야기를 하는데 왜 LIME에서 따로 그룹을 만드는 거야?

마키가이 나마코
둘 뿐이니까 1대1 채팅으로 이야기하면 되잖아.

무라사키 시키부 선생님
사양이야.

마키가이 나마코
사양이면 어쩔 수 없지.

무라사키 시키부 선생님
뭐, 화제에 따라 방을 따로 만들어두면 나중에 인원도 늘릴 수 있거든!

마키가이 나마코
늘리지 마.

무라사키 시키부 선생님
너무해~.

마키가이 나마코
잘 들어. 우리의 비밀은 절대 발설하지 마.

마키가이 나마코
발설했다간, 미도리 부장이 엉엉 울게 될 거야.

무라사키 시키부 선생님
협박죄!

마키가이 나마코
미도리 부장은 가르치는 보람이 있는 캐릭터거든.

무라사키 시키부 선생님
절대 안 돼! 내 동생한테 에로 동인지에 나오는 짓거리를 하려는 거지?!

무라사키 시키부 선생님
에로 동인지에 나오는 짓거리를!

마키가이 나마코
왜 그 부분을 두 번 적은 건데?

마키가이 나마코
아. 여관이 보이기 시작하네.

무라사키 시키부 선생님
저기, 마시로.

마키가이 나마코
어이어이어이어이! 다른 데서 이딴 미스 하지 말라고!

무라사키 시키부 선생님
아, 쏘리….

무라사키 시키부 선생님
아, 그것보다

무라사키 시키부 선생님
같이 걷고 있는데, 왜 LIME으로 대화하는 거야?

마키가이 나마코
괜한 걸 되게 신경 쓰네.

마키가이 나마코
이편이 이야기 나누기 쉽다고.

004 제4화 …… 담임 선생님이 나한테만 짜증나게 군다

"어이, 오즈. 이제 그만 도와주면 안 돼?"

"어, 싫어. 절친 캐릭터가 괜히 나서서 히로인과 얽히면 미움받거든."

"뭐 그런 요상한 척도가 다 있어?"

"히로인의 오빠란 포지션은 컨트롤이 쉽지 않아."

산 중턱에서 마을 입구까지 리프트로 내려온 후의 일이다.

고개를 절레절레 흔들며 앞장서고 있는 오즈를 원망스럽다는 듯이 쳐다보며, 나는 혼자서 이로하를 업고 그 뒤를 좇았다.

이상하잖아. 손이 비었으면 도우라고, 이 양반아. 이럴 거면 왜 들개가 출몰하는 산속 깊은 곳까지 일부러 마중을 온 건데? 발육 좋은 여고생의 육체를 평균적인 체격인 남자가 혼자서 옮기는 것 같은 비효율적인 일을 해소하기 위해 바람처럼 나타난 도우미 캐릭터라면, 자신의 본분을 다하란 말이다. 오즈는 그런 내 마음을 읽은 건지, 빙긋 웃었다.

"나도 할 일을 하고 있거든? 너희의 앞날을 지켜본다는 일을 말이야."

"시원시원한 표정 지으며 남의 마음을 읽지 마. 큐피드 행세하며 즐기고 있을 뿐이잖아. 이 남자판 소악마야."

"아하하♪ 너무 그러지 마. 아키가 업은 덕분에 일이 재미있어지고 있잖아?"

"너만 즐기고 있을 뿐이라고. ……어, 어이! 날뛰지 마, 이로하!"

"내~~~~려~~~~주~~~~세~~~~요~~~~!!"

등 뒤에서 버둥거리는 이로하에게 의식을 집중했다.

실은 아까부터 지문 한 글자 간격으로 「버둥」, 「버둥」이 삽입되어야 할 빈도로 날뛰고 있었지만, 그걸 일일히 인식하면 짜증이 날 것 같았기에 일부러 신경 쓰고 있었다.

"왜 그래. 산속에서는 얌전히 업혀 있었잖아."

"여기는 마을! 사람 있다고요! 그리고 오빠도 옆에 있거든요?!"

"네가 나한테 업힌 모습을 오즈가 본다고 딱히 문제 될 건 없지 않아?"

"진귀한 곤충의 교미 장면 같은 걸 관찰하듯 쳐다보고 있잖아요! 선배는 신경이 안 쓰이는 거예요?!"

"아하하. 친오빠를 전혀 신용하지 않네. 아무리 나라도 너희를 곤충처럼 여기지는 않아."

"맞아. 아무리 오즈라도—."

"진귀한 포유류라고 생각해. 분류 계급을 뛰어넘은 인식을 할 정도로 비정상적인 지성을 가지고 있진 않으니까, 안

심해."

"바로 저런 거 말이에요! 의미를 알 수 없어서 섬뜩하다고요!"

"그렇게 이상해? 내가 보기에는 평소의 오즈 같은데 말이야."

"선배의 감성도 이상하다고요!"

뭐, 자각은 하고 있다. 오즈의 특이성을 오랫동안 접하면서, 그 특수한 감성을 받아들이는 편이 최선이란 결과가 나왔기 때문에 그러는 것뿐이다.

이로하가 내 목덜미에 얼굴을 묻었다.

"오빠는, 일단, 제쳐두더라도……. 으으, 부끄러워……."

"마을 사람들의 시선이 신경쓰이는 거야?"

"그야, 뭐……."

"괜찮아. 여기는 촌락이고, 곧 해가 뜰 시간이긴 해도 아직 밤이잖아."

"……발각된다면 이중적인 의미에서 최악이거든요?"

"아~."

이로하가 내 목덜미를 간질이는 숨결을 토하며 그렇게 말하자, 나는 그 이중적인 의미의 내용을 입에 담았다.

"망신 사태와 작전 실패, 이 두 가지 말이야?"

"네. 체면을 구기는 것으로 모자라 작전까지 탄로 나면, 엎친 데 덮친 격, 설상가상이라고요."

"그런 걱정이라면 안 해도 돼. 이제 와서 발각된다고 해서, 결과가 달라지진 않아."

"……아까 말한 그거 말이군요. 『스미레 선생님은 당주에게 잡힌 덕분에, 비로소 앞으로 나아가게 될 거야』라는 거요. 결국, 그건 어떤 의미예요?"

"어제, 카게이시 가문의 당주 분과 만났단 이야기는 했지?"

"상견례를 했다면서요? 손녀분을 저에게 주세요! 같은 느낌으로요."

"미세하게 다르지만, 얼추 맞아. 그리고 그때, 나는 확신했어."

"확신?"

스미레에게 들은 이야기에 따르면, 그녀의 가문은 후손에게 교사가 될 것은 강요한다고 했다. 그것이 어느 정도의 강제력은 가지는지, 나는 언젠가 내 눈으로 직접 확인해볼 생각이었다.

인권이 보장되는 현대 일본에서, 자기가 원하는 길로 나아가지 못한다는 건 법적으로 말도 안 된다. 가족과 친족의 뜻을 거역하는 것을, 스미레 본인이 어느 정도의 부담으로 느끼는가. 결국 그 이상도 그 이하도 아니다.

나는 일족의 수장인 카게이시 코우와 만나서, 스미레의 마음을 속박하는 쇠사슬의 정체를 파악하고 싶었다.

그리고 우연히도 그 기회가 찾아왔고, 나는 마음속으로 어떤 결론을 내놨다.

"전통을 중시한다고 하지만, 카게이시 가문은 의외로 유연한 사고방식을 지녔어."

"그래서 『실은 로리콤』이란 것에 올인한 거네요."

"아, 그건 아무래도 상관없어."

"어, 그게 이 작전의 핵심 아니었어요?!"

내가 딱 잘라 그렇게 말하자, 이로하는 깜짝 놀라며 새된 목소리로 그렇게 외쳤다.

확실한 증거도 없으면서 소유 여부도 불확실한 음란물이 있기를 기대하며 집을 뒤진다. 그렇게 확률이 낮은 도박에 무모하게 도전하는 건, 공교롭게도 내 취향이 아니다.

"너희는 저주라는 걸 믿어?"

"으음~. 딱히 믿는 건 아니지만, 이렇게 어둑어둑한 곳에 오면, 좀 무섭긴 해요……."

"뭐, 그럴 거야. 나도 마찬가지야. 그게 평범한 사람의 감성이겠지."

"과학적으로 증명된다면 믿을 거고, 그렇지 않다면 안 믿어. 아직까지는, 초자연 현상으로서의 저주는 다른 과학적 현상을 착각해서 벌어지는 것뿐이라고 생각해."

"그래. 그거야."

오즈다운 그 대답 안에, 이제부터 내가 하려는 말의 본질이 존재했다.

초자연 현상인 저주 같은 건 존재하지 않는다. 하지만 일상 속에 조용히 숨어 있는 저주는, 분명 존재한다.

수많은 악령의 원념을 뒤집어쓴 일본 인형이, 저주의 인형이 되는 일화가 있듯이…….

강렬한 언령(言靈)이 담긴 말을 계속 들어온 인간은, 어떻게 될까?

"험담이라는 건, 듣는 사람의 인생을 비틀어버릴 만큼 강렬한 저주의 힘을 지녔어. 못났다거나 음험하다는 말을 계속 들으면, 사람은 자기 자신을 그런 인간으로 정의하면서 그런 형태를 지니게 돼. 칭찬도 마찬가지야. 계속 치켜세워지기만 한다면, 진짜로 자신이 대단한 인간이란 착각에 빠져. 만약 저주라는 게 실제로 존재한다면, 그것은 오랫동안 계속 들어온 말 그 자체일 거야."

"**오락을 접하지 마라**, 같은 거?"

"……윽."

오즈가 낮고 차분한 목소리로 그렇게 말했다.

그리고 이로하가 그 말을 듣고 흠칫했다는 것또한, 등을 통해 알 수 있었다.

"……응. 그런 것도, 포함돼."

"맞아. 확실히 그건 리얼한 저주일 거야."

오즈는 의미심장한 눈길로 이로하를 힐끔 쳐다본 후, 말을 이었다.

"그럼 무라사키 시키부 선생님도……?"

"그래."

이로하의 반응에서 일단 눈을 돌린 나는 눈앞의 화제에 집중했다. 지금은 그것이 최선의 답이라는 것을 이해하기에, 일부러 그렇게 했다.

"『착한 애가 되렴』— 어느 가정에서나 당연히 듣는 그 상투적인 말을 다른 그 어떤 가정보다도 더 많이, 그리고 철저하게 들은 바람에, 저주에 걸리고 만 거야. 자기가 자기 자신을 옭아매는 착각. 그것이, 무라사키 시키부 선생님의 인생을 속박하고 있는 사슬의 정체인 거지."

《5층 동맹》이 생기기 전…….

그녀가 술을 마실 수 있는 장소는 자취를 하는 자기 방뿐이었다.

남들 눈을 신경 쓸 필요가 없는 자신만의 공간.

착한 아이인 척할 필요 없는 유일한 보너스 스테이지.

그것이 두 칸 옆집까지 확대된 것은, 그녀의 인생에 있어 커다란 분기점이 아니었을까.

"너희 가정의 사정을 알고 있어서, 나도 오늘까지 어느 쪽인지 판단이 서지 않았어."

"그래. **우리 부모님보다는**, 이해심이 있다는 거구나……."

"응. 적어도 스미레 선생님을 이해하려 하는 자세를 느낄 수 있었어. 핀트가 어긋난 요즘 여고생 말투를 쓰긴 하지만, 그것도 노력의 흔적이라고 생각하면 귀엽잖아?"

이로하와 오즈의 어머니— 코히나타 오토하의 연예계 혐

오, 엔터테인먼트 혐오는 거의 원념 수준에 이르러 있었다.

그에 비해 카게이시 코우는 그저 유쾌한 영감님이었다.

하지만 그렇다고 해서 스미레가 안고 있는 문제가 가볍다는 건 아니다. 자기 자신의 환경을 객관적으로 살피는 건, 누구나 할 수 있는 일이 아닌 것이다.

나 같은 제삼자가 보면 웃음이 날 정도고 간단한 일이라도, 그걸로 고민하는 본인 처지에서는 죽을 정도로 심각할 수 있는 것이다.

어둠 속에서 단순한 답을 눈치채지 못하는 자의 눈이 되어, 코가 되어, 채비를 한다.

그리고 그 사람이 최고의 인생을 향해서 한 걸음 나아갈 수 있다면, 《5층 동맹》의 프로듀서로서 소임을 다했다고 당당히 말할 수 있다.

"그럼 다음에 무라사키 시키부 선생님과 만났을 때는—."

"그 모든 것을 청산하고, 자유로워졌을 거야."

오즈의 질문에, 나는 확신에 찬 목소리로 답했다.

도중부터 입을 다물고 있는 이로하가 신경 쓰였지만, 괜히 언급하지 않는 것이 우리 사이의 룰이다.

그렇게 여관을 향해 걸어가고 있을 때, 우리는 우뚝 걸음을 멈췄다.

방금 여관 안으로 들어가려 하던 두 여자가, 우리의 기척을 느끼고 고개를 돌렸다.

예상보다 꽤 일찍 돌아온 스미레의 옆에는 어찌 된 건지 마시로가 있었다.

"마시로 선배?! 선배가 왜 여기에……."

이로하가 거북한 목소리로 그렇게 중얼거렸다.

한순간, 나는 이로하가 당황한 이유를 이해하지 못했다. 하지만 곧 그것을 눈치채며 화들짝 놀랐다.

마시로는 「다른 사람은 나와 마시로가 사귀는 줄 안다」고 여기고 있다.

나는 마시로를 맨션 5층 사람들의 모임에 참가시키기 위해, 츠키노모리 사장과의 계약에 따라 마시로와 가짜 연인 사이인 척하고 있다는 것을 동료들에게 설명했지만…….

잘 생각해보니, 다른 사람들에게는 이미 설명한 이 사실을 마시로에게는 이야기한 적이 없다.

즉, 이로하와 밀착 어부바 상태인 모습을 보여준다는 건, 나와 마시로가 진짜로 사귀는 줄 아는 이로하가 둘 사이를 알면서도 자신과 내 관계를 어필하는 것처럼 마시로에게 보일 수도 있다. 그 가능성에 생각이 미친 이로하가 거북한 듯이 숨을 삼키는 것도 무리는 아니— 관계가 왜 이렇게 복잡한 거야?! 되게 얽혀 있네!

아니, 뭐, 전원이 모인 자리에서 다시 설명하지 않은 나한테도 잘못은 있지만 말이야.

괜히 설명하지 않더라도 다들 잘 지내니까, 그럴 필요는 없을 거라고…….

우리가 그런 생각을 하고 있을 때, 마시로가 우리를 향해 서둘러 뛰어왔다.

그리고 새파랗게 질린 얼굴로 이렇게 말했다.

"이로하 양…… 다친 거야……?!"

마시로는 어부바는 개의치 않으며, 수건이 감긴 이로하의 발을 신경 썼다.

……뭐야. 전혀 신경 쓰지 않잖아.

자초지종을 알고 싶다는 듯이 올려다보는 마시로의 눈동자를 보며 안도한 나는 이 상황에 이를 때까지의 일을(괜한 분란을 일으킬 만한 부분은 생략하며) 세세하게 설명했다.

"그랬구나……. 도울게."

"땡큐, 마시로. 뒷일을 부탁해."

나는 오랫동안 이로하를 업은 바람에 한계 상태였다.

이로하를 지면에 내려준 후, 양손을 벌리며 기다리고 있는 마시로에게 넘겼다.

"……의외로, 무겁네."

"어어, 괜찮아요?"

"얕보지 마. 체력은 없지만, 이 정도는 괜찮아."

마시로는 발걸음이 불안정해 보였지만, 양손으로 이로하를 부축하며 걸음을 내디뎠다.

"마시로 선배한테서 엄청 좋은 향기 나요! 여관 비누예요?"

"어…… 맡지 마."

"나도 집에서 가져온 게 아니라 여관 걸 써야겠네~. 완전 새로운 스멜은 유혹 포인트가 상당하네요! 킁킁."

"저, 저질. 짜증나."

"아앙, 정말. 내던지려고 하지 마세요. 저는 부상자라고요, 부상자~♪"

"부우……."

마시로는 짜증나게 구는 이로하는 성가시다는 듯이 밀어냈다.

마시로는 마음을 연 상대에게만 보여주는 태도를 취하고 있었다. 완전히 마음을 열고 친구 사이가 된 듯한 두 사람을 보니, 가슴 깊은 곳에서 어떤 감정이 치밀어 오르면서 자연스레 입가가 히죽거렸다.

"…………."

즐거워 보이는 이로하와 마시로의 모습을 보니, 문뜩 어떤 광경이 떠올랐다.

봄—.

벚꽃이 흩날리는 풍경 속에서, 졸업증서를 한 손에 든 나와 오즈가 중학교 교문을 나섰다.

고등학생이 됐다고 어른스러운 척 하기는~ 하면서 깔깔 웃는 이로하에게서 돌아선 순간…….

이로하의 얼굴에서 놀리는 듯한 미소가 사라지더니, 쓸쓸한 표정이 어린 듯한 느낌이 들었다.

그때는 1년이란 공백의 무게를 몰랐고, 어차피 옆집에서 사니 항상 만날 수 있을 거라 여기며 개의치 않았다.

1학년과 2학년. 겨우 1년이지만, 학년의 차이는 명백하게 존재했다.

언젠가 나와 오즈와 마시로는 고등학교에서 사라질 것이며, 언제까지 이웃으로 지낼지도 알 수 없다.

그리고 《5층 동맹》이라는 존재 또한, 존재 가치를 증명하지 못한다면 언제든 소멸해버릴 수 있는 물거품 같은 방주에 지나지 않는다.

—1학년 중에도, 이로하가 마음을 터놓을 수 있는 상대가 있다면 좋겠는데…….

하하, 무슨 보호자냐.

스스로 생각해도 너무 참견하는 것 같아 어이가 없었다. 그런 건 내가 아니라 어른의 소임이다.

"방금 눈빛은 자식을 둔 아버지 같았어."

"직업상 어쩔 수 없다고."

진짜 어른인 스미레가 놀리는 듯한 미소를 머금으며 다가왔다.

남을 놀릴 때가 아니잖아. 누구를 위해서 우리가 이렇게 우왕좌왕한 건지 알긴 하는 거냐고.

"두 사람 다 참 착한 애들이네~. 확 끌어안아 주고 싶어."

"그래. ……혹시나 해서 말해두는데, 전자에 대한 『그래』였어."

"네 또래의 남자라면 후자라도 충분히 공감을 얻을 수 있을걸?"

"내 또래의 남자는 분별력을 깨달아서 엉큼한 마음을 숨기고 싶어 하거든. 너처럼 풀 오픈은 못 해."

스미레가 내 옆구리를 콕콕 찔렀다.

아까부터 계속 짜증나는 태도를 보이고 있어서, 존댓말을 쓰지 않았다.

"나도 《5층 동맹》(여기서만)에서만 이래."

"적당히 진지한 면을 보여도 된다고."

"에이~."

"뭐, 알아서 해."

"으음~. 그럼 진지한 면을 보여주도록 할까?"

스미레는 눈을 가늘게 뜨더니, 제자들이 들어간 현관 쪽을 쳐다보았다.

장난기 넘치는 무라사키 시키부 선생님의 얼굴에 익숙해진 나는 때때로 깜빡하지만, 스미레는 남자들 사이에서 꽤 인기 있는 미인 여교사다. 약간 진지해진 얼굴은 놀라울 만큼 아름다웠다.

"저기, 나중에 단둘이 따로 만나지 않을래?"

스미레가 그윽한 눈길로 쳐다보며 그렇게 말하자, 나는 무심코 허둥댔다.

하지만 아무리 여성으로서의 매력을 느낄지라도, 나란 녀석은 우선순위를 착각하지 않는다.

어디까지나 냉철한 목소리로 이렇게 말했다.

"이로하를 치료해준 후라도 괜찮다면, 좋아."

"물론이야. 저기, 이 여관 옥상에는 발코니가 있어."

스미레는 건물 위를 손가락으로 가리키며, 빙그레 웃었다.

"아름다운 아침노을을— 공포의 촌락이 그 가면을 벗어던지는 순간을, 보여줄게."

*

상처를 소독한 이로하가 잠들고, 마시로가 다시 마감 지옥으로 되돌아간 후, 나는 스미레가 부른 옥상으로 향했다.

심플한 관엽 식물과 벤치, 작은 족욕탕이 있을 뿐인 발코니다. 딱히 주목할 만한 건 없지만, 해뜨기 직전의 여름 바람은 땀이 맺힌 피부에 시원하게 느껴졌다.

"으음~, 기분 좋아! 아키도 안 할래?"

잠옷으로 갈아입고 머리카락을 푼 스미레는 옷자락을 살며시 들며 맨발을 족욕탕에 집어넣었다.

피라냐 영화의 한 장면처럼 조그마한 생선이 발에 몰려드는 모습을 본 나는 옆에 놓인 간판에 적힌 글자를 읽었다.

"닥터피시네요."

"맞아. 간지럽지만, 왠지 건강해지는 느낌이 들어."

"각질을 제거하는 것보다, 게을러터진 생활을 개선하는 게 더 건강에 좋을 것 같은데요."

"바른말 금지~! 이런 건 분위기야, 분위기!"

스미레가 물장구를 치자, 놀란 닥터피시가 사방으로 흩어졌다.

하지만 상황이 잠잠해지자, 닥터피시는 다시 몰려들었다.

위험하다고 생각하면서도 몰려들 수밖에 없는 것이, 저들의 슬픈 본성인 걸까.

"자, 오늘 밤 정도는 어울려줘도 괜찮잖아. ―내 길이 결정된, 소중한 날인걸."

"……그것도 그러네요."

술도 안 마신 것 같으니, 딱히 짜증나게 굴지만 않는다면 그렇게 해야겠다.

샌들을 벗고 나무 벤치에 걸터앉았다. 옆에 앉은 스미레를 따라 하듯 물에 발을 집어넣자…….

"오우!"

찌릿한 감촉이 느껴진 바람에, 괴상한 소리를 냈다.

화들짝 놀란 내가 손으로 입을 막으며 옆을 쳐다보니, 예상대로 스미레가 능글맞은 표정으로 나를 쳐다보고 있었다.

"방금 감도 3000배 같은 목소리였거든? 혹시 아키는 느낄 때, 방금 같은 교성을 지르나 보네. 므흐흐♪"

"요, 요상한 망상 하지 마. 돌아가 버린다?!"

"정말 성미가 급하다니깐~. 이 정도 일로 화낼 것까지는 없잖아."

"정말……. 새벽녘이라 그런지 졸려. 할 말이 있으면 짤막하게 해."

"미안해. 『결론부터 말해!』가 아키의 신조였지. 그럼 확 이실직고하자면—."

스미레는 허리띠에 끼워뒀던 스마트폰을 꺼내더니, 그 화면을 나에게 보여줬다.

거기에는 그녀의 LIME 알림 이력이 표시되어 있었다. 그리고 가장 최근의 알림을 본 순간, 내 머릿속에 무수한 의문부호가 생겨났다.

『《스미레》 씨는 《카게이시 가문 일족》 그룹에서 삭제됐습니다.』

"—의절당했어♪"

스미레는 실수를 한 덜렁이처럼 혀를 쏙 내밀며 밝은 목소리로 그렇게 말했다.

아니, 뭐가 어떻게 된 거야?

그 할아버지는 엄격해 보이지만, 이런 짓을 할 타입처럼 보이지 않았다.

하지만 그것은 내 착각이었으며, 내 예측이 빗나간 탓에 스미레와 가족 사이의 관계를 망치고 만 건가? 그렇다면…….

"혹시, 작전이 실패한 바람에……?"

"아, 그런 게 아냐. 완전히 내 문제야. 오히려 내가 직접 의절을 시켜달라고 한 거나 마찬가지거든."

"……네?"

내가 상황을 이해하지 못하자, 스미레는 깔깔 웃었다.

아니, 왜 웃는 거야. 의절을 당했다고, 의절을. 이 사람, 자기 상황을 이해하고 있는 거야?

"실은 말이지—."

스미레는 그런 나를 개의치 않으며, 카게이시 저택에서 있었던 일을 이야기해주기 시작했다.

로리콤이라는 증거는 찾지 못했고, 한창 집을 뒤지던 와중에 카게이시 코우에게 들키고 말았다.

그리고 우여곡절 끝에, 교사를 관두는 건 고사하고 그냥 선전포고만 한 후에 저택을 뛰쳐나왔다.

나는 모든 경위를 들은 후, 온몸의 힘이 빠져나가는 듯이 하아~ 하고 한숨을 토했다.

물론 그것은 닥터 피시의 릴랙세이션 효과가 아니라…….

"왜 그런 선택을 한 거냐고요……."

그저 순수하게, 어이가 없었다.

스미레도 자조 섞인 웃음을 흘렸다.

"동감이야."

"코우 씨의 진의는 알고 있었죠?"

"응. 내가 진심으로 일러스트레이터의 길을 걷고 싶다고 호소했다면, 분명 허락해줬을 거라고 생각해. 내가 나아가려는 길을 이해해주려고 했거든."

"코우 씨는 그런 사람이라고 생각했어요. 겉모습은 무섭지만 말이에요. 그래서, 저도—."

"일부러 들키도록 일을 꾸민 거지?"

"……네."

"하아~, 정말. 나보다 할아버님을 정확하게 파악하고 있었던 거야? 아키는 대체 인생 몇 회차의 전생자인 거야?"

"멋대로 장르를 바꾸지 말아요. —제삼자가 보면 간단히 알 수 있지만, 본인은 눈치채지 못할 뿐이에요."

"아~, 그건 그래! 내 시점에선 보이는 게 아키한테는 보이지 않잖아~. 러브코미디적인 의미로 말이야."

"진짜 그런 게 있어요? 객관적으로 보면 이상한 게 없다고 생각하는데요."

"바로 그런 점 때문이야~."

스미레가 흥이 가신 듯한 표정을 지었다.

이 사람에게 지적을 당하는 게 참 유감스럽지만, 그정도로 자기 자신을 객관적으로 보는 건 어렵다.

"하지만, 왜 선전포고를 하면서까지 자백을 하지 않은 거예요? 할아버지에게 전부 밝혀버린다면, 장기적인 인생 행복도가 확 상승할 거라고 생각하는데요."

"나는 그 정도까지 합리주의자가 아니거든."

"네?"

기본적으로 문제가 많기는 하지만, 스미레의 담당 과목은 수학이다. 즉, 이과 쪽 인간인 것이다.

논리적 사고를 이해하지 못할 리가 없는데…….

"실은 내가 교사가 되기 전의 일인데 말이지? 교사가 되는 걸 정말 싫어하던 나에게, 길을 알려준 선배가 있었어."

"대학 졸업 전의 이야기인가요? 흐음, 처음 듣네요."

"그는 고등학교에 막 부임한 신입 교사였어. 자신감이 넘치고, 매우 거만하며, 넥타이와 안경이 어울리는 미남이었지."

"남자였나요. 놀랍네요. 이성한테는 전혀 관심이 없는 줄 알았거든요."

"몸도 철저하게 단련했고, 운동도 엄청나게 잘하는 데다, 말 한마디 한마디에서 지성이 느껴지는 수학 교사였어."

"완벽 초인이네요……."

마치 동화에 나오는 왕자님 같은 그 남자를 떠올린 그녀는 볼을 살짝 붉히며 이야기를 이어갔다.

"결점이 딱 하나 있다면 엄청난 색마란 점인데, 취향인 상대를 보면 나이나 입장 같은 건 개의치 않으며 바로 헌팅하려고 했어. 그리고 억지로 육체 관계를 가지려고 했을 정도야."

“『정도』란 말로 넘어갈 내용이 아닌 것 같은데…….”

“귓가에서 『다리 벌려』 하고 속삭일 때마다 흥분됐어……. 물론 바로 『네』를 선택했지만 말이야.”

“제가 지금 무슨 이야기를 듣고 있는 거예요?”

“여기서부터가 본론이야~.”

담임 교사의 문란한 성적 체험을 알게 된 내가 당혹스러운 어조로 묻자, 스미레는 볼에 손을 댄 채 몸을 배배 꼬며 말을 이었다.

“최악의 쓰레기 같은 인간이었지만, 그는 나에게 중요한 걸 알려줬어.”

나는 수많은 인간의 몸과 마음을 알몸으로 만들었어.

그리고 깨달았지.

인간은 누구나 한 꺼풀만 벗기면 짐승에 불과해. 음란한 욕망을 가슴 속에 숨기고 있는 거야.

상식이란 개념을 옷처럼 걸치고, 수많은 굴레에서 벗어나는 것을 두려워하며, 자신의 본성을 드러내는 것을 두려워해.

그렇게 누군가를 속이며 사는 것에 익숙해지면서, 눈에 보이지 않는 조그마한 스트레스가 매일 조금씩, 조금씩, 그러나 확실히, 마음속에 쌓여가.

갑갑해. 사는 게 힘들어.

실은 다들 알몸이 되어서, 음란한 면마저 전부 드러낸 채,

욕망에 따라 나아가고 싶을 거야.

내가 학교에서, 대낮에 너를 당당히 범하는 건 말이지? 네가 이런 나를 봐줬으면 해서야.

지금 이대로의 너로 괜찮은 거야.

음란하기 그지없는 스스로를 미워하지 말고, 당당하게 살아가도 돼.

내가 욕망에 따라 사는 모습을 보여줘서, 이런 삶이 존재한다는 것을 보여줘서, 너를 구원하고 싶은 거라고. ……케이타.

"잠깐만. 마지막에 나온 남자 이름은 뭐야?"

"응? 카자미 케이타 군이야. 키치쿠인 류가 님과 자타공인 커플로 유명하잖아?"

"설마…… 방금 이야기한, 대학 시절 선배 이야기는…… 스미레 선생님의 전 남친 이야기가 아니라……."

나는 불길한 예감에 떨며, 결정적인 질문을 입에 담았다.

"전부 BL 게임 이야기?"
"그럼 뭐라고 생각했는데?"

아, 네. 착각해서 죄송합니다.

무심코 사과하고 싶어질 만큼, 스미레는 딱 잘라 단언했다.

하긴, 시키부라면 그러고도 남지…….

“『키치쿠인 류가의 방과후 지도』는 풀이 죽어 있던 나에게 교사의 길을 알려준 명작이야. 애정하는 성우가 두 명이나 나와서, 진짜 장난 아니었다니깐. 귀가 백번은 임신해서 대가족을 이뤘어.”

“충격적인 수사법이네요.”

“아, 혹시 농담이라고 생각하는 거야? 나한테 교사로서의 마음가짐을 가르쳐줬다는 건 사실이거든?”

스미레는 어린애처럼 삐친 표정을 지으며 큰 목소리로 주장했다.

“방금 이야기의 어디에 존경할 만한 부분이…… 그저 대남성 특화형 색욕 마인이 그럴 듯한 소리를 지껄일 뿐인 것 같은데요.”

“요약하자면, 자신의 존재 방식 때문에 고민하는 학생에게 지금 이대로도 괜찮아, 틀리지 않았어…… 하고, 가르쳐주는 부분이야.”

“아…… 그 정도까지 『요약』하면 확실히 괜찮은 이야기처럼 들리네요…….”

“나, 그런 선생님이 될 수 있다면 멋지겠다고 생각했어. 전부터 말이야. —그런데 뚜껑을 열어보니, 내 본성을 눈곱만큼도 드러내지 못하는 거짓말투성이 선생님이 됐네.”

스미레는 자기 자신이 한심하다는 듯이 아하하 하고 웃었다.

가볍게 발을 움직여서, 첨벙…… 하고 물이 튀기며 말을 이었다.

"하지만, 찾았어. 매사에 서툴고, 거짓말투성이에, 항상 도망만 쳐온 내가, 당당히 거짓말을 관철하는 모습을 보여줘서, 구원할 수 있는 애도 있다는 걸…… 말이야."

"거짓말로, 구원? 그게……."

"그건 비밀이야. 동지를 팔아넘길 생각은 없거든."

"뭐, 굳이 묻지는 않을게요. ……그건 그렇고, 의외였어요. 설마 본가와 결별한 걸로 모자라, 교사도 그만두지 않을 줄은 몰랐어요."

솔직히 말해, 이런 제삼의 길은 고려조차 하지 않았다.

교사를 관두고 일러스트레이터가 되거나, 일러스트레이터가 되어서 교사를 관두거나…….

둘 중 하나일 거라고 생각했다.

"할아버님은 나를 이해해주려고 하셨지만, 어중간한 태도로 교사를 이어가는 것은 분명 반대할 거야. 양립하고 싶다면, 가문과 인연을 끊을 각오를 하는 수밖에 없었어."

"그렇게까지 하며 교사직을 계속하고 싶었던 건가요. 그것부터 의외예요."

"무슨 소리를 하는 거야. 너희 탓이거든?"

"네?"

스미레는 말을 알아듣지 못하는 학생을 쳐다보는 눈길로 나를 응시했다.

"내버려 뒀다간 망가져 버릴 것 같은 애들만 네가 모았잖아. 위태위태해서, 모성 본능이 팍팍 분비된단 말이야."

"마시로 말이에요? 아니면…… 오즈와 이로하의 문제도, 짐작이 되는 거예요?"

"뭐, 자세한 건 모르지만 말이야. 하지만 아키가 다른 애들을 위해 최선을 다하고 있다는 건 틀림없는걸. ―그렇게 재능 넘치는 애들이 아키에게 의지해야만 한다는 시점에서, 문제가 있는 건 명백하잖아."

딩동댕.

이 사람은 항상 장난스럽지만, 기초 스펙은 진짜 유능 그 자체야.

"솔직히 말해, 마음이 놓여요. 이로하가 졸업할 때까지 곁에서 지켜봐 줄, 신용할 수 있는 어른이 있으니 저도 안심이 되네요."

"걱정했구나."

"뭐, 일단은요. 오즈의 동생인걸요. 제가 취직을 하거나 대학에 진학한 후로도 계속 그 맨션에서 살 거라고 단정할 수는 없으니까요. 이사를 할지도 모르고, 유학을 갈지도 몰라요. 그렇게 되면 그 녀석은 저를 괴롭히며 스트레스 발산을 하지도 못할 거잖아요? 체질에 안 맞는 우등생 짓을 계속하는 것도 힘들 테니까요."

"잠깐만, 그럼 나보고 아키 대신 괴롭힘을 당하라는 소리야?"

"자신의 짜증나는 면을 보여줄 수 있는 사람이 곁에 있는 것만으로도 꽤 나을 테니까요."

"아하~. 오케이. 마음의 문을 열어젖힐 수 있는 선생님이 되어줄 테니까, 마음 푹 놔!"

"전혀 믿음이 안 가네요. ……(성적인 의미에서) 문을 열어젖히게 하려는 건 아니겠죠?"

스미레가 가슴을 두드리며 의기양양한 어조로 그렇게 말하자, 나는 낮은 목소리로 다짐을 받듯 말했다.

"안 해~. 진짜, 사람을 못 믿네."

"믿는 게 무리거든요?"

틈만 나면 성희롱 발언을 하려고 해서, 진짜 방심할 틈이 없다.

……방금, 먼저 성희롱 발언을 한 건 나 아니냐고? 그런 발언은 그냥 무시하도록 하겠다.

"하지만 뭐랄까, 아키한테는 그런 면! 이 딱 있네."

"……네?"

스미레는 눈을 가늘게 뜨더니, 무라사키 시키부 선생님에서 《맹독의 여왕》에 다가섰다.

평소와 다르게 어른스럽고, 교사답다.

"방금, 아무렇지 않게 자기는 그 계산에서 제외했잖아?"

"……그게 왜요?"

"내가 보면, 아키도 충분히 『망가져 버릴 것 같은 애』 중한 명 같아 보여."

"개성 강한 애들한테 휘둘리느라 위장이 결딴날 것 같다는 의미에서요?"

"아, 그쪽으로는 신용하고 있어. 피지컬 쪽으로는 진짜 튼튼할 것 같거든. 그리고 스트레스 내성 600족 같아."

"사람을 무슨 엄청난 몬스터처럼……."

뭐, 자각은 하고 있다.

몸도 마음도 강하지 않았다면, 여기까지 오지 못했을 것이다.

"아키는 나와 오즈마 군을 위해 최선을 다할 뿐만 아니라, 이로하와 마시로도 챙겨주려고 하잖아? 아무런 보답도 바라지 않으면서 말이야."

"보답은 원하고 있어요. 《5층 동맹》 덕분에, 취직 프리패스를 손에 넣을 수 있다. 그리고 모두의 재능이 헛되이 되지 않는 게 제 소망이고요."

"뭘 모른다니깐."

"……네?"

"그런 식으로 단언할 수 있다는 것 자체가, 세간의 일반적인 남자 고등학생과 다른 거야. 그 나이에 그렇게 강인한 정신력을 가지려면, 대체 어떤 인생을 살아와야 할까. 혹시 무리하고 있는 건 아닐까, 하고 보통 생각하지 않겠어?"

"글쎄요……. 다른 사람에 비하면, 저는 딱히 특별한 구석이 없다고 생각하는데요…….”

노력하는 건 누구라도 할 수 있다.

생각하는 건 누구라도 할 수 있다.

일류 프로 선수가 될 수 있을 정도의 타고난 체격도, 시대에 이름을 남기는 연구자가 될 수 있는 천재적인 두뇌도, 색깔을 보듯 소리를 조종하는 피아니스트 같은 절대음감도……. 아무것도 선천적으로 지니지 못한 인간이라면, 노력과 생각이라도 꾸준히 해야만 한다. 그러지 않는다면 나는 이곳에 있을 의미가 없다.

그런 식으로 생각하는 내 얼굴을 쳐다보며, 스미레는 또 한숨을 내쉬었다.

“뭐, 좋아. 빨리 죽지나 마.”

“저도 그건 사양하고 싶으니까, 일러스트 마감 좀 지켜주세요.”

“그건 무리야♪”

“아앙?”

“잘못했습니다.”

너무나도 자연스럽게 튀어나온 무리 발언에, 나는 재빨리 반응했다. 시키부 반응속도라면 금메달도 노릴 수 있지 않을까.

그딴 메달은 필요 없지만 말이다.

“……아무튼, 당분간은 교사를 관둘 생각이 없다는 건 알았어요. 《5층 동맹》으로서도, 그걸로 문제없어요."

2년 후, 3년 후.

만약 그녀가 학생들을 인도하는 일에 나름대로 마침표를 찍고, 일러스트의 길을 나아가고 싶어 한다면…….

자신의 의지로, 그 걸음을 내디딜 수 있다.

그것만으로도, 이제까지의 환경보다 훨씬 축복받은 상황이다.

긴 안목으로 본다면, 시키부 선생님의 일러스트 재능이 사회에서 유효하게 활용되어갈 거라는 것은 충분히 예상할 수 있었다.

그걸로 됐다. 그 후로도 《5층 동맹》과 그녀가 함께할 수 있을지는 모르겠지만, 재능의 싹을 지켜냈다는 사실에는 변함이 없다.

"가문과 인연을 끊은 건 아쉽지만요. 원만하게 해결됐다면 최고겠지만, 지난 일을 후회해봤자 소용없겠죠."

"그건 그래."

스미레를 나를 손가락으로 가리킨 후, 나른하다는 듯이 등을 젖혔다.

"뭐~, 어차피 일족의 LIME 그룹에서 쫓겨났을 뿐인걸. 어차피 부모님과 미도리 이외의 친인척과는 거의 교류가 없으니까, 큰 문제는 없을 거야."

"그럴까요. 이런 걸 가장 신경 쓸 녀석이 바로—."

“어머? 이 시간에…….”

벤치에 뒀던 스마트폰이 진동하자, 스미레는 고개를 갸웃거렸다.

응답을 위해 화면을 터치한 순간―…….

『아무떼도 까찌 마, 언니이이이잇!!』

어리광부리는 어린애 같은 울음 섞인 목소리가 스마트폰에서 터져 나왔다.

스피커 설정을 하지도 않았는데 목소리가 들리다니, 대체 얼마나 크게 고함을 지른 거냐고.

아무래도 내가 예상한 상대가 예상보다 일찍 액션을 취한 것 같았다.

“미도리? 아직 아침 다섯 시잖니?”

『흑, 훌쩍. 아침 연습이 있는 날에는 일찍 일어나서, 새벽 공부를 하거든…….』

“와우, 성실 그 자체~……. 으음, 어험어험. 역시 미도리는 대단한걸.”

무심코 본성이 드러날 뻔한 스미레는 여왕 모드로 되돌린 후, 냉정함과 애정의 경계선상에서 여동생을 칭찬했다.

평소 같으면 시스콤인 미도리는 에헤헤, 하고 웃었겠지만…….

『저기, 어떻게 된 거야? 아침에 일어나서 LIME 그룹을 봤더니, 언니가 삭제됐다고 되어 있잖아. 게다가 할아버지가 언니와 의절했다고…….』

"…………."

『언니와 이제 못 만나는 거야? 우리 집 애가 아니게 된 거야?』

"……바보. 자매의 연은 그렇게 간단히 끊어지는 게 아니잖니."

『하지만, 언니가 어른이 되어서 혼자 살기 시작한 후로는 학교에서만 보잖아. 그 외에는 친족 모임 때뿐인데…….』

"언제든 우리 집에 오면 돼. ―물론 올 때는 미리 이야기는 해야 해. 적어도 24시간 이전에 말이야."

방을 청소하고, 오타쿠 굿즈를 숨길 시간이 필요한 것이리라.

어쩌면 미도리가 스미레의 집에 올 때는 반라 상태의 미남 쇼타 포스터와 달콤한 미남 보이스로 속삭여주는 CD 같은 걸 전부 우리 집에 피난시킬지도 모른다.

―아무튼, 미도리가 혼란에 빠지는 것도 무리는 아니다.

어제까지만 해도 가깝게 지냈던 가족이 어느 날 갑자기 의절을 당한 것이다. 냉정을 유지할 수 있는 건 친족들과 교류 같은 건 비효율적이지 않아? 하고 진지하게 말하는 나 같은 녀석 혹은 직접 만나는 것과 LIME으로 이야기를 나누는 게 뭐가 다른데? 하고 이해가 안 된다는 표정으로 말하는 오즈 같은 녀석뿐이리라.

그렇게 보면 《5층 동맹》의 남성진은 장난 아니네…….

『영문을 모르겠어……. 왜, 어째서 이렇게 된 거야……?』

"미도리……."

『오오보시 군과 사귀기 때문이야? 그래서 할아버지의 역린을 건드렸어?』

"아냐. 설명하려면 이야기가 길어지니까 본론만 말하자면, 사실 그와 나는 그런 사이가 아냐."

『왜? 어떻게 된 거야? 설명해줘. 이해가 안 돼. 왜—.』

"미안해. 내가 교사로서, 어중간—."

『—왜 갑자기, 우리 LIME 그룹에 《무라사키 시키부 선생님》이 추가된 거야?!』

…………………….

……뭐?

"……뭐?"

내 생각과 스미레의 목소리가 포개졌다.

하하하. 미도리는 진짜 중증 시스콤인걸. 아무리 언니를 좋아해도 그렇지, 현실 도피를 하면 안 되잖아. 괴로운 현실에서 눈을 돌리지 않고 맞서야 사람을 성장할 수 있다고, 비즈니스 전문 Ytuber도 말했—.

"진짜야……. 무라사키 시키부 선생님의 계정이 가족 그룹에 추가됐어."

"맙소사~."

통화를 하면서 LIME 화면을 확인한 스미레는 망연자실한 어조로 그렇게 중얼거렸고, 나 또한 당혹스러운 어조로 그렇게 중얼거렸다.

"그런데 무라사키 시키부 선생님의 계정을 어떻게 아는 거야? 무시무시하네."

"LIME의 ID 검색으로 알아낸 걸지도 몰라요. 혹시 ID를 알아내기 쉽게 정한 거 아니에요?"

"murasakisikisunsaeng이야."

"검색 한 번만 해보면 바로 들통나겠네요……."

"게다가 나는 상대방이 등록하면 자동으로 상호 등록이 되도록 설정해뒀어……."

"현관도 창문도 활짝 열어놓고 『Welcome』이라 적힌 간판을 들고 있는 거나 다름없네요."

"요즘에는 열렬한 인터넷 스토커 같은 건 없을 줄 알았는데~!!"

게다가 그 스토커가 당신 친족이잖아.

머리를 감싸 쥔 스미레를 안 되었다는 듯이 쳐다보고 있을 때, 스마트폰 너머의 미도리가 머뭇거리며 질문을 던졌다.

『이 《무라사키 시키부 선생님》은, 오오보시 군의 집에 있던 그 문제 많던 사람과 동성동명인데…….』

아니, 동성동명? 어디까지가 성이고, 어디까지가 이름인데?

『본인 맞지? 특이한 이름이니까, 딴 사람일 가능성은 없을 것 같은데 말이야.』

설마, 미도리 부장께서는 PN(펜네임)이라는 개념을 모르시는 것이옵니까?

『왜 그 《무라사키 시키부 선생님》이 우리 가족 LIME에 추가된 거야? 영문을 모르겠어…….』

나도 모르겠어. 그리고 아마 이 세상 그 누구도 모를 거야.

『게다가 할아버지가 이 《무라사키 시키부 선생님》을 양자로 들이겠다고…….』

대사가 추가될 때마다 상황이 더욱 혼미해지고 있는 거, 완전 대박 아냐?

『왜 멋지고 늠름하며 성실 그 자체인 이상적인 어른인 언니가 의절당하고, 그렇게 촌스럽고 해이하며 주정뱅이 그 자체인 최악의 어른인 《무라사키 시키부 선생님》이 가족으로 받아들여진 거야?! 모르겠어. 나, 영문을 모르겠단 말이야……!!』

어이, 그만해. 지금 네가 휘두른 언어라는 칼날이, 사람 한 명을 확실하게 보내려 한다고.

"스미레 선생님. 코우 씨가 뭐래요?"

"『이 《무라사키 시키부 선생님》을 양자로 삼기로 했다. 우연히 해후(인카운트)해 지인이 되었고, 그 뛰어난 예술(일러)에 재능을 느껴 심취했지. 가족이 없다는 말을 듣고, 우리 가문에 양자로

들이기로 했다』.”

“그 할아버지, 완전 막 나가네요. 게다가 LIME 메시지에도 일부러 덧말을 다는 거예요?”

“『이미 다 큰 어른이며 직업도 지닌 인물인 만큼, 이제 와서 교사의 길을 걸으라 할 수도 없지. 예외적 조치로, 교사가 아닌 것도 허용해 줄까 한다. 다들 이 새로운 가족을, 깊은 친애(아모레)를 담아 맞이해주도록』.”

“아아~. 그렇게 나왔나요.”

아마 이것은 그 할아버지 나름의 스미레에 대한 애정 표현, 겸, 징벌이다.

언제든 받아들일 준비가 되어 있다는, 메시지.

단, 커밍아웃을 할 때의 허들이 급상승한다고 하는 절묘한 게임 밸런스.

완전히 한 방 먹었다.

더 나은 선택지를 골랐다면 손쉽게 커밍아웃을 할 수 있었을 거라고 스미레(유저)에게 전하면서, 클리어가 가능한 루트 또한 남겨둔 것이다.

교사 일족의 우두머리이니 게임이나 엔터테인먼트와는 거리가 먼 존재일 텐데, 웬만한 막장 게임 운영사보다도 훨씬 그런 쪽의 컨트롤이 능숙했다.

“하아아아…….”

혼마저 빠져나갈 듯한 커다란 한숨을 내쉰 스미레는 등을 동그랗게 말았다.

완전히 이완된 표정을 보니, 그녀가 얼마나 긴장하고 있었는지 짐작할 수 있었다.

"방금까지는 무게란 무게는 다 잡았으면서……."

"못난 선생님이라 미안해~."

실없는 미소를 머금은 **무라사키 시키부 선생님**이 그렇게 말했다.

여교사 모드가 풀리면 항상 이랬다.

역시 본가와 인연을 끊는 게, 두려웠던 것이리라.

본질적으로는 겁쟁이면서, 무리하기는…….

"너의 그 못난 면은 잘 알고 있거든? —다시 가족이 되어서 다행이네, 무라사키 시키부 선생님."

"에헤헤, 고마워. 뭐, 고백해야 할 순간이 벌써 걱정되지만 말이야."

이제까지와 마찬가지로, 그녀의 얼굴에는 커밍아웃을 두려워하는 안습한 여자의 미소가 어려 있었다.

하지만 그 미소는 예전과 다르게, 미래를 향한 체념이 어려 있지 않았다.

약 1년 전.

학교 교실에서, 복도에서, 교무실에서, 하굣길에서.

끈질기게 어프로치를 했을 때, 난처한 미소를 지으며 계속 거절하던 그녀가 오늘의 이 일을 안다면 어떤 표정을 지을까?

손에 쥔 자유를 그녀가 어떻게 쓸지는, 알 수 없다.

《5층 동맹》만을 위해 써달라고 말할 권리는, 나에게 없다.

하지만, 이것으로 잘 됐다고 생각한다. 그날의 나도, 지금의 나도, 변함없이 그렇게 생각했다.

감상에 젖은 나와 스미레는 시선을 교환했다.

그리고 미소를 머금으며, 청춘에 젖어 들었다.

뭔가를 잊은 듯한 느낌을 받으면서도, 슬슬 닥터피시에게 물어뜯기는 데 질렸으니 발을 빼야겠다고 생각한 바로 그때였다.

『저기, 아까부터 누구와 이야기를 나누는 거야?』

……아, 생각났다. 그렇다. 미도리와 통화 중이었다.

"뭐?! 아, 으음…… 아무것도 아냐. 응, 진짜로 아무것도 아냐."

『거기 누구 있는 거야? 설마 오오보시 군과—.』

"어, 어~, 치직! 이상하네. 음성이 끊겨, 치지지직! 촌락이라서 이러나~? 치지지직, 부~ 부~ 부~!!"

『아, 잠깐만! 나, 이 불온한 시추에이션, 알아! 이거, NT…….』

……삣.

스미레는 말을 하면서 통화 종료 버튼을 터치했다.

미도리 녀석, 마지막에 우등생답지 않은 단어를 입에 담았던 것 같은데…… 그냥 눈감아주기로 했다.

저 순진무구한 성실녀가 대체 어디서 그런 단어를 들은 건지…….

"끊어도 괜찮은 거야?"

"어쩔 수 없잖아! 수습할 수가 없을 것 같았단 말이야."

"스마트폰이 울리고 있어."

"봐, 수습이 불가능하잖아!"

"일단 잠든 걸로 해. 그럴 시간이기도 하니까 말이야."

족욕탕에서 뺀 발을 옆에 있는 광주리에 들어 있던 수건으로 닦은 후, 아침 햇살 탓에 눈을 가늘게 떴다.

뒤편에서도 첨벙 하는 소리가 들려서 돌아보니, 스미레도 젖은 발을 수건으로 닦고 있었다.

유카타 자락이 걷어 올라가서 허벅지가 보이려고 하자, 나는 고개를 휙 돌렸다.

정말, 조신함과는 거리가 먼 교사다.

세간의 기준으로는 미인으로 분류될 그녀의 그 자연스러운 모습에서는 색기가 듬뿍 묻어났다. 우리 반 남학생들이 군침을 삼킬 광경이지만, 그녀의 본성을 아는 나로선 그다지 와닿지 않았다.

가문 문제가 해결되기 전이나 후나 그 사실 자체에 변함이 없다는 사실에 나는 안도하면서도, 남녀 관계로선 이 정도가 딱이라 여기며 내심 쓴웃음을 흘렸다.

중요한 이야기가 끝났으니, 이제 눈을 붙이러 가야겠다고 생각했을 때…….

"아, 맞다. 아키, 뭐 하나만 물어봐도 돼?"

등 뒤에서 소박한 질문이 들려왔다.

"결연의 의식은 어떻게 됐어?"

"……윽?!"

어이어이어이. 이 여자, 모처럼 해피 엔딩 무드인데…….

이런 크리티컬한 질문을 던지면 어떻게 하냐고. 제정신이냐?

소설 같으면 이쯤에서 제1장 완결, 였을 부분이잖아. 좀 더 구성면에서의 아름다움을 의식해 달란 말이야.

"두 사람의 관계는 얼마나 진전됐으려나?"

"……따, 딱히, 아무 일도 없었어. 이 상황에서 구경꾼 근성을 발휘하는 거야? 분위기 파악 좀 해."

"아~, 굳이 따지자면 이 질문은 학생을 걱정하는 교사 관점에서 던진 건데……."

"뭐?"

"아, 아아, 아무것도 아냐! 그, 그래~! 아침까지 사당에서 안 보냈으니까, 아키와 이로하도 지금 이 여관에 있는 거잖아! 『거사 후의 참새 지저귀는 아침』 같은 상황은 안 벌어진 거지?!"

"그, 그래. 진짜로 아무 일도 없었으니까 더는 캐묻지 마."

말이 엄청 빨라졌다.

스미레의 말을 듣고 사당에서 있었던 일을 떠올리자, 나는 목덜미 언저리가 달아오르는 것을 느꼈다.

큰일이다. 떠올리지 않으려고 했는데, 또 떠올리고 말았다.

이로하의 부끄러워하는 얼굴을, 등을 통해 느껴진 부드러운 감촉을, 팔에 닿았던 허벅지를, 선명하게 떠올리자, 심장이 터질 듯이 뛰었다.

“잠이나 잘래……! 나중에 봐!”

내 마음속에서 급격하게 뿜어져 나온 정체불명의 감각에서 도망치듯, 나는 서둘러 옥상을 나섰다.

*

『마시로의 비밀을 알아버린 데다, 아키의 저 반응……. 으음, 나는 이제 어쩌면 좋지? 중립을 유지하는 건 어렵네.』

『내가 이로하×아키파이고 선생님이 츠키노모리 양×아키파라면, 균형이 잡히지 않아?』

『으음…… 어차피 여기는 제4의 벽 너머니까, 그렇게 명쾌하게 결론짓는 것도 괜찮으려나~?』

『후후. 실컷 고민하면 되지 않겠어? 저 절묘한 엇갈림 덕분에 더 재미있어질지도 모르니 말이야.』

005 제5화 …… 마시로의 담당이 우리한테만 짜증나게 군다

"선배가 학교에 하고 가는 건, 금 넥타이와 은 넥타이 중 어느 건가요?"

"학교 지정 빨간색 넥타이거든?"

아침.

눈에 익은 천장. 평소와 다름없는 내 방.

침대 옆에 선 이로하가 호수의 여신처럼 청초한 미소를 짓고 있었다.

그것보다 그 화려한 넥타이는 어떻게 입수한 거야? 변장 콘테스트의 사회자 혹은 마술사나 그런 걸 할 거라고.

"정직한 선배에게는 두 개 다 드리겠어요……."

"아니, 필요없어. 학교 지정 넥타이나 줘."

"아하하~. 실은 지금 세탁기(호수) 밑바닥에 있거든요."

"너, 설마……."

"잘 개어져 있던 세탁물에 주스를 엎질렀어요! 죄송함닷~!"

"인마아아아아아."

"으으, 화내지 마세요~! 저도 피해자거든요?! 평범한 오렌지 주스인 줄 알고 벌컥벌컥 들이켰는데, 탄산 함유량 MAX인 오렌지 소다였단 말이에요!"

"애초에 아침부터 남의 집에 침입해서 냉장고 안에 든 걸 멋대로 마시지 마."

"괜찮잖아요~! 그게 제 라이프 워크인걸요~!"

우리의 일상은 정말…….

평소와 다름없이 짜증나는 일상이 시작되자, 나는 학교로 향했다.

"여어, 아키. 오늘도 아침부터 피곤해 보이네."

"네 동생 탓…… 아니, 내 탓인가? 응? 어라……?"

눈에 익은 학교. 평소와 다름없는 교실.

내 뒤편에 앉아있는 **이로하**가, 순정 만화의 왕자님 같은 음흉한 미소를 짓고 있었다.

배역이 이상하지 않아?

"아키, 왜 그래? 마치 여우에게 홀린 듯한 표정인걸."

"그런 표정을 지을 수밖에 없잖아! 왜 이로하가 우리 반에 있는 거냐고!"

"아하하, 너무하네. 나는 이로하가 아니라 오즈마야. 아무리 남매라도 성별이 다르니까, 헷갈릴 리가 없다고 생각하는데 말이야."

확실히 목소리는 오즈의 음색이었다. 하지만 내 눈앞에 있는 이 녀석의 외모를 보면, 이로하가 틀림없었다.

뭐가 어떻게 된 거지? 이로하가 장난을 치는 건가?

"안녕. ……왜 그래?"

내가 고뇌에 빠진 사이, 교실 안으로 들어온 듯한 마시로의 목소리가 들려왔다.

나는 마치 본가에 온 것처럼 안도감을 느끼며 돌아봤다.

"마침 잘 왔어. 내 말 좀 들어봐, 마시— 이로하?!"

"응? 고함 좀 지르지 마. 되게 시끄럽네."

귀에 익은 매몰찬 발언. 귀에 익은 날 선 어조.

하지만 고개를 돌리자 낯선…… 아니, 모습 자체는 눈에 익지만, 그 자리에 앉은 모습이 낯설게 느껴지는 여자애, 코히나타 이로하가 있었다.

고개를 돌려보았다. 오즈의 자리에는 빙그레 미소 짓고 있는 미남풍 이로하가 있었다.

고개를 돌려보았다. 마시로의 자리에는 차갑게 노려보고 있는 청초한 여자애 느낌의 이로하가 있었다.

앞에도 이로하, 뒤에도 이로하.

대체 어떻게 된 것일까. 왜, 다들 이로하가 되어버린 걸까.

"자, 조례를 시작하겠어. —잡담은 얼마든지 해도 돼. 무릎 꿇고 바닥을 핥으며, 머리를 자근자근 밟힐 각오가 되어 있다면 말이야."

귀에 익은 독설. 귀에 익은 여왕의 과잉 체벌급 호령.

하지만 당연히, 그 자리에 있는 건…….

"역시 이로하잖아!"

"어머, 오오보시 군. 내가 충고를 직후에 잡담을 하다니,

배짱 참 좋은걸. 점심 식사 시간에 학생지도실로 와. 실컷 귀여워해 주겠어."

목소리만은 완벽한 《맹독의 여왕》 모드인 케게이시 스미레 그 자체였다.

팔색조의 목소리로 완벽한 연기를 선보이는 이로하에게 감탄하기에 앞서, 대체 뭐가 어떻게 된 건지 알 수가 없었다. 그뿐만 아니라…….

"어이, 오오보시. 여왕님에게 체벌 당하고 싶어서 일부러 그런 거지? 약았잖아. 새치기 말라고."

평소 거의 교류가 없는 남학생 A까지 이로하로 변해 있었다.

퍼뜩 놀라며 교실 전체를 둘러보니, 서른 명이나 되는 클래스메이트들이…… 아니, **약 서른 명의 이로하**가, 나를 쳐다보고 있었다.

왼쪽을 봐도, 오른쪽을 봐도, 눈에 들어오는 건 이로하, 이로하, 이로하, 이로하의 얼굴뿐이었다.

비명을 지르며 교실을 뛰쳐나가자, 복도에서 엇갈린 이로하, 교무실을 나서는 이로하, 교정을 손질하고 있는 수위 옷차림의 이로하, 그리고 화단에 물을 주고 있는 교장 선생님도 이로하였다.

아무도 없는 화장실에 뛰어든 내가 숨을 헐떡이면서 혼란스러운 머리를 진정시키기 위해 거울을 보니, 거울에 비친 내 얼굴은, 이로하…….

"어, 악몽이냐!!"

나는 딴죽을 날리며 눈을 떴다.

눈에 익……을 리가 없는 천장. 평소와 다름없는 내 방……이 아니라 여관의 한 방.

아침. 아니, 시계를 보니 열두 시가 지났다.

아~, 그래. 어제 이런저런 일이 있었던 바람에 해가 뜬 후에 이부자리에 누웠지.

"그래도 그런 꿈을 꿀 줄이야……."

등장인물, 전원이 이로하.

수많은 이로하로 화면이 가득 찬 광경은 짜증을 돋웠다. 이로하의 연기폭을 생각하면, 게임 안에서라면 충분히 재현 가능할 거란 점이 참…… 아니, 관두자. 아무도 좋아하지 않을 것이다.

"좋은 아침이에요~☆"

"우왓?!"

갑자기 누군가가 등 뒤에서 나를 끌어안았다.

"선배, 자면서 이로하~ 이로하~ 하고 제 이름을 불렀잖아요. 혹~ 시~, 제가 꿈에 나온 거예요~?"

"……읏!"

"아, 정곡을 찔렀나 보네요. 선배의 선배가 아침 해면체 문제로 이미 한계인 건가요☆"

?!
?
© tomari

히히히~ 하고 웃는 이로하의 목소리가 내 귀를 간지럽혔다.

평소처럼 등 뒤에서 치근덕대는 이로하에게서는 어제 보여줬던 수줍음이나 고상함 같은 건 눈곱만큼도 찾아볼 수 없었다.

완전히 평소와 마찬가지였다. 성희롱성 발언을 늘어놓는 것을 보면, 나를 연애 대상으로 의식하고 있는 것처럼은 전혀 보이지 않았다.

이로하가 연애 감정을 품은 상대에게는 절대 하지 않을 짓을 하자, 나는 안도감을 느끼면서도 마음 한편으로는 자기 자신이 어딘가 이상하다고 생각했다.

"…………."

"어~? 선배, 오늘은 왠지 얌전하네요. 평소 같으면 저를 격퇴하려고 했을 거잖아요."

"그, 그렇게 생각하면, 그, 그만하라고."

"봐요. 딴죽도 영 날카롭지 못하잖아요!"

"윽~~……?!"

이로하가 그렇게 말하며 내 몸에 체중을 싣자, 등에 닿아 있던 가슴의 감촉이 방금보다 몇 배는 증폭됐다.

"선배? 저기, 왜 그래요? 선배~?"

"…………."

야, 장난치지 마. 왜 나한테 가슴을 비벼대는 건데? 나를 좋아하는 거냐? 아니, 그것보다 왜 이렇게 부드러운 건데?!

쇼어 경도가 대체 몇이야? 록웰 경도가 몇이냐고. 가슴의 부드러움을 재는 단위가 맞는지는 모르겠지만, 일정 수치 이상의 부드러운 가슴을 함부로 남의 몸에 대면 안 된다고 국제 규격으로 지정해줬으면 한다.

"저기, 진짜로 괜찮은 거예요?"

"…………."

큰일 났다. 몸과 마음이 완전히 굳어버린 탓에 이로하를 떼어낼 수가 없다. 평소 같으면 할 수 있을 텐데, 지금의 나는 그저 심박수가 상승할 뿐이었다.

"이제 좀 돌아오라고요, 선배! 선배, 선배, 선배~."

"…………."

역시 이 감각은 이로하를 이성으로 의식하기 시작했다는 의미일까.

결연의 의식을 계기로? 말도 안 돼.

이로하는 일전에 마시로의 일로 「《5층 동맹》에 집중해!」 하고 화냈었어. 그 말이 땅에 떨어지기도 전에 이번에는 내가 이로하한테 그런 감정을 품은 거냐? 나란 놈은 대체 얼마나 지조가 없는 건데?

"완전히 반응이 없네요. 이거, 진짜로 병원에 가봐야 하려나요……."

"…………."

만에 하나라도 내 지금 심정을 이로하가 알게 된다면…….

『우와, 역겨워. 무릎까지 꿇으며 그렇게 멋진 소리를 늘어놓고, 이제 와서 이러는 거예요? 목적을 이루기 위해 나아가겠다고 말했으면서, 러브호텔에서 단둘이 좀 있었다고 사랑에 빠졌어요? 결국 선배는 여자애와 인연이 없는 동정이니까 흥미 없는 척할 뿐, 연애나 청춘 같은 것에 목매는 평범한 남자들과 마찬가지인 거잖아요. 우와~, 최악~.』

……하며, 질색을 할 것이다.

설령 이로하가 실제로 그런 말을 하지 않더라도, 나 자신이 지금의 감정에 질색을 하고 있다. 마시로의 고백을 거절했을 때…… 그때 했던 말을 떠올린 나는 지금의 이 감정이 너무 무책임하게 느껴졌다. 인마, 작작 좀 하라고 하고 외치며 내 면상에 주먹을 꽂아주고 싶을 정도다.

진짜, 나란 놈은 어떻게 되어버린 걸까…….

"선, 배, 일, 어, 나, 요!"

"우왓! 시끄러워?!"

"아, 겨우 현실로 돌아왔네요."

"이, 인마. 고막이 찢어질 뻔했다고."

"선배가 저를 무시하니 이러는 거예요. 그것보다, 오늘은 순순히 제 포옹을 허락해줬네요. 질색 안 할 거예요?"

"……어. 아~, 음. 딱히 싫은 건—."

"네?"

"아니…… 싫다! 고 생각하는데…… 젠장! 움직여! 움직여,

내 몸아!"

"우, 우와……."

이로하는 당혹감이 묻어나는 목소리로 그렇게 말하더니, 헐레벌떡 나한테서 떨어졌다.

그와 동시에 흉기 같은 감촉도 내 등에서 떨어지자, 내 몸은 그제야 거친 숨을 내쉬며 땀을 삐질삐질 흘렸다.

"저기, 선배. 오늘 좀 이상해요. 혹시 짚이는 구석이 있어요?"

"무, 무무무무, 무슨 소리를 하는 거니?! 안 그래, 오즈마 군?!"

"이거 어쩌면 콩그레츄레이션, 일지도 모르겠는걸."

"오빠 말은 너무 의미불명~. 해설 좀 해줬으면 좋겠는데요."

이미 깨어나서 방에서 쉬고 있던 스미레에게 다가간 이로하가 소곤소곤 이야기를 나누고 있었다.

즐거운 듯이 웃고 있는 오즈도 그 대화에 끼더니, 내 상태에 관해 논의하기 시작했다.

결국, 제대로 된 결론은 나오지 않은 것 같았다.

이로하는 또 나에게 다가오더니, 내 이마에 자신의 이마를 댔다.

"혹시 열 있어요? 어제 한밤중에 산속을 걸었으니까……."

"으~~~~…………!! 아, 아냐. 딱히 몸이 나쁜 건 아니라고."

"그럼 다행이지만…… 으음~. 흐으음~."

내 답에 납득을 할 수 없는 건지, 이로하는 의구심을 품은 형사처럼 턱에 손을 대며 신음을 흘렸다.
그런 사소한 동작도 귀엽게 느껴지는 걸 보면, 역시 나는 현재 정상이 아니다.
밀려오는 사춘기의 충동을 어떻게 처리하면 좋을지 몰라 어찌할 바를 모르고 있을 때였다.

"판글루 글루나파 크투가 포말하우트 은그와—!!"

이 분위기를 역전시킬 신의 도움이, 괴성이라는 형태로 옆방에서 들려왔다.
신은 신이라도 외계의 신 같은데, 괜찮을까?
"방금 그 소리는……."
"추측할 필요도 없어. 옆방에서 해독 불능의 고함을 지를 사람이라면 한 명뿐이잖아."
스미레와 오즈의 대화 도중에서, 옆에서는 다다미 위를 굴러다니는 소리가 들려왔다.
그리고 퍼뜩 뭔가를 눈치챈 듯이 움직임을 멈춘 것 같았다.
몸을 일으키는 소리가 들린 직후, 허둥지둥 방을 나서는 소리가 들렸다.
헐레벌떡…… 겨우 1미터 거리의 복도를 이동하는 소리가 들려오더니…….
덜커~~~엉! 하고 문을 열어젖히며 도라지실에 들어온 예상 대로의 인물이, 영화 플●툰의 DVD 패키지 같은 포즈로 다다미 위를 미끌어지면서…….

"해냈어……! 마감…… 해치웠어……!"

하느님께서 내려준 보물처럼 노트북 컴퓨터를 양손으로 들며, 환희의 목소리로 그렇게 외친 여자애는 낯익은…… 으음, 아마도, 얼추, 자신은 없지만, 아슬아슬하게? 츠키노모리 마시로였다.

학교에서는 항상 단정하던 머리카락의 끝은 엉망으로 흐트러져 있었으며, 찬란히 빛나는 실버 블론드도 왠지 칙칙해 보였다. 그리고 아름답기 그지없던 새하얀 피부 또한 죽다 만 좀비처럼 파르스름했다. 죽다 만 좀비가 뭔지 이해가 안 될지도 모르지만, 분위기로 짐작해줬으면 한다.

어젯밤과 똑같은 복장인 것을 보면 아마 이른 아침에 헤어진 후, 지금까지 잠 한숨 안 자며 집필을 한 것 같았다.

"해치, 웠다고~. 망할, 짹짹이…… 흠냐."

"어, 안면 박치기다."

"마시로—?!", "마시로 선배—?!", "마시로~~~?!"

오즈를 제외한 모든 이들이, 힘이 다한 것처럼 안면을 처박으며 쓰러진 마시로에게 다가갔다.

"괜찮아?!"

© tomari

나는 마시로를 안아 일으켰다.

방금 박치기를 한 탓에 이마가 새빨개져 있지만, 아직 살아있다는 것을 알리듯 맥박은 뛰고 있었다.

의식이 없는 건, 단순히…….

"쿠우우울—…… 쿠우우울—……."

"완전히 곯아떨어졌네요."

"표정이 달성감으로 가득 차 있는걸. 마감에 쫓기던 나날은 힘들었지만, 해치운 후의 그 행복함은 중독성이 있잖아."

"이해해. 연인과 보고 싶은 이번 여름 최고의 영화보다도 공감할 수 있어. 눈물이 날 것만 같아."

"너는 마감 끝나면 안 자고 술부터 퍼마시잖아."

스마트폰 게임을 운영하다 보면 좋든 싫든 경험하게 되는 것이 있다. 무모한 스케줄을 연이은 밤샘으로 무리하게 클리어하는 것을 반복하다 보면, 본인들이 자각하지 못한 채 그 악랄한 노동을 퀄리티 상승을 위한 필수 요소라고 생각하게 되는 것이다. 그렇게 쓸데없는 노동 시간이 무자비하게 늘어난다고 하는 함정이 상업 세계에는 존재한다고 하니, 타산지석 삼아야겠다.

……물론 특정 개인, 기업, 단체에 대한 이야기는 아니라고.

"어라?"

모든 걸 새하얗게 불태우고 잠든 마시로의, 노트북 컴퓨터. 역시 사장 영애라 그런지 기업에서나 사서 쓸 법한 본격적인 프로 사양 노트북 컴퓨터의 접힌 부분에서, 최신예와는 거리가 먼 원시적인 종잇조각이 흘러나왔다.

나는 별생각 없이 그것을 주웠다.

멋대로 읽으려니 조금 머뭇거려지기는 했다. 그래도 그 종이는 접혀 있지 않았으며, 문자가 적힌 부분이 드러나게 놓여 있었기 때문에 자연스레 눈에 들어오고 말았다.

『바다 마시로도 가고 싶어. 아마 뻗어버리겠지만 잠들어도 데려가줘.』

"다잉 메시지인가?"

"아니, 일단 아직 죽지는 않았다고."

오즈가 옆에서 종이를 들여다보며 그렇게 말하자, 나는 딴죽을 날렸다.

그리고 이로하와 스미레도 반응을 보였다.

"기절할 것을 전제로 메모를 남겨둔 건가 보네요. 마시로 선배는 정말 바다에 가고 싶었나 봐요."

"산타한테 선물을 조르는 어린애 같아서 귀여워~♪"

"수고했어, 마시로. 하다못해 지금은 평온히 잠들어."

"아멘~."

힘이 다한 영웅에게 경의를 표하듯, 우리는 마시로에게 위로의 말을 건넸다.

하지만 바로 그때, 오즈가 문뜩 생각난 것처럼 말했다.

"어라? 그러고 보니 우리는 바닷가 호텔의 예약을 펑크냈지?"

마시로의 희망을 박살내는, 절망적인 한 마디를 말이다.

"…………."

"…………."

"…………."

내가, 이로하가, 스미레가…….

다들 아무 말 없이 서로의 얼굴을 쳐다본 후, 고개를 저었다.

—너, 호텔에 연락했어?

—선배는요?

—아니, 그럴 겨를이 없었거든.

무언의 30초에는 그런 내용이 담겨 있었으리라.

『어제 찾아주시지 않았기 때문에, 예약은 취소됐습니다. 또한, 한 번 취소하신 분께는 죄송하지만 다른 날짜의 재예약을 받지 않게 되어 있습니다.』

그리고 허둥지둥 전화 확인을 해본 결과는, 무자비한 아웃이었다.

다른 호텔에도 전화를 돌려봤지만, 한여름의 관광 시즌이라 그런지, 빈방이 없었다.

"맙소사……. 우리, 혹시……."

"바다에 못 가는 거예요~?!"

망연자실한 내 말에 이어, 이로하가 지나치게 머리를 감싸 쥐며 그렇게 외쳤다.

“바다에 들러서 논 후에 바로 귀가한다는 방법도 있잖아.”

“당일치기를 하자고요~?! 그랬다간 발만 물에 담그고 바로 돌아가야 할 걸요~?!”

“게다가 바다에서 놀다 보면 체력이 꽤 소모되잖아. 바다에서 놀고 나서 몇 시간 동안 운전을 해야 하는 거지? 사고 안 내고 무사히 돌아갈 수 있을까…….”

스미레의 그 중얼거림이 결정적이었다. 아직 죽고 싶지는 않다.

인생을 RTA처럼 사는 나지만, 불운(하드 럭)과 춤(댄스)춘 끝에 초고속으로 저세상으로 가고 싶지는 않다.

“선배…….”

“아쉬운 마음이 드는 건 이해하지만, 이것만은 좀…….”

솔직히 말해, 어찌할 방법이 없다.

애초의 스케줄을 변경한 시점에서, 이미 망한 것이나 다름없는 것이다.

이건 바다에서 논다고 하는 미션에 대해 효율적인 행동을 못 한 우리에게 신께서 내린 벌일지도 모른다.

“미안해, 이로하. 오즈와 스미레, 그리고, 마시로한테도 정말 미안하지만, 이번 바다 여행은 포기—.”

"—하기에는, 아직 일러짹♪"

"어?"

인상적인 말버릇 탓에, 정체를 확인할 필요도 없었다.

그 목소리를 듣고 돌아보니, 고스로리 복장을 한 조그마한 금발녀— 키라보시 카나리아(내 마음속 호칭은 카나리아)가 문에 기대서며 멋진 포즈를 취하고 있었다.

"친구와의 추억보다 원고를 우선하는 자세! 그 멋진 태도에 카나리아는 감격! 카나리아 양 포인트 100점 겟이야짹♪"

뀨르~릉 하는 효과음이 들릴 듯한 수평 피스 사인을 날린 카나리아(자칭 열일곱 살).

그녀는 라이트노벨 레이블 UZA문고의 에이스— 담당한 작품을 전부 중판시켰고, 수많은 히트작을 세상에 내놓은 천재 아이돌 편집자다. 또한 마키가이 나마코 선생님의 담당 편집자이기도 했다.

아무래도 신인상에서 발탁(?)한 것 같은 마시로를 돌봐주고 있는 것 같으며, 이 한계 촌락인 카게이시 마을에 우연히 들른 것도 이 여관에 통조림 마감용 방을 항상 확보해두고 있기 때문이라고 한다.

"그~러~니~까~……?"

나에게 있어 프로듀스란 면에서 몇 수는 위인 『어른』인 카나리아는 한참 뜸을 들인 후, ☆이 튈 듯한 윙크를 날리면서…….

"카나리아 님이 프레젠트하죠! 주위에 아무도 없는 호화 저택에서의 1박! 후미진 사랑의 시 사이드, 쪼잔하게 안 굴게~. 너도, 당신도, 선생님도, 모두 다 초대☆"

묘하게 귀에 남는 리드미컬한 음정으로, 그렇게 말했다.

*

그리고, 한 시간이 흘렀다.

스미레의 차 내비게이션에 설정된 목적지.

"여기는……."

지프에서 내린 나는 찬란히 빛나는 태양을 보고 눈을 가늘게 뜨며…….

"응, 틀림없어. 이번에야말로……!"

스미레는 이 일대에 펼쳐진 새하얀 모래를 주먹으로 움켜쥐며…….

"꿈에서 본……!"

눈에 들어온 푸른 광경에, 마시로가 향수에 잠기며…….

"바~~~~~~~~~다다~~~~~~~~~!!!"

이로하가 합숙소에 도착한 아이돌처럼 양손을 펼치더니, 온몸으로 기쁨을 표현했다.

"아름다운 에메랄드그린이야. 게다가 진짜로 아무도 없는 것 같네."

"일본에 이런 장소가 있을 줄은 몰랐어."

끝없이 펼쳐진 광대한 모래사장에 사람이 한 명도 없으니, 이상하게 느껴졌다.

게다가 등 뒤를 돌아보니, 스무 명은 거뜬히 묵을 수 있을 법한 2층 호화 저택이 있었다.

평소에 사는 집이라고 하기에는 파격적으로 넓고, 크며, 아름다운 이 영화에서나 본 집이 별장에 지나지 않는다는 것이 놀라웠다.

열혈 스포츠 만화의 합숙소냐고.

"다른 관광객이 안 보이는 게 당연하긴 해. 왜냐하면—."

나는 오즈와 함께 트렁크에서 짐을 내린 후, 뒤늦게 주차장으로 들어온 차를 힐끔 쳐다보았다.

차고가 낮고, 화려한 외견을 지녔으며, 젊은이들의 차량 소유 욕구 저하에 따라 보기 힘들어진, 멋진 어른 신앙의 상징— 새빨간 외제 오픈카다.

금색 장발을 휘날리며, 그 차에서 내린 여성— 카나리아는 카메라 촬영 중인 건 아닌가 싶을 만큼 스타일리시하게 선글라스를 벗으며 눈을 가늘게 떴다.

"—저 사람의 **프라이빗 비치**니까 말이야."

"인생의 압도적 승리자다운 품격이 느껴지는걸."

"회사 자산을 포함한 가처분 금액은 츠키노모리 사장이 많겠지만, 개인 자산만이라면 카나리아 씨가 더 많을지도 몰라."

"출판사 편집자는 그렇게 돈을 많이 벌어?"

"아, 그렇지는 않을 거야."

오즈의 소박한 질문에, 나는 고개를 저으며 답했다.

그러자 돈 이야기에 관심이 생긴 건지, 이로하도 우리에게 다가왔다.

"하지만, 히트작을 내면 한몫 잡을 수 있지 않아요?"

"회사는 한몫 잡겠지만, 회사원의 연봉에는 상한선이 있거든. 거대 출판사에서 근무하니 연봉이 1000만은 여유롭겠지만, 그래도 프라이빗 비치를 소유할 정도로 벌지는 못할 거야."

"연봉 1000만! 그것만으로도 엄청 부자 같은데요~. 그럼, 대체 얼마나 벌어야 이런 걸 소유할 수 있는데요? 1억?!"

"글쎄. 솔직히 자산 1억으로도 부족할 것 같아."

"진짜요?!"

"아하. 확실히 1억 정도로는 여러 방면으로 굴리거나 사업 준비금으로 쓰기도 벅차지. 1억이나 있으면 깎아 먹기만 하는 것도 아까울 거야. 아키 입장에서 보자면 비효율적……

이겠지."

"개인 자산이 5억 정도 되면 돈 낭비할 여유가 생기겠지만, 이 정도 규모의 해안을 소유하는 건……."

"그건 그렇고 선배와 오빠는 진짜로 고등학생 맞아요? 금전 감각이 대박 무시무시하거든요?"

내가 진지하게 금전적 고찰을 하자, 이로하가 질린 듯한 반응을 보였다.

참고로 이것은 금전 감각이라기보다 경제 감각…… 뭐, 자잘한 건 아무래도 상관없다.

고등학생이 뭘 그런 걸 다 아냐고 이로하가 놀랐지만, 경제 구조나 진정한 금전 지식은 고등학교까지의 교육에서 배워두는 편이 효율적이고 우수한 사회인이 될 수 있을 거라고 생각한다. 그런데 왜 교육제도는 그런 식으로 바뀌지 않는 걸까.

혹시 그런 감각을 육성하지 않아서 이득을 보는 녀석이 있는 걸까? 그렇다면 그런 녀석이 효율을 추구한 결과일 테니 위화감은 없다.

"하지만 선배. 그럼 왜 일개 편집자인 카나리아 씨가 이렇게 호화로운 별장과 **프라비**를 가지고 있는 거예요?"

"명품 패션 브랜드가 연상되는 줄임말인걸. ……어디까지나 내 예상이지만, 저 사람의 수입원 중에는 급료 외에도 부업 수입도 있을 거야."

"부업?"

"작가를 프로듀스하기 위해 하는 여러 활동이 그대로 사업이 된 거겠지. 좀 조사해봤는데—."

나는 스마트폰을 조작해서, 정리해둔 정보를 이로하에게 보여줬다.

"으음~? 월정액 800엔인 온라인 살롱에 등록자 2만 명……."

"그것만 해도 **월수입**이 1600만이네."

"히익~. 매달 책의 발매일에 맞춰 발매되는 CD가 오리콘 TOP10 진입……."

"인세를 단순 계산해보면 얼추 매달 평균 2000만은 벌 거야."

"이천…… 어, 저 사람은 CF에도 나와요?!"

"연예 기획사를 통하지 않을 경우의 각 메이커 CF 출연료를 시세로 계산해보면, 매달 평균 1500만 정도 되겠지."

"듣기만 해도 머리가 아파올 정도인데요……."

"이것들만으로도 매달 5000만 이상 버니까, 연수입은 6억이 넘을 거야. 게다가 리얼 이벤트나 자기가 집필한 에세이의 인세 등을 고려하면—."

"오케이, 라져, 이제 됐어요~. 카나리아 씨가 대부호(머니 몬스터)라는 걸 잘 알았다고요!"

이로하는 귀를 막고 아~ 아~ 아~ 하고 소리치며 내 말을 차단했다.

너무 차원이 다른 세계인지라, 뇌가 이해를 거부한 것이리라.

6억 정도 되면 『검은 새끼 염소가 우는 밤에』가 허니플레의 퍼블리싱을 받는데 성공한다면 한 달 안에 벌 수 있을 거라고 추정되기에, 나는 그 숫자 자체에는 놀라지 않았다. 다만 그것은 사업 매상이기에, 개인 자산이 그 수준이란 점은 순수하게 대단하다고 여겨졌다.

"정말~. 거기까지 조사한 거야~? 대체 얼마나 카나리아 님을 좋아하는 거야~?"

"우왓."

이로하의 옆구리를 옆으로 밀치면서, 쑥 끼어든 열일곱 살(자칭).

그녀는 나를 올려다보더니, 소악마 같은 미소를 머금었다.

"그런 괜한 짓 하지 말고~, 네가 그냥 물어봤으면 가르쳐줬을 거야~. 몸도, 마음도, 지갑도, 전부 보여줄게쨱♪"

"아이돌이 『너』 한 사람만 편애하는 건 좀 그렇지 않아요?"

"에이, 심술 궂은 소리 하지 마~☆ 팬 한 사람 한 사람이 『너』야쨱♪"

"궤변 같지만, 이렇게 들어보니 마음이 흔들리네요……."

동그랗고 커다란 눈망울. 키는 작지만 나올 곳은 나오고 들어갈 곳은 들어간 몸매.

로리 거유, 라 불리는 신의 조형은 남자 오타쿠가 좋아할 만했다.

그런 모습으로 달콤한 캔디 보이스를 들려준다면, 라이브 행사장 가장 앞줄에 있는 녀석들이 갓 튀긴 새우처럼 통통 튈 게 틀림없다.

"뭐, 진짜로 물어보면 가르쳐줄 거야짹. 딱히 숨길 생각은 없거든♪"

"그 말, 진짜야. 카나리아 씨는 누구한테나 연수입 풀 오픈. 편집부 안에서 모르는 사람이 없어."

"마시로."

방금까지 바다에 눈길을 빼앗겼던 마시로가, 어느새 이로하와 카나리아의 반대편— 그러니까 내 옆에 붙어 있었다.

그래. 마시로는 이 사람이 담당하는 작가였지. 전에도 몇 번 만나봤을 거야.

"정말~, 말이 너무 심하네! 마치 카나리아 님이 짹짹 자랑쟁이 같잖아! 아냐~. 다들 알고 싶어 하니까, 기대에 부응하려고 공개했을 뿐이야짹!"

"그런데 그래도 괜찮아요? 같은 편집자인데 그렇게 수입이 차이가 나면, 동료들이 불만을 늘어놓을 것 같은데요."

모난 돌이 정 맞는 것이 일본 사회의 일상이다. 오즈가 그랬듯이, 돌출된 인간은 좀처럼 사회에 얽히지 못한다.

그래서 카나리아가 회사에서 어떤 취급을 당하고 있는지 신경 쓰여서, 그렇게 물어본 건데…….

"으~음?"

그녀는 영문을 모르겠다는 표정을 짓더니, 귀엽게 고개를 갸웃거리며 말했다.

"기둥서방 따위한테 불평을 늘어놓을 자격이 있다고 생각해쨱?"

"기둥서방."

"아, 물론 방금 그 말은 고도의 비유야쨱. 리얼 기둥서방 따위는 사양이야쨱."

"으음, 그럼……?"

"카나리아 님의 담당 작품만으로 UZA문고의 전체 매상 중 9할을 찍고 있으니까~. 빌붙어 먹는 사람들한테는 이러쿵~ 저러쿵~ 떠들 권리는 낫띵이야쨱~☆"

"9할."

우와. 그 정도면 회사 안에서도 멋대로 할 수 있는 건가.

눈앞에 있는 이 괴상한 말투의 어른에게 압도당했다. 겉모습은 어린애처럼 조그마하고, 나이를 알 수 없는 이 안습 유감녀의 등 뒤에 아수라의 환영(스탠드)이 보였다.

나는 이 사람과 마키가이 나마코 선생님의 시간을 빼앗고 있는 건가.

"모난 돌은 정맞는다 같은 일본 회사의 낡은 고정 관념은 쓰레기통에 슝~♪ 카나리아 님은 글로벌 스탠더드로 살아쨱."

"오오. 평가받아 마땅한 사람이 정당하게 평가받는 가치관. 그것을 바라는 자세……!"

나는 카나리아의 말에 감명을 받은 나머지, 밝은 목소리로 그렇게 외쳤다.

그러자 옆에 있던 마시로의 표정이 얼어붙듯 냉담해졌다.

"방금 그 말, 곧이곧대로 받아들이지 마. 카나리아 씨는 헐리우드에 콤플렉스 왕창 있는 짜가 선진 여성일 뿐이거든."

"으윽."

마시로가 신랄한 대사를 토하자, 카나리아의 표정이 얼어붙었다.

"마, 마시로짹? 왜, 왜~ 그런 소리를 하는 거야~?"

"아키한테 이상한 영향을 주지 말았으면 하거든. 마시로는 알아. 실은 헐리우드의 프로듀서가 되는 게 꿈이었는데, 영어 회화가 괴멸적이라서—."

"꺄아아아아아아아아아앗! 그만해짹!! 그건 카나리아 님한테 단발 즉사급 금단의 주문이야짹!!"

"아까 사고방식도 업계 최고 기업인 대제국서점의 높은 사람이 한 말을 베낀 거야."

"리스펙트라고 표현해줘어어어어!! 그리고 너무한 거 아냐?! 마시로 양이 바다에 가고 싶다고 해서, 별장을 내주는 건데~."

"그건, 고마워. ……하지만, 카나리아 씨도 꿍꿍이가 있는 거지?"

"으…… 삐효로로~♪"

마시로의 날카로운 시선을 받은 카나리아가 고개를 돌리며 엄청 능숙하게 휘파람을 불었다.

잘 모르겠지만, 서로를 잘 아는 저 두 사람은 보는 이들이 무심코 미소를 머금을 만큼 사이가 좋아 보였다. 마치 이미 장기 연재를 함께 하는 듯한 안정감이 느껴졌지만, 데뷔전인 작가에 대한 저 프렌들리함도 명 편집자인 소양인 걸까.

"뭐, 대제국서점을 해치운다, 같은 소리를 늘어놓는 점은 딱히 싫지 않아."

"그러고 보니 마시로가 말하는 대제국서점은 그렇게 대단한 곳이야?"

솔직히 말해 라이트노벨에 대해서는 잘 알지 못하기에, 그쪽 업계에 대해서도 해박하지는 않다.

초유명한 출판사 이름은 몇 곳 알며, 대제국서점도 그 중 하나지만…….

"카나리아 씨의 실적과 개인 자산, 그리고 마키가이 선생님의 발행 부수를 생각하면, 밀릴 리가 없을 것 같은데—."

"어, 바보 아냐?"

오래간만에 대놓고 독설을 들었다.

"리, 리서치가 부족해서 미안해. 소설 세계 쪽은 잘 모르거든."

"예를 들자면 말이지? 출판사 편집자 중에는 고학력이 많지만—."

"흐음~, 그런가요. 카나리아 씨도 그래요? ……혹시 도쿄대 출신?!"

마시로의 말에 흥미가 생긴 이로하가 갑자기 쑥 끼어들었다.

그러자 카나리아는 에헴~ 하며 우쭐거렸다.

"어머나☆ 도쿄대 졸업인 걸 들켰네☆ 꺄아~, 곤란하네짹☆ 학력 자랑 같은 건 꼴사나워서 하기 싫지만, 거짓말은 싫거든짹☆."

"물 흐르듯 고학력 자랑을……. 이 사람, 역시 저보다 더 짜증나네요."

나와 이로하가 흘겨보자, 마시로는 냉담한 미소를 머금었다.

"카나리아 씨가 학력 자랑을 하니 참 웃기네. **학력이 모자라서** 대제국서점에 못 들어갔으면서 말이야."

"뭐……라고……."

"커억."

"자, 잠깐만, 카나리아 씨?! 괜찮아요?! 우쭐대는 표정으로 피 토하고 있거든요?!"

그 자연스러운 유혈 묘사에 놀란 이로하가 카나리아를 부축했다.

카나리아는 새파랗게 질린 얼굴로 부들부들 떨면서도, 꿋꿋한 미소를 유지하려 했다.

"괘, 괜찮아짹. 너무 분해서 입술을 세게 깨문 바람에 피가 나는 거야짹……!"

"전혀 괜찮지 않은 것 같은데요?!"

이로하가 딴죽을 날리는 가운데, 마시로는 표정 하나 바꾸지 않으며 설명을 이어갔다.

"그 회사는 돈으로 유명한 인재를 끌어모은 결과, 스탠포드 대학을 졸업하고 헐리우드에서 다양한 영화를 세계 규모로 히트시킨 프로듀서라든가, 예일 대학 출신의 현대 마케팅의 시조라 불리는 심리학자라든가, 옥스포드 대학 졸업생에 영국에서 세계적인 히트를 친 마법 학교 소설을 출판한 전직 에이전트 등으로 편집부를 구성됐어. 신규 채용자도 전 세계 대학 랭킹에서 10위 이내의 대학에서만 뽑아."

"출판계의 COOGLE구나……."

엄청 대단한 기업이란 것은 당연히 알고 있었다. 하지만, 소설 편집부도 그렇게 엄청난 인재들로 구성해둔 건가.

"크으으윽…… 이렇게 듣고 보니 분통 폭발~! 자아, 다들 빨리 건물에 들어가자꽥!! 카나리아 님은 막 완성된 마키가이 선생님의 원고의 교정을 마구마구 볼래!!"

"어, 그건……!"

카나리아가 화난 듯이 팔을 빙빙 돌리며 건물로 향하자, 마시로는 다급히 손을 뻗었다.

어? 방금 카나리아가 한 말은…….

"카나리아 씨, 마키가이 나마코 선생님의 원고가 완성됐다고……."

"맞아맞아룬룬루~운♪ 『백설공주의 복수 교실』의 최신간, 드디어 그 초벌 원고를 받았어~. **우연히도**, 이 타이밍에, 말이지~."

"카, 카카카카카나리아 씨……~~!!"

"으응~? 마시로 양, 왜 그래~? 카나리아 님은 아까 주가 하락을 당한 게 너무 기뻐서 입을 잘못 놀렸어~. 딱히 『일부러』 그런 게 아니거든짹~?"

"큭…… 최악의 쓰레기……."

"어머~? 안 들려~. 원고를 인질로 안 잡히는 보너스 스테이지, 스따~뚜~☆"

"왜 마시로가 화내는 거야? 그것보다 마키가이 나마코 선생님이 원고를 완성됐다는 건……."

"진짜 둔감하네~♪ 그~러~니~까~ 마시로 양이 마키—."

"마키리!!"

"다이긴죠?!"

느닷없이 이 타이밍에 대화에 난입한 스미레가 카나리아의 입을 막았다.

"아아~, 바다에 도착하니 『마키리』라는 일본주가 마시고 싶네~. 이렇게 호화로운 별장이라면, 괜찮은 술도 많겠지?! 자, 어른끼리 한잔하자~!"

"아직 저녁 전인데?! 그것보다 원고 읽을 거라고 방금—."

"그럼 나만 마실 테니까 카나리아 씨는 일 열심히 해♪"

"뭐?! 너무해! 망할 내추럴 괴롭힘! 모처럼 바다에 왔는데 도착하자마자 음주는 너무하잖아쨱. 뭐 때문에 초대했는지 알긴 하는 거야?!"

"알았어. 해수욕도 할 테니까 술 구경 좀 시켜줘. 응?"

"끈질— 어, 어디를 만지는 거야쨱! ……앗~!"

항의하는 카나리아와 어깨동무를 한 스미레는 그녀를 억지로 끌고 갔다.

한순간 마시로를 돌아보며 윙크를 한 것 같았는데, 내가 잘못 본 걸까?

"방금 뭐가 어떻게 된 거야……."

"그, 글쎄. 모르겠어. 아하, 아하하하."

마시로도 메마른 웃음을 흘렸다.

으음. 나는 그저…….

"선배, 지금 뭘 물어볼 참이었어요?"

이로하는 어른들의 요상한 텐션 탓에 결국 입에 담지 못한 내 질문을 불쌍하게 여긴 것 같았다. 너는 때때로 괜찮은 짓을 하네. 어디까지나 때때로 말이야.

뭐, 딱히 중요한 걸 물으려던 건 아니다. 나는 그저…….

"마키가이 나마코 선생님의 마감이 끝났으면, 이 틈에 다음 일을 떠맡길까 했거든."

"악마네요."

"저질. 죽어."

“뭐어……?”

이로하와 마시로가 한꺼번에 나를 비난했다.

왜일까. 작업 스케줄에 빈자리가 생기는 것보다, 메워두는 편이 여러모로 마음이 놓일 텐데…….

뭐, 그런 아무래도 상관없는 대화가 오고 가는 가운데…….

스미레한테서 벗어나려 하는 카나리아와 놓치지 않으려 하는 스미레의 뒤를 쫓으며, 우리는 카나리아의 별장으로 향했다.

*

『자, 드디어 모두가 기다렸던 바닷가 타임이네. 이로하의 수영복 차림을 기대했지?』

『멋대로 남의 마음을 대변하지 마. 그런 적 없다고.』

『정말 솔직하지 못하다니깐. 내 여동생이지만 객관적으로 봐도 매우 귀여운데 말이야~.』

『짜증나는 면만 눈감아준다면 그럴지도 몰라.』

『신은 이렇게 말할걸? 그 짜증나는 부분도 귀엽지 않느냐, 하고 말이지.』

『짜증과 귀여움은 양립되는 개념이란 거야?』

『받아들일 수 없는 거야?』

『…………』

나와 초슈퍼큐트 이로하 양의 방(2)

이로하
선. 배♪

AKI
응?

이로하
남자 방은 어때요? 쾌적해요? 오빠와 하고 있어요?

AKI
정기적으로 시키부에게 연료 투하하려고 하지 마.

이로하
농담이에요~.

AKI
그리고 이 그룹명 좀 바꿔. 내가 직접 설정한 거 같잖아.

이로하
선배 시점에선 진실이니까 문제 낫띵!

AKI
날조에도 정도라는 게 있다고. 이 방의 관리자 권한 좀 내놔…….

AKI
그러고 보니 지금 여자들은 방에서 옷 갈아입고 있잖아. 마시로나 스미레 선생님과 노닥거려.

이로하
이야기 나누고 있거든요? 아싸인 선배와 달리, 저는 커뮤케이션 능력이 끝내주거든요☆

이로하
그리고 이야기를 나누면서 손가락 조작으로 간단 LIME은 여고생의 기본 소양!

AKI
싸구려 소설 게임의 선전 문구 같은 소리네……

이로하

좋은 걸 보여줄게요☆

AKI

뭐?

이로하

에잇.

AKI

어.

AKI

바, 보, 너, 어?

이로하

이번에야말로~ 진짜~ 리얼로~

이로하

올여름의 신작이에요~!!

이로하

너무 기뻐서 말도 안 나오나요~? 읽음 표시 뜬 걸 보면, 보긴 한 거죠?

이로하

후후후. 바닷가에 합류할 순간이 기다려지네요!

이로하

기대하라고요, 선배♪

006 제6화 …… 청춘의 해변에서 나만 짜증나게 군다

“어? 아키, 왜 갑자기 몸을 웅크리는 거야?”

“아, 아무것도 아냐. 진짜로 아무것도 아니라고.”

오즈가 의아해하며 그렇게 묻자, 나는 쓴웃음을 지으며 그렇게 대충 답했다.

—어떻게 솔직하게 말하냐고.

카나리아장(카나리아의 별장이란 의미)의 객실, 남자들이 쓰기로 한 방에서, 나와 오즈는 수영복으로 갈아입고 있었다.

외관뿐만 아니라 내부 장식도 멋진 카나리아장은 영화에 나올 듯한 THE 서양 부잣집, 같은 느낌이었다.

새하얀 벽, 새하얀 기둥, 새하얀 소파와 새하얀 의자, 천장에서는 이상한 프로펠러가 돌고 있었으며, 창문으로는 모래사장과 바다를 한눈에 볼 수 있었다.

벽에 걸린 이상한 어탁과 사슴 박제 같은 것도 『그럴듯함 포인트』로 작용했다.

즉시 바다에 가서 놀기로 한 우리는 남자 방과 여자 방에서 수영복으로 갈아입은 후, 나중에 합류하기로 했다.

그래서 나는 현재 상반신 알몸, 하반신 수영복이란 경장비 상태였다.

이렇게 방어력이 낮은 상태일 때, 이로하가 보낸 아까 LIME의 사진을 본 것이다.

그야말로 테러다.

—게다가 결연의 의식 이후로, 내 상태가 영 이상했다.

예전 같았으면 그런 사진을 받았어도 그냥 흘려넘겼을 것이다. 그런데, 왜 이렇게 심장이 격렬하게 뛰는 걸까.

LIME으로 유혹하는 듯한 사진을 보내서, 내 반응을 즐기려 하는 이 짜증나는 행동…….

그것이 유발할 수 있는 건 짜증뿐이며, 매력적인 면은 전혀 없다.

—그런데도 나는, 이로하의 그런 짜증 행위를……?

말도 안 돼.

나는 머릿속에 떠오른 생각을 떨쳐내려는 듯이, 고개를 저었다.

그러자 그런 내 행동을 오해한 듯한 오즈가 슬그머니 다가와서 물었다.

"혹시 수영복 차림을 남에게 보여주는 게 부끄러운 거야? 아키는 운동을 하니까, 딱히 부끄러워할 필요는 없다고 생각하는데 말이야."

"아, 딱히 그런 건……. 어이, 뚫어지게 쳐다보지 말라고."

"봐줄 만한 몸을 지닌 아키가 나빠."

남자가 여성에게 건넸다간 성희롱으로 고소당할 듯한 발

언을 한 오즈는 내 복근을 관찰했다.

"건강을 위해 적당히 운동을 하고 있을 뿐이야. 병은 인생이란 리소스에서 가장 큰 낭비거든. ……너도 몸 관리를 너무 게을리했다간 죽을 거야."

"그래~."

오즈는 대충 맞장구를 치며 볼을 긁적였다.

수영복 하나만 걸친 오즈는 근육은 그다지 없었지만, 군살은 전혀 없었다. 거기에 돌고래처럼 매끄러워 보이는 새하얀 피부가 더해지자, 선이 가는 미남다운 매력으로 승화됐다.

역시 수영복 차림도 한 폭의 그림 같은 미남이지만, 건강관리를 소홀히 하는 게 옥의 티라고나 할까…….

"아키가 매일 잔소리를 해준 덕분에 지금의 모습을 유지하고 있지만, 내가 기본적으로 어떤 녀석인지는 너도 알잖아?"

"자각하고 있으면 고쳐. 자기 방임 상태였던 시절에 비하면, 그나마 나아졌다는 건 알아."

"그렇지?"

"그렇다고 『그럼 칭찬해줘』라는 반응은 이상하잖아. 네가 생활 패턴을 고치는 건, 어디까지나 네 인생을 위한 일이야."

"아하하. 아키는 내 아빠 같네."

"그런 소리 하지 마. 안 그래도 이로하나 마시로와 얽힐 때마다, 쉬는 날의 아버지가 된 기분이니까……. 오즈까지 그런 소리를 하면 진짜로 늙어버릴 것 같아."

"괜찮아. 아키는 아직 젊어. 그 증거로, 이로하의 수영복 차림을 보고 흥분했잖아?"

"뭐……?!"

"아까 스마트폰으로 확인한 건, 이로하한테서 온 LIME이지?"

"크……."

"이로하라면, 이 타이밍에 아키한테 그런 짓을 할 것 같거든."

이 녀석, 나를 관찰해서 그런 결론에 도달한 거냐.

이래서 감이 좋은 녀석은 싫어…….

그런 생각을 하고 있을 때, 오즈는 내 얼굴을 똑바로 쳐다보며…….

"흐음. ……아키도 슬슬 눈치챈 거 아냐?"

"뭐, 뭘 말이야?"

"이로하의 매력 말이야."

"얼굴이 예쁜 건 인정해. 몸매도 좋아."

"성격은?"

"……학교 녀석들이 착각하는 것도 이해는 돼. 정체를 숨기고 있으니 말이야."

이로하는 항상 하이 텐션으로 나한테 짜증나게 굴지만, 학교에서는 그러지 않는다.

상냥하면서도 청초한 미소를 항상 머금고 있는, 우등생이다.

남녀 구별 없이 그 어떤 사람에게나 밝고 평등하게 대하는, 상냥하고 귀여운 여자애. 그것이 코히나타 이로하의 일반적인 이미지라는 것은, 잘 알고 있다.

"그쪽 이로하에 대한 이야기가 아냐."

"……대체 무슨 말이 하고 싶은 건데?"

"짜증나게 구는 이로하도 귀엽다고 생각 안해?"

"…………뭐?"

그 말이 너무 의외였기에, 나는 얼간이 같은 표정을 짓고 말았다.

짜증나게 구는 이로하도 귀엽다?

마치 돼지기름이 왕창 토핑된 라멘이 건강에 좋다, 같은 소리다.

"누구한테서나 상냥한 우등생 같은 모습만 보이는 이로하가 자기한테만 마음을 열며, 짜증나는 태도를 취한다. ―현대 오타쿠에게 있어서는 꽤 포인트가 높지 않아?"

"짜증귀염이란 거야? 요즘 늘어나는 추세라며?"

"그래. 인기 있는 속성이라고 생각해."

"으음……. 뭐, 그게 수요가 있다는 건 나도 리서치를 통해 알긴 해. 하지만 그건 2차원의 이야기잖아."

"커뮤니케이션을 나한테 가르치기 위해 미소녀 게임을 시켜댔던 사람이 할 발언은 아닌걸."

"그건 고육지책이었다고!"

다양한 수단을 시도해봤지만 전부 효과가 없었으며, 유일하게 오즈가 납득하는 교재가 바로 미소녀 게임이었을 뿐이야. 나는 현실과 허구를 구별하지 못하는 타입의 인간이 아니라고.

아무튼…….

"만화나 애니에선 주인공이란 필터를 거쳐서 그런 캐릭터를 접하잖아. 그러니 짜증나는 짓을 당했을 때의 스트레스가 직접적으로 전해지지 않고, 히로인의 진짜 호의라는 것도 시점 변경을 통해 독자와 시청자가 눈치채기 쉽게 해. 그러니 마음 놓고 그 짜증나는 짓을 받아들일 수 있지만, 현실은 그렇지 않다고."

평범하게 생각해봐. 짜증나는 언동을 접하고 기뻐하는 말이 돼?

그러는 건 마조히스트 뿐이라고.

"물론 이로하가 본성을 드러내는 건 좋은 일이야. 나한테 그럴 수 있다면, 오즈와 오토하 씨를 대신해 얼마든지 샌드백이 되어주겠어. 짜증은 나겠지만 말이야. 그 덕분에 이로하와 다른 사람들이 재능을 펼칠 수 있다면, 그 정도 짜증은 받아들일 수 있어. 하지만—"

"—그걸 귀엽게 느끼진 않는다는 거야?"

"그래. 어쩔 수 없다고는 생각해. 이성으로서 매력적이란 느낌과는 달라."

"반하진 않는다는 거야?"

"……아마 그럴 거야."

단언은 못 한다. 할 수 있을 리가 없다.

카게이시 마을에서 느꼈던 이로하에 대한 감정조차도, 아직 그 정체를 파악하지 못했으니 말이다.

"이로하가 너한테 반했단 생각은 안 들어?"

"……만약 그렇다면 부자연스러운 점이 너무 많아."

"부자연스러운 점?"

"짜증나게 구는 것이 그 녀석의 본성이라면, 결국 나는 연애 대상이 아닌 거잖아."

"왜 그렇게 생각하는데?"

"나를 좋아한다면, 장점을 보여주려고 할 거야. 권태기 커플이라면 몰라도, 사귀지도 않는데 권태기에 빠질 리가 없어. 있는 그대로의 모습을 거리낌 없이 보여준다는 건, 연애 감정 같은 귀찮은 게 없다는 증거 아냐?"

"전에도 그런 말을 했었지. ……뭐, 확실히 그럴지도 몰라."

"그렇지?"

"**평범한 남녀관계라면**, 말이지."

"……그 가정은 또 뭐야?"

"여러모로 비틀려 있는 인간관계라면, 연애 감정도 비틀려 있을지도 모르잖아? 아키는 그런 비틀린 부분도 그대로 받아들이겠지만…… 연애에 있어선, 그 비틀린 부분을 전제로 한 판단을 내리지 못하는 것뿐일지도 모르지."

"……어려운 소리 하지 마."

가설은 중요하다. 인류의 온갖 발견과 발명은 가설을 통해 이뤄졌다.

하지만 가설의 검증에는 시간과 리스크가 뒤따른다. 인간관계에 있어서, 그리 간단히 실험 같은 것을 할 수 있을 리 없다.

이로하의 마음의 목소리도 비롯해 모든 것을 내다볼 수 있는 신이 된다면, 얼마나 편할까.

"한심한 소리 하지 말고, 가자."

"그래. ……아, 이걸 깜빡할 뻔했네."

"뭘 말이야……?"

고개를 갸웃거리면서 묻자, 오즈는 비닐로 된 납작한 무언가와 공기 주입기를 손에 들면서 멋쩍은 듯이 볼을 긁적였다.

"튜브야. 물을 무서워하거든."

"너…… 진짜 갭도 완벽하게 갖추고 있구나."

천재 엔지니어 겸 왕자님 스타일 미남 캐릭터에 맥주병 속성이라는 빈틈을 부여해 거꾸로 빈틈없는 매력을 갖춘 절친과 함께, 나는 객실을 나섰다.

*

모래사장에 도착해보니, 여자들은 옷을 갈아입는 데 시간이 걸리는지 아직 오지 않았다. 그래서 나와 오즈는 설치해둔 파라솔 아래에서 우아하게 시간을 보냈다.

리클라이닝 체어에 몸을 맡긴 오즈는 콧노래를 부르며 스마트폰을 만지작거렸다.

마치 놀고 있는 것 같지만, 실은 놀랍게도 새로운 WEB 서비스의 프로토타입을 작성 중이다. 요즘은 컴퓨터가 아니라 스마트폰으로도 프로그래밍을 할 수 있다고 하며, 오즈도 그것을 활용해 심심풀이 삼아 참신한 IT서비스를 고안한다.

실은 오즈가 한가할 때 만든 앱 중에는 시장 가치가 상당한 것이 포함되어 있지만, 서비스의 유지 및 운용을 이어갈 체력이 《5층 동맹》에 없어서 공개하지 못했다.

일단 만들어서 서비스를 시작했다가 대박을 치면 대기업에 매각해버릴까도 했지만, 오즈는 자신이 만든 것을 남이 망치는 것을 싫어하기에 그 마음을 존중하기로 했다.

그렇게 심심풀이 삼아 프로그래밍을 하는 오즈의 옆에서, 나는 시답잖은 생각에 빠져있었다.

—이 프라이빗 비치. 이렇게 경관도 좋고 가치 있는데 카나리아 씨 말고는 아무도 이용하지 않는다는 게 아까운걸.

일반 관광객이 들어오지 못하기에 이 아름다움이 유지되는 것이니, 그 매력을 유지할 수 있는 범위에서 장사를 하는 건 어떨까. 단가를 극한까지 올린 호사스러운 체험을 제공하는 식으로 말이다. 아니면 한 달 동안 정해진 횟수만큼 이용할 수 있는 정액 과금제로 운영하는 것이다. 가격대가 높으면 손님의 매너도 좋아질 것이며, 일부러 종업원을 고용해 감시시킬 필요도 없으니 가성비도 좋을 것 같다. 지금은 돈이 있더라도 토지를 소유하지 않고 미니멀하게 사는 사람도 많으니, 의외로 수요가…….

뭐, 아무튼…….

바다 앞에 있는 남자 고등학생답지 않은 사고회로라 정말 송구하다고 생각한다.

하지만 어쩔 수 없다. 자연스레 그런 생각을 하게― 커윽!!

"아하하하하! 커윽, 이 뭐예요~!"

"우, 우오오오……."

두서 없는 비즈니스 사고를 순식간에 망쳐버리는, 이 저능한 느낌 풀풀 나는 웃음소리…….

내가 배를 감싸 쥐며 신음을 흘리고 있을 때, 내 배에 떨어졌던 수박이 바닥으로 굴러떨어졌다.

"이, 인마…… 뭐 이딴 식으로 등장을……."

"아하하♪ 이제부터 저희 수박에 당할 선배를 위해, 수박 내성을 길러주려는 센스 넘치는 배려예요☆"

"영문을 모르겠네. 내가 무슨 수박에 당한다는 거야?"

"수박급 볼륨이란 의미예요!"

"뭐, 너……."

그 유혹적인 단어를 들은 순간, 고통에 떨던 몸이 움직임을 멈췄다. 그리고 천천히, 천천히, 고개를 들었다.

그렇다. 이 자리에 이로하가 있다는 건…….

"기, 기다렸지? ……아키."

"기다리게 했네~! 자! 내 수영복은 얼마든지 봐도 되니까, 오즈와 아키의 수영복 투샷을 보여줘!"

마시로는 부끄러워하듯 몸을 배배 꼬며 다가왔고, 스미레는 여전히 하이 텐션이었다.

"…………윽?!"

이로하, 마시로, 스미레의 모습이 눈에 들어온 순간, 나는 그대로 굳어버렸다.

우선 마시로.

흰색과 파란색으로 된 수영복을 입었고, 그 위에 시스루 스타일의 스커트를 걸쳤다. 흔히 팔레오라 부르는 것이다. 청초한 느낌 속에 매끈한 어깨와 귀여운 배꼽이 남자의 시선을 빼앗고도 남을 매력을 지녔으며, 항상 귀에 달고 있는 조개 귀걸이가 더해지니 뱃사람을 유혹하는 인어(세이렌) 같았다.

스미레는…… 뭐, 묘사하지 않아도 되려나. 일전에 탈의실에 갇혔을 때 입었던 예의 그 비키니 수영복을 입었다. 끝.

그리고 이로하.

남의 LIME에 셀카 사진을 보내며 도발했던 여자는…… 당연히 이 세상 모든 남자를 매료시킬 정도의 압도적 몸매를 과시하는 노출 만점의 수영복을 입었을 이 여자는…….

"수영복일 줄 알았어요? 유감이지만, 래시가드예요~!"

"인마……, 그건……."

그건 아니잖아.

지금, 이 세상의 일반 남성과 내 마음이 하나가 됐다는 확신이 들었다.

내가 아연실색하며 말을 잇지 못하자, 후드 달린 래시가드를 입은 이로하가 입가에 손을 대며 히히히 하고 놀리듯이 웃었다.

"어라~? 왜 기대가 빗나간 듯한 표정을 짓는 거예요? 선배는 대체 뭘 기대한 건데요~?"

"……딱히 기대 같은 건 안 했어."

"흐음~?"

"그것보다, LIME으로 보낸 그 사진은 뭐야?"

"그 수영복도 입긴 했어요. 그 위에 래시가드를 걸쳤을 뿐이죠."

젠장, 속았다! 도박 만화의 주인공이 머리카락을 쥐어뜯는 장면을 본 적 있는데, 그 심정이 비로소 이해된 듯한 느낌이 들었다.

"수영복…… 사진…… 으으~……!"

마시로여, 왜 너까지 분통을 터뜨리며 머리를 감싸 쥐는 건데?

뭔가 고민이 될 만한 일이라도 벌어진 걸까. ……잘은 모르겠지만 말이다.

그러던 나는 문뜩 어떤 사실을 눈치챘다.

발치를 쳐다보았다. 비치 샌들을 신은 이로하의 발을 보니, 발목에 붕대가 감겨 있었다.

"……그렇게 된 거구나. 아직 아픈 거야?"

"눈치챘나 보네요."

"방금까지 까맣게 잊고 있었어. 미안해."

"아하☆ 솔직하네요~. 뭐, 이제 안 아프니 괜찮지만요!"

"그럼 다행이야. 그래도 바다에 들어가는 건 무리인가 보네."

"바닷물이 닿으면 찌릿할 것 같거든요. 그래도 비치발리볼 같은 거라면 괜찮아요!"

"너무 무모한 플레이는 하지 마."

"헤헤~. 다치거나 병에 걸리면 선배는 저한테 참 물러진다니까요. 낫더라도 붕대는 그냥 감고 있을까~."

"은근슬쩍 음험한 소리 하지 마."

이로하가 웃음을 흘리며 그렇게 말하자, 나는 잔소리했다.

바로 그때, 위이잉 하면서 비치파라솔에서 충전 중이던 내 스마트폰이 진동했다.

뭐지……? 하고 생각하며 확인해보니, 마시로가 LIME으로 나에게 보낸 자신의 수영복 셀카 사진이 와있었다.

"……왜 지금 이걸 보낸 거야?"

"라, LIME에 대한 대답을 현실에서 하다니, 완전 저질이야. 섬세함 결여 그 자체……!"

들고 있던 스마트폰을 놓칠 뻔한 마시로는 나를 노려보며 그렇게 말했다.

"물어보고 싶을 만하잖아."

"시, 시끄러워. 말대꾸하지 마. 죽어."

"어어……."

수영복 셀카를 보낸 이로하에게 맞서려고 하는 걸까?

나를 계속 좋아하겠다고 선언한 마시로는 질투 끝에 그런 행동을 취하는 것도 무리는 아니다. 그래도 그 행동의 의미는 알 수가 없었다.

"어~, 아키만 약았어! 이로하와 마시로의 수영복 셀카라면, 최고의 작화 자료잖아! 내 LIME으로도 보내줘, 플리즈!"

"아, 맞네. 그럼 보내—."

"잠깐만요! 남의 셀카를 다른 사람한테 보내주려고요?! 그게 제정신 박힌 사람이 할 짓이에요?!"

"저질. 프라이버시 의식 완전 부족."

조건반사적으로 한 짓이지만, 이로하와 마시로에게서 항의가 쇄도했다.

"미, 미안해. 시키부는 한 가족이나 다름없으니까 괜찮을 거라고 생각했어."

"선배는 경영자니까, 개인 정보 보호의 중요성을 유념하라고요!"

"아니, 남의 집에 불법 침입하는 녀석한테 그런 소리를 듣고 싶지 않아."

"언제든 와도 된다고 했잖아요!"

"어디까지나 내가 있을 때만이거든?! 내가 없을 때 들어와도 된다고 말한 적 없어~!!"

"……윽! 으~~~~."

내가 이로하와 다투고 있을 때, 마시로가 어깨로 내 등을 툭 쳤다.

아무 말 없이 내 몸 뒤편에 숨은 마시로가 몰래 뭔가를 기척이 느껴지더니…….

《마시로》 역시 말도 안 돼! 이로하 양한테 집 열쇠 줬으면, 연인인 마시로한테도 줘!

스마트폰으로 그런 메시지가 왔다.

"이로하한테 준 적 없다고!"

"그, 그러니까, LIME에 대한 대답을 현실에서 하지 마."

"에이~. 오빠한테 열쇠를 건네준 건 겸연쩍어서 그런 거죠? 저한테 직접 건네주는 게 부끄러니까~ 같은 이유로요!"

"그런 게 아니라고 했잖아! 되게 성가시게 구네!"

"맞아, 이로하. 아키가 아니라고 하잖니. 믿어주자. 응?"
"스미레 쌤……."
"스미레 선생님, 당신……."
"아키는 오즈마 군에게 열쇠를 건네준 거야. 그래—."
스미레는 나와 이로하의 어깨를 두드리고는, 성모 같은 미소를 머금으며 말했다.
"연인인 오즈마 군에게 『그렇게 말할 줄 알았어』."
끝까지 들어줄 수가 없네.
이 사람은 진짜 흔들림이 없네…….
"하아……. 도착하자마자 다들 되게 야단법석이네……."
"선배가 너무 차분한 거라고요. 바다에 왔잖아요, 바다에."
"그건 그렇지만 말이야. —그것보다 이로하. 너, 아까 그 수박은 뭐야?"
"어, 제 수박 말인가요?"
이로하는 래시가드 위로 가슴을 양손으로 감싸더니, 장난스레 질린 듯한 포즈를 취했다.
"아냐! 내 배에 떨어뜨렸던 그거 말이야!"
"아하, 이거 말이군요."
나는 모래사장에 떨어진 수박을 가리켰다.
이로하는 그것을 주워들더니, 얼굴 옆에 들어 보이며 히히히 하고 웃었다.
"그야 물론, 청춘의 해변에 빠져선 안 되는 이벤트— 수박

깨기를 하려고 가져왔어요! 이야, 이로하 님이 같이 와서 참 다행이죠~? 없었다면 이런 걸 같이 해줄 여자애가 없었을 거잖아요, 선배~☆"

"……시끄러워. 사사건건 놀리지 말라고."

나는 결국 고개를 돌렸다.

이로하는 평소와 마찬가지였다. 언동, 목소리, 거리감, 전부 예전과 마찬가지로 짜증 그 자체였다.

하지만 나는 왠지 이 녀석의 얼굴을 똑바로 바라볼 수가 없었다.

변한 건 이로하가 아니라, 나……?

"아얏?!"

"아키. ……그만 좀 좋아해."

누가 팔꿈치로 내 옆구리를 찔러서 돌아보니, 마시로가 볼을 부풀린 채 그렇게 말했다.

질투에 찬 표정으로 나를 노려보고 있었다.

"무, 무슨 소리를 하는 거야. 그럴 리가 없……다고."

나는 자신감 없는 목소리로 부정하기만 했다. 그리고 아직 나를 좋아하는 듯한 마시로가 그 말을 믿을 리 없었다.

"……몰라."

마시로는 고개를 획 돌렸다.

그런 그녀의 얼굴을 보니, 자연스레 한숨이 새어 나왔다.

심한 짓을 했다는 건 자각하고 있다. 마시로의 고백을 거절했고, 그녀가 나를 아직 좋아한다는 것을 알면서도, 이로하에게 품게 된 묘한 감각의 정체를 찾고 있는 것이다. 이 상황은 마시로에게 잔혹하기 그지없었다.

하지만 고백을 한 그날, 마시로는 나에게 차였다는 것을 자각했으리라. 그러니 그녀를 더 거부하는 건 추잡하기 그지없는 짓이란 생각이 들었다.

—마시로가 《5층 동맹》의 크리에이터가 아니라 다행이다.

만약 그랬다면 이로하를 향한 이 감정의 정체에 따라선, 나는 최악의 서클 크러셔가 되고 만다.

나 자신이 품은 묘한 감정과 행동 탓에 《5층 동맹》이 붕괴된다면, 나는 두 번 다시 일어서지 못할 것이다.

……정말, 그럴 일이 없는 건 불행 중 다행이다.

*

그 후로 우리는 「어울리지 않는 짓」이라는 것을 자각한 채, 나름대로 청춘의 해변을 즐겼다.

—우선 수박 깨기를 했다.

"선배, 이쪽이에요~. 네, 그대로 쭉 가요! 쭉, 쭉!"

"왜, 왜 자기 쪽으로 유도하는 거야……?! 그쪽이 아냐, 아키. 왼쪽, 왼쪽으로 가."

"어이, 두 사람 다 어디로 유도하는 거니? ……오른쪽이야, 아키. 오른쪽에 도원향이 있어!!"

"거기는 오빠 쪽이잖아요~!!"

"정말, 다들 욕망에 마구 드러내고 있네~. 아키, 네가 믿어도 되는 사람이 누구인지는 알지? 그대로, 그대로 쭉 가. 알았지?"

"야, 약았어. 2대1로 이로하 양 쪽으로…… 스미레 선생님, 도와줘!"

"어, 내가?!"

"시키부."

"그그, 그래! 왼쪽이 정답이야, 아키!"

"너희는 수박이 어디 있는지 알려줄 생각이 없지?!"

나는 눈가리개를 한 채, 동료들이 나누는 카오스한 대화에 딴죽을 걸었다.

—그 다음에는 비치발리볼을 했다.

"별건 아니지만, 다이빙 리시브를 한 후의 선배 모습은 코스튬 플레이어의 하반신 사진을 노리는 로우 앵글 카메라맨 같아서 웃기네요."

"진짜 별거 아니네! 잔말 말고 빨리 치기나 해! 겨우겨우 공을 살렸잖아!"

"제가 점프를 해서 래시가드에 가려져 있는 엉덩이가 언뜻

드러나는 걸 기대하고 있는 거예요? 정말~. 선배는 진짜 밝힌다니까요~."

"그러니까 집중하라고! 어이, 스파이크 날릴 찬스잖아?!"

"알았어요~. 이로하 님한테 걸리면 이 정도는 식은 죽…… 먹기!!"

"무라사키 시키부 선생님. 오른쪽 대각선 뒤편 1.9미터, 입사각 77.6도— 스파이크!"

"오케이! 완벽한, 계산— 우냐앗~?!"

"굴렀어……."

"굴렀네요……."

"으으…… 완벽한 계산이었는데, 몸이 따라가지 못했어……. 운동 부족의 대가……."

"제 시뮬레이션을 헛되이 했군요, 무라사키 시키부 선생님."

"히익……."

"파도에 휩쓸린 조그마한 소라게가 참 귀엽네~."

"마시로…… 너는 심판이니까, 한눈팔지 마……."

득점 여부조차 확실치 않은 대결 아닌 대결을 즐겼다.

—덤으로, 모래성도 만들었다.

"와아아아안서어어어엉!! 내 신데렐라 성, 멋지지 않아~?!"

"오오~! 스미레 쌤, 역시 대단해요."

"우와…… 세세한 장식도 완벽해."

"흐음, 의외인걸. 2D만이 아니라 3D의 조형 센스도 있구나. 아키, 안 그래?"

"응. 이건 뜻밖의 희소식인걸. —하지만 이런 것도 가능할지는 몰랐어. 스미레 선생님, 장래에 대비해 독학으로 공부하고 있는 거예요?"

"이야~, 애정하는 캐릭터의 모델을 자작해서 에로 MMD 작품을 취미 삼아 만들거든~. 이 성도『신데렐라는 낭자애』라는 쇼타BL의 무대야~."

"우와아, 그런 것까지 하는 건가요. 쇼타콤을 향한 정열이 무시무시한 수준이네요……!"

"……잠깐만 있어봐. 학교 일을 하면서 우리 일러스트를 그리는 걸로 모자라, 취미 삼아 MMD를 만든다고? 그럴 시간이 어디서 나는 건데?"

"뜨끔."

"설마 일러스트를 농땡이치며 MMD에 빠져 지내는 건 아니겠지?"

"윽…… 비, 비난할 거면 얼마든지 해! 3D 세상에서 쇼타를 자유롭게 만들어주고 싶었어! 그 마음에 충실한 것을 후회하지는 않아! 아니, 공식에서 좀처럼 공급되지 않는 수위 높은 플레이를 실현한 걸 자랑스럽게 생각해! 나의 쇼타도에, 한 점의 후회도 없노라!!"

"오케이, 네 본심은 충분히 전해졌어. 일단 무릎 꿇어."

"하나도 전해지지 않았어어어어어어!"

"무릎 위에 바위를 하나씩 얹겠어. 쇼타도를 위해 순교할 각오가 있다면, 괜찮지?"

"그건 완전 고문이잖아! 도, 도와줘, 마시로!"

"스미레 선생님…… 파이팅."

"나를 버리지 마~!"

뜻밖의 재능과 뻔뻔함으로 새로운 가능성을 창출한 스미레에게 따끔한 맛을 보여줬다.

그렇게, 우리는 바다에서 즐거운 한때를 보냈다.

만약 제삼자가 우리의 모습을 봤다면, 만장일치로 리얼충 고등학생들이라고 여길 것이다.

그 정도로, 이 시간은 청춘의 한 페이지라 불리고 남을 모습이었다.

그래서 우리는 괜히 느끼고 말았다.

나만이 마음 한편으로 즐기지 못하고 있단 사실을…….

다른 이들과 놀며 이야기를 나누면서도, 이로하를 향한 불가사의한 위화감에 사로잡혀 있었다. 그리고 마시로에 대해서도 말로 형용 못할 찝찝함을 30초 간격으로 느끼고 있었다.

이로하도, 마시로도, 스미레도, 그리고 오즈조차도…….

동료들은 바다에서 보내는 이 시간을 즐기고 있었다.

그런데 왜, 나만 이렇게 짜증나게 구는 걸까.

……너무 비효율적이라서, 짜증이 났다.

*

『이로하와 츠키노모리 양과의 관계를 생각하면, 그건 좋은 경향이네.』

『……네가 부추겼잖아.』

『다들 그걸 원한다고 생각하거든.』

『……그래? 그럼 좀 더 진지하게 생각해보겠어.』

『응. 그편이 좋을 거야. 그래도 너무 가라앉지는 마.』

『……명심할게.』

007 제7화……마시로의 담당이 나한테만 짜증나게 군다

밤—.

바다에서 실컷 논 후에 샤워를 마친 우리를 기다리고 있었던 건, 호화로운 식사였다.

딱 봐도 신선해 보이는 생선을 이용한 회초밥, 흰살생선으로 만든 카르파초, 금눈돔 조림, 풍로로 구운 대합과 닭새우, 식탁 중앙에는 거대한 게가 떡하니 자리하고 있었다.

해산물 잔치, 아니, 해산물 무쌍이라고 해도 될 만큼 완벽했다.

"딱 봐도 맛있겠어…… 꼴깍."

"와아, 이 정도면 용궁성 뺨치겠는데요. 전부 먹어도 돼요?!"

"일본주와 궁합이 100퍼센트~!! 카나리아 씨는 뭘 좀 아네~!!"

해산물 마이스터 마시로는 물론이고, 이로하와 스미레도 눈을 반짝이며 식탁 앞에서 흥분에 사로잡혔다.

나는 무시무시한 원가율 때문에 현기증이 날 것 같았지만…….

"흐흥~♪ 카나리아 님의 단골 출장 음식 서비스, 『임해 식당』의 퀄리티가 어때쨱?"

"바다에 모습을 보이지 않았던 건, 이걸 준비하기 위해서였구나."

카나리아가 가슴을 쫙 펴며 우쭐대자, 오즈는 이해가 된다는 듯이 고개를 끄덕였다.

그러자 카나리아는 손가락을 좌우로 흔들며 이렇게 말했다.

"마키가이 선생님의 원고 체크도 마쳤어짹♪"

"어, 벌써요? 되게 빠르네요."

"천재 편집자쯤 되면 이 정도는 식은죽 먹기야~♪ 뭐, 마키가이 선생님도 하루만에 FB(피드백) 받으면 불편할 테니까, 오늘 자정까지 집행 유예를 줄 거야짹."

"이제 여섯 시간도 안 남았는데요."

꽤나 상냥한 척하지만, 악마 같은 스케줄인 점에는 변함이 없잖아.

나는 그런 딴죽을 날리면서도, 마음속으로는 존경했다.

아무리 작업을 효율화하더라도, 내가 마키가이 나마코 시나리오 200KB(약 문고 한 권 분량)를 읽고 피드백 코멘트를 쓰는 데는 여섯 시간가량 걸린다.

카나리아장에 도착하고 바다에서 놀기 시작한 게 오후 세 시 넘어서였으니까, 그 후로 네 시간 정도밖에 지나지 않은 것이다.

카나리아의 등은 너무나도 멀게 느껴졌다. 저기에 손이 닿으려면, 대체 어떻게 해야 할까?

그런 진지한 생각은 일단 제쳐두기로 하고…….

파티를 시작하려면, 일단 건배를 해야 한다.

이로하와 마시로의 권유로 카나리아장 비장의 플래시 토마토 주스를 받아서, 준비 완료.

"다들, 잔을 채웠지~?"

"언제든지 마실 준비 완료~!"

잔이 아니라 병을 통째로 들어 보인 사람이 한 명 있지만, 신경 쓰면 지는 거니까 그냥 무시하고 넘어가기로 했다.

다들 준비가 마쳤다는 걸 확인한 카나리아는 만족한 듯이 고개를 끄덕인 후, 손가락을 딱 튕겼다.

"오케이. 그럼 바로 시작할게쨱♪"

"시작……?"

"뮤직, 스타~~~트쨱!"

둠칫♪ 둠칫♪ 둠칫♪ 둠칫♪ 하고 IQ가 저하하는 듯한 음악이 들려왔다.

그 음악에 맞춰 프릴을 하늘거리며 춤추기 시작한 카나리아가 마시로에게 다가갔다.

"건배 전에, 이 자리에 있는 멋진 멤버를 소개할게쨱♪ 우선 다들 잘 아는 마시로 양. 내성적이고 비굴한 외톨이지만, 문학적 재능 하나는 진짜배기! 가고 싶은 여행도 참아가며, 열심히 원고를 완성♪ 앞으로도 잘 부탁해쨱!"

"어. 잠깐만. 뭐 하는 거야. 이 전개는 뭔데?"

마시로가 얼이 나간 것처럼 망연자실한 가운데, 카나리아는 다음 표적에게 다가갔다.

리드미컬하게 술병을 빼앗더니, 그 내용물을 능숙하게 술잔에 따르며…….

"이어서 《5층 동맹》 일러스트의 에이스♪ 이름은 무라사키 시키부 씨? 아냐아냐~. 무라사키 시키부 선생님까지가 원 세트. 쇼타도 로리도 미남도, 정교하고 에로틱하게 그려요쨱. 우리 쪽 일은 아직 안 하지만, 언젠가 의뢰를 할지도? 앞으로 오랫동안 잘 부탁해♪"

"잘은 모르겠지만 나, 지금 무지 칭찬 들었지? 이야~, 그 정도는 아닌데~. 꿀꺽, 꿀꺽…… 푸핫!"

기분이 좋은 듯한 스미레는 카나리아가 따라준 술을 깔끔하게 비웠다. ……아니, 그건 건배용 술이거든?

카나리아는 빙글빙글 돌면서 오즈에게 다가갔다.

"이쪽은 천재 엔지니어 OZ, 본명은 코히나타 오즈마 군♪ 잘 생긴 마스크로 OL을 유혹, 넘쳐나는 태스크를 납기로 순살. 아직 비밀이 잔뜩 있는 이 사람의 이면이 신경쓰여요쨱. 앞으로 느긋하게, 진득하게. 친목을 다져갈 테니까 잘 부탁해♪"

"나야말로 잘 부탁해. 뭐, 내 이면은 별거 없지만 말이야."

진심일까, 농담일까. 오즈는 나 이외에는 그 판단을 내리기 어려운 미소를 지으며 어깨를 으쓱했다.

카나리아는 딱히 개의치 않으며 몸을 빙글빙글 돌리더니, 이번에는 내 쪽으로—♪.

"오래 기다렸어~. 리더, 오오보시 아키테루. 다른 사람들을 돌보는 데 시간을 할애하고 있지. 얼마나 효율을 추구하면, 꿈을 꽃피울 수 있을까. 마키가이 선생님 쟁탈전에서는 카나리아 님과 라이벌이지만. 사이좋게 지낼 수 있다면 좋겠네♪"

"……좋은 관계를 이어갔으면 좋겠네요. 진심으로요."

장난스레 그런 말을 늘어놓던 와중, 한순간 카나리아는 교활한 들고양이 같은 눈빛으로 나를 쳐다보았다. 도발적인 어른의 눈길을, 나는 무난하면서도 사교적으로 받아넘겼다.

훗, 하고 의미심장한 웃음을 흘린 카나리아는 다음 멤버에게 가려다…… 멈춰 섰다.

"두근두근."

그녀의 시선은 보이지 않는 꼬리를 흔들어대며 기다리는 이로하를 향하고 있었다.

하이 텐션인 카나리아가 어떤 식으로 자신을 소개할지, 매우 고대하고 있는 것 같았다.

하지만…….

"…………."

"두근두근."

"……………………."

"두근두근두근두근."

"……………………………………."

"두근두근두근두근…… 두근?"

"미안한데, 너에 대해서는 눈곱만큼도 아는 게 없어쨱."

"무자비?!"

"아, 진짜로 미안해. 《5층 동맹》에 대해서는 마시— 마키가이 선생님한테 자세하게 들었어. 하지만 그 외에 친한 멤버에 관해서는 이름과 대체적인 성격만 알아쨱."

"부우~. 저의 기대를 돌려주세요~!"

"미안미안~. 나중에 멋진 선물을 줄 테니까, 용서해줬으면 좋겠네♪"

카나리아는 두 손바닥을 맞대며 트윙클☆윙크를 날렸다.

그 소악마적인 모습에 한방 먹은 듯한 이로하는 입술을 삐죽 내밀면서도 「뭐~ 좋아요~」 하고 말하며 순순히 물러났다.

영 마무리가 어설프기는 했지만, 어쨌든…….

"아무튼! 여기 있는 모든 이들의 멋진 만남을 축하하며~ 건배~♪"

""""건배!!""""

카나리아의 힘찬 한 마디에 맞춰, 한밤의 연회 IN 카나리아장의 막이 올랐다.

*

“애초에 쿠툴루는 바다의 마물을 칭송하는 내용이 아니라…….”

“맞아~. 건방진 쇼타의 반격은 흥분돼~.”

“러브크래프트의 해산물에 대한 혐오, 공포에서 비롯된 이야기…….”

“동감이야. 확실히 공수의 역전은 찬반 여론이 갈리지만 말이야~.”

“해산물을 각별히 사랑하는 마시— 마키가이 나마코의 작풍과는 뿌리부터 다른…….”

“각 동인 작가의 성적 취향이 담겨 있어서, 저마다의 가치를 지녔다고 생각해.”

“그런 간단한 것도 독해 못하는 녀석이 리뷰에서 ☆1을 주거나—.”

“그러면서 금방 불판을 깔고 말이야—.”

“—정말 자칭 상급자 님은 성가셔.”

“—정말 자칭 상급자 님은 성가시다니깐!”

“대화의 핀트가 완전히 어긋났는데, 왜 마지막은 딱 맞물리는 거야짹?!”

"스미레 선생님과 츠키노모리 양은 취하면 이런다니깐. 아, 츠키노모리 양은 술을 안 마셨거든? 분위기에 취했을 뿐이야."

실내에서 흘러나온 그런 어처구니없는 목소리를 들으면서, 나는 라운지에서 홀로 시원한 바람을 쐬고 있었다.

파티 분위기가 고조된 것을 확인한 후, 은근슬쩍 빠져나온 것이다.

즐거운 분위기를 싫어하지는 않지만, 오랫동안 거기에 사로잡혀 있을 시간도 없다.

난간에 팔을 얹으며 바다를 응시한 나는 스마트폰을 한 손에 쥔 채 생각에 잠겼다.

내가 생각하고 있는 건, 『검은 새끼 염소가 우는 밤에』에 다음으로 투입할 신 캐릭터의 아이디어다.

원래라면 바다 여행을 마친 후, 지금쯤 집에 돌아가서 작업을 진행하고 있었을 것이다.

하지만 카게이시 마을에 들른 데다 이런 연장전까지 치르게 된 탓에, 확보해뒀던 작업 시간이 압박을 받고 있었다.

"츠키노모리 사장과의 네고시에이션은 잘 풀리고 있어. 이제 이대로 DAU를 떨어뜨리지 않고 싶은데……."

우리들 《5층 동맹》이 만드는 『검은 새끼 염소가 우는 밤에』에서, 가장 중요한 지표는 매상이 아니다.

물론 활동 자금으로 이어지기에 돈을 많이 벌수록 좋지만, 애초에 이것은 **스마트폰 게임이기는 해도 랜덤박스 게임이 아니다**. 가장 효율적인 수금 구조를 채용하지 않은 건, 그것이 내 목적 달성을 위한 최선책과 동떨어져 있기 때문이다.

수익 모델은 광고 수입과 아이템 과금, 그리고 캐릭터 에피소드 과금이 전부다.

사망 시의 부활 페널티로 광고를 보게 하고, 올바른 지도를 유료로 제공하며, 무료로 추가된 신 캐릭터 및 구 캐릭터의 스토리…… 마키가이 나마코 선생님이 직접 쓴 시나리오를 제공해, 유저에게 돈을 내게 만들고 있다.

솔직히 말해, 유저가 무과금으로도 즐겨도 상관없다. 왜냐하면, 눈앞의 이익은 목적이 아닌 것이다.

어디까지나 목표는 팬을 획득하는 것이다. 두터운 신도층을 획득하는 것이다.

거금을 번다, 라는 것으로 대기업에게 이기는 건 불가능하다.

멤버가 겨우 다섯 명밖에 안 되는 약소 팀이 백배 천배 규모를 자랑하는 대기업에게 가치를 인정받기 위해선, IP로서 확고한 인기를 거머쥘 필요가 있다.

"신 캐릭터…… 어떻게 할까……."

평소에는 무라사키 시키부 선생님, 마키가이 나마코 선생님, 그리고 오즈와 상의해서 아이디어를 짰지만…….

슬슬 새로운 자극이 필요하다. 기존 멤버의 뇌를 굴려서 쥐어 짜낼 수 있는 캐릭터의 바리에이션은 거의 바닥나고 말았다.

"카나리아 씨를 모델로 해볼까? 캐릭터도 꽤 강렬하니까…… 아냐, 관두자."

나는 그 허튼 생각을 떨쳐냈다.

확실히 캐릭터는 강렬하지만, 저런 캐릭터를 등장시켰다간 다루기 어려울 게 뻔하다.

대사를 고안하는데도 방대한 칼로리를 소비할 것 같았다.

말캉.

바로 그때, 차가운 알루미늄의 감촉이 볼에서 느껴졌다.

"……뭐야."

"선배가 피곤해 보여서요. 이 후배가 센스 있는 선물을 가져왔어요☆"

"레●불이잖아. 진짜로 효과 있는 거야?"

"물론이죠~. 제가 넨을 마구 담아뒀거든요! 저는 변화계 능력자니까, 엄청 맛있어졌을 거예요!"

"이건 원래 달콤하지 않아?"

연재 재개만으로도 뉴스가 되는 만화를 가지고 이로하가 농담을 하자, 나도 전력을 다해 마니악한 대꾸를 했다.

으음~. 마음이 확 가벼워지는걸.

일단 이로하한테서 그 파란색 캔을 건네받은 후, 뚜껑을 따고 한 모금 마셨다.

탄산이 입안에서 터지는 느낌에 가벼운 짜릿함을 맛보고 있을 때, 이로하는 난간에 기대듯 내 옆에 자리했다.

"왠지 『그때』 이후로 좀 이상한 것 같네요. 혹시 의식하고 있는 거예요?"

"……무슨 소리를 하는 건지 모르겠네."

"얼버무리기는~☆ ―일단 장난기는 제쳐두기로 할게요. 저기~, 말이죠. 만약, 그 일로, 관계가 어색해질 것 같으면, 그냥 그때 일은 잊어도 된다고나 할까요~."

이로하는 눈길을 약간 피하며 우물쭈물 그렇게 말했다.

러브호텔 같은 사당에서 단둘이 있었을 때를 떠올리자, 나는 체온이 상승하는 느낌을 받았다.

"개의치 마. 딱히 그 일 때문에 이러는 건 아냐."

"하지만, 그때 이후로 선배가 이상해진 건 맞잖아요☆."

"그것도 포함해, 이런저런 일이 너무 많아서 좀 지쳤을 뿐이야. 네 프로듀스를 때려칠 생각은 없으니까, 괜히 걱정하지 마."

"그런 걱정은 안 해요. 하지만 선배가 『피곤』한 상태인 것 자체가 꽤 드문 일이잖아요."

"뭐, 나도 철인은 아니거든."

"자각을 못 하는 게 가장 큰 문제라니까요~. 지금도 스마트폰으로 일하고 있잖아요."

"어, 어이, 인마."

이로하는 내 스마트폰을 빼앗았다.

"잘 안 풀리면, 저도 아이디어 내는 걸 도울게요☆ 이번 캐릭터의 속성은 뭐예요? 츤데레? 쿨데레? 아니면 괴짜……어머?"

"보다시피 이런 상황이야."

스마트폰에 표시된 건, 텍스트를 편집할 뿐인 일반적인 애플리케이션이다.

그리고 거기에 적힌 건 【이름】, 【성별】, 【연령】, 【성격】, 【외견】, 【콘셉트】라는 항목명 뿐이었다.

"방향성도 정하지 못했어. 뭐, 생각할 시간은 있으니까 느긋하게 기획을 짤 거야."

"오호라……. …………."

나한테 스마트폰을 돌려준 이로하는 자신의 손가락을 꼼지락거렸다.

5초, 10초, 15초. 그녀가 입을 다문 채 저런 행동을 취하는 건, 뭔가 말하기 힘든 일을 언급할지 말지 생각하고 있을 때다.

이대로 내가 아무 말도 하지 않는다면 침묵을 선택하는 이가 바로 코히나타 이로하란 여자다. 나는 어쩔 수 없이 마음 편히 털어놓을 수 있도록 윤활유를 뿌리기로 했다.

"왜 그래?"

"신 캐릭터의 아이디어 구상, 저도 도울게요."

"하하. 갑자기 무슨 소리를 하는 거야? 어울리지 않는 소리를 하는 건 폭우 혹은 사망 플래그 신호니까 적당히 해."

"너무해! 그런 식으로 말할 것까지는 없잖아요, 정말!"

이로하는 볼을 부풀리며 삐친 듯한 반응을 보였다. 나도 이 녀석이 상냥하다는 건 알고 있다.

고민하고 또 고민한 끝에 이 결론에 도달했을 거라는 점은, 나 또한 눈곱만큼도 의심하지 않는다.

하지만, 아니, 그렇기에…….

"그래도 이건 내 일이야. 성우인 이로하한테 기획까지 돕게 했다간, 내가 너무 면목이 없다고."

"저도, 마찬가지예요."

"뭐?"

옆을 쳐다보니, 이로하의 머리는 내가 생각한 것보다 훨씬 낮은 위치에 있었다. 어느새 난간에 등을 맡긴 채로 바닥에 주저앉더니, 쭉 뻗은 발의 끝을 응시하고 있었다.

"아까 카나리아 씨가 저를 소개하지 못했을 때, 생각했어요. 그럴 만도 하다고요."

"…………."

"오빠한테도 정체를 비밀로 하고 싶으니 《5층 동맹》에 들어갈 수 없어요. 저는 정체불명의 성우 X. 기획은 《5층 동맹》의 LIME 그룹 안에서 논의되니, 참가할 수 없죠. 우연히 제가 선배 방에 있을 때라면 낄 수 있지만, 다른 사람들과 함께 작품을 만든다는 느낌은 아예 없어요."

"네가 원한다면, 내가 너를 어시스턴트로 끌어들였다는 식으로 정식 가입을 시킬 수도 있어. 오토하 씨에게 들켰을 때의 변명도……."

"아, 그건 관둘래요. 나중에 설명하기 힘들어지는 거짓말을 거듭하는 것도 좀 그렇거든요. ……그저, 대외적으로 선배와 함께 《5층 동맹》을 위해 뭔가를 만들었다— 그런 실적이 필요할 뿐이에요. 헤헤, 완전 트로피만 목적인 크리에이터네요. 진짜 못났다니까요."

이로하는 난처한 듯이 쓴웃음을 지으며 볼을 긁적였다.

그것은, 짜증을 전혀 유발하지 않는 표정이었다. 이대로 내버려 뒀다간 자신의 의견을 가슴 속 깊은 곳에 묻어두려 하는 징조다.

그래서 나는 허락하지 않았다. 그 난처한 쓴웃음을 지우기 위해, 입을 열었다.

"뭐가 못났다는 거야. 실적을 탐내는 것도 어엿한 동기라고."

"선배……."

이로하의 목소리 톤이 아까보다 약간 높아졌다. 《5층 동맹》의 멤버라는 것을 당당하게 밝히지 못하는 쓸쓸함이 조금이라도 가셨기를 바라며, 나는 가슴을 쓸어내렸다.

"하지만, 『검은 새끼 염소』의 기획은 엄청 힘들어."

"봐주기 엄금, 타협 없음, 이니까요."

"그래. 누구나 좋아할 뿐만 아니라, 누구도 본 적 없는 캐릭터를 창조해야만 해. ……게다가, 네가 말을 꺼냈으니까, 나보다 참신한 발상력을 선보여달라고."

나는 일부러 코웃음을 치며, 도발적인 눈길로 그녀를 쳐다보았다.

이것은 꼭 필요한 의식이다. 경쟁심을 부추기는 형태로, 네 본성을 드러내라는 무언의 메시지를 후배에게 보낸 것이다.

"……읏! 흐흥~. 이로하 님이 본 실력을 발휘해도 되는 거죠?"

"물론이야. 변변찮은 신 캐릭터를 내놓으면 곤란하거든."

"선배의 주가를 전력으로 빼앗을 듯한 녀석을 후딱 만들어주겠어요, 후딱~! 선배는 동정이니까, 상상 가능한 여자애의 폭에 한계가 있을 게 뻔하거든요!"

"그렇게까지 도발적으로 나오라고 한 적은 없거든?!"

"아하하♪"

이로하는 벌떡 일어서더니, 내 볼을 손가락으로 톡톡 두드리면서 웃었다. 정말 짜증나는 행동이지만, 이로하와 나의 커뮤니케이션은 항상 이런 형태였다.

카게이시 마을에 간 바람에 지체된 스케줄을 이로하와 둘이서 원상 복귀시킨다— 그것은 어찌 보면, 기피해야 마땅한 청춘의 낭비일지도 모른다.

하지만 내가 지향하는 목적지에서 멀어지고 있는 것이 아니며, 오히려 전진하고 있다. 그러니 이것은 충분히 용납되는 행동이 틀림없다.

일반적인 청춘 러브코미디라면 이제부터 나와 이로하가 협력해서 최고의 신 캐릭터를 만들기 위해 야단법석을 떠는 모습이 그려지리라. 만약 내가 창작의 신이라면, 그런 흔한 스토리를 썼을 것이다.

하지만 나는— 우리는, 잊고 있었다.

이 세상은 만화나 애니메이션이나 라이트노벨 같은 픽션이 아니며…….

너무나도 부조리하고, 의미를 알 수 없는 이벤트가 뜻밖의 방향에서 발생하는…….

현실 세계, 라는 것을 말이다.

“—그럼 교섭이 된 것 같네쨱. 『검은 새끼 염소가 우는 밤에』의 다음 투입 예정 신 캐릭터는~…… 카나리아 님이 기획하겠어요!”

“……어?”

“……네?”

결의와 함께 내일부터의 활동에 대한 기대감을 품으며 안으로 들어온 순간, 그런 영문 모를 선언을 듣게 된 우리는 잠시 망연자실한 표정을 지었다.

아까까지 즐거운 분위기였던 실내는 묘한 침묵에 지배당하고 있었다.

소파에 걸터앉아 멋쩍은 표정을 짓고 있던 스미레와 마시로는 나와 시선을 맞추지 않으려는 듯이 고개를 숙였다.

오즈는 싱글벙글 웃으면서 게 내장을 맛보고 있지만, 그 미소는 왠지 의미심장해 보였다.

—대체 무슨 일이 벌어진 거지?

카나리아는 나와 이로하를 번갈아 쳐다보더니, 뉴후후~ 하고 의기양양한 미소를 지었다.

"평소의 갱신 스케줄로 예측해볼 때, 슬슬 다음 신 캐릭터 제작을 위한 발주 준비를 시작해야 하는 시기 맞지~?"

"그걸 어떻게……?"

"슈퍼 아이돌 편집자를 얕보면 곤란해짹. 릴리스 시기의 데이터를 살펴보면, 거꾸로 계산해서 스케줄을 파악하는 것 정도는 식은 죽 먹기야짹♪"

"아니, 그래도……."

"너한테 있어서도 나쁜 이야기는 아닐 거야~. 왜냐하면 **이미 캐릭터 설정도 되어 있거든♪**"

"뭐……."

카나리아는 그렇게 말하면서 스마트폰 화면을 보여줬다.

리포트 형식으로 정리된 그것은「캐릭터 설정」이 틀림없었다.

"코쿠류인 쿠게츠. 여자. 204세. 겉모습은 매우 냉혹하고 비정한 쿨뷰티 흡혈귀. 불로불사인 무적의 강자로 주위로부터 여겨지고 있지만, 실은 수명이 무한할 뿐 살해당하면 그대로 죽어버리기 때문에 꽤 겁쟁이. 겉모습은 위풍당당하지만 내면은 겁쟁이인 그 갭이 포인트."

카나리아는 파일에 적힌 문자를 술술 읽었다.

그녀가 직접 그린 건지는 모르겠지만, 캐릭터 디자인의 방향성을 파악할 수 있도록 간략한 러프도 포함되어 있었다.

이 정도로 일러스트 이미지가 구체적으로 지정되는 것을 싫어하는 일러스트레이터도 있다. 하지만 카나리아는 의뢰 상대가 그런 타입의 크리에이터가 아니라고 예측하고, 일부러 이렇게 세세한 캐릭터 디자인 발주서를 작성했으리라.

왜냐하면, 그 예측이 정확하기 때문이다. **그녀**는 의뢰 내용이 상세하다고 해서 의욕이 떨어지는 타입이 아니다.

너무 완벽했다.

캐릭터 디자인 발주의 정보 밀도, 『검은 새끼 염소가 우는 밤에』의 세계관을 유지하면서도 적당히 새로운 자극이 포함된 신기성(新奇性), 유저의 마음을 사로잡는 캐릭터의 이면성. 그 모든 것이 높은 수준으로 갖춰져 있었다.

"저기, 아키 군. 이 캐릭터의 투입에 맞춘 일러스트, 시나리오, 신 시스템을— 전부~ 카나리아 님의 주도(리드) 하에 완성해도 될까~?"

"……윽."

"다, 당연히 안 되죠! 《5층 동맹》은 선배의 팀인거든요?!"

내가 입을 다물자, 이로하가 대신 반박했다.

"어~? 하지만~, OZ 꾼도, 무라사키 시키부 선생님도, 마키가이 나마코 선생님도, 전부 이 제안에 찬성했거든~?"

"대체 어느새 교섭한 거예요?"

"내가 뭐 때문에 이런 연회를 열었을 것 같아쨱? 일은 현장에서만 하는 게 아냐~. 술자리에서 이뤄지는 게 저패니즈 비즈니스거든쨱."

"일본 기업!!"

카나리아가 가슴을 펴며 그렇게 말하자, 아무리 이로하라도 딴죽 담당이 될 수밖에 없는 것 같았다.

아니, 미국에 영향을 받았다면서 그런 쪽은 일본적이구나.

"아, 아니죠? 배신 같은 건 안 할 거죠? 오빠, 스미레 쌤! 마키가이 나마코 선생님은…… 아아, LIME 교환을 안 해서 물어볼 수가 없어!"

"아, 마키가이 선생님한테도 반론의 여지는 낫띵이야쨱. 이 캐릭터 설정은 마키가이 선생님의 성적 취향에 한복판 스트라이크거든."

"으~~……! 카, 카나리아 씨. 성적 취향 같은 소리 하지 마."

마키가이 나마코의 담당 편집자가 그런 폭로를 하자, 어찌 된 건지 마시로가 부끄러워했다.

성적 취향이란 단어가 너무 상스러워서 저러는 걸까?

"으음~. 그것보다 이로하 양은 왜 반대하는 거야짹? 이건 이로하 양한테 최고의 선물이잖아."

"무, 무슨 말인지 모르겠네요! 이게, 무슨—."

"일주일."

"네?"

"일주일 안에 캐릭터 일러스트, 시나리오, 신 시스템을 완성시키겠어짹. 그러면 아키 군의 스케줄에도 여유가 생길 거야~. 이 별장에는 각종 작업 환경이 완비되어 있으니까, 완성될 때까지 이로하 양은 아키 군과 느긋하게 휴가를 즐기면 돼짹."

"어, 어어……?"

카나리아가 뜻밖의 조건을 제시하자, 이로하는 어찌하면 좋을지 모르겠다는 듯이 내 얼굴을 쳐다보았다.

그런 눈으로 쳐다봐봤자, 나는 아무것도 못 한다고.

"뭐, 그렇게 된 거야. 아키는 평소 고생을 많이 하잖아. 때로는 쉬어주는 편이 우리로서도 기뻐."

"오즈……."

"게다가 러브코미디적인 의미에서도, 나는 카나리아 씨의 제안에 따르는 편이 좋을 것 같거든. 그러니 이번에는 저쪽에 붙도록 하겠어."

오즈는 여전히 여유 넘치는, 그러면서도 바닥이 보이지 않는 미소를 머금었다.

그 옆에서는 마시로가 몸을 웅크리며 머리를 감싸 쥐었다.

“으으……. 실은 마시로도, 아키와 여름을 즐기고 싶지만…….”

“으음, 츠키노모리 양은 놀아도 되지 않아?”

“그럴 수는 없어. 왜냐하면 마시로는—.”

“아아아앗! 스톱, 마시로! 어제 받은 원고에 빨간 줄이 엄청나게 그어졌다며?! 그럼 방에 틀어박혀서 작업을 해야 하는 거 아냐?!”

“……아, 응. 맞아. 그런 거야.”

“하아~! 마시로는 진짜 덜렁이라니깐!”

LIME의 《5층 동맹》 그룹을 확인해보니, 마키가이 나마코 선생님도 의욕을 불태우고 있는 것 같았다.

그것은, 즉…….

“그렇게 된 거야, 아키 군. 반대할 이유는 없지?”

오즈, 스미레, 마키가이 나마코. 주요 멤버 세 사람이 하겠다고 한데다, 캐릭터의 기획서도 완전무결 그 자체다.

합리적 및 효율적인 판단을 내리자면, 이 제안을 거절할 수는 없다.

이 여자. 자칭 슈퍼 아이돌 편집자, 키라보시 카나리아는 장난이 아니었다.

비즈니스에 있어 상대방의 입장을 이해하고, 상대의 욕망을 눈치채서, 자신에게 유리하게 유도해서 성과는 내는 건 왕도 중의 왕도다.

그런 의미에서 보자면, 그녀는 그 기본 중의 기본을 완벽하게 지켰다.

목적은 알 수 없다. 그녀가 얻는 메리트는 뭐지?

혹시 나한테서 《5층 동맹》의 팀과 권리를 빼앗으려는 걸까.

그렇다면 《5층 동맹》의 이익을 최대화하는 것을 지상 명제로 하는 내가, 취할 행동은…….

"진짜로 이곳에 머무는 기간을 일주일 연장하면…… 신 캐릭터의 제작이 완료되나요?"

"물론이야♪"

카나리아는 내 눈을 똑바로 쳐다보며, 힘차게 경례했다.

하하, 1초도 주저하지 않는걸.

"무라사키 시키부 선생님, 마감 안 지키거든요? 일주일은 비현실적이지 않아요?"

"괜찮아쨱. 지금까지 카나리아 님한테서 도망친 일러스트레이터는 한 명도 없거든♪"

카나리아는 수평으로 피스 사인을 날리며 단언했다.

자신이라면 《5층 동맹》의 크리에이터들을 결속시켜서 하이 퀄리티의 작품을 만드는 데 일주일도 걸리지 않는다…… 라고 말하는 것만 같았다.

종이책 출판과 게임은 작업 방식이 다르지만, 그런 미지의 영역에 도전하는 카나리아의 얼굴에는 눈곱만큼의 초조함도 어려 있지 않았다.

—그래. 이렇게 철저하다면, 어쩔 수 없지.

"알았어요, 카나리아 씨. 일주일 동안— 저희를, 이 별장에 묶게 해주세요."

*

『징역 일주일의 짜증꽁냥 권리를 얻은 기분이 어때?』

『들뜨거나 질색할 기분이 아닌걸…….』

『역시 다른 사람의 주도하에 신 캐릭터를 만드니까 기분이 복잡한 거야?』

『……아, 꼭 그런 건 아냐. 누가 만들든 효율적으로, 그리고 하이 퀄리티의 콘텐츠를 세상에 발표해준다면, 그걸로 충분해.』

『설령 그 멤버 안에 아키 본인이 포함되어 있지 않더라도?』

『……그래.』

『아이러니하게도 연극 대회 때, 미도리 부장에게 아키가 던졌던 질문과 비슷한걸.』

『……맞아. 본인만 납득한다면, 다른 누군가가 대신 성과를 내는 것도 절대 나쁘지 않다고 생각해. 그래서 나는 그

때, 미도리를 대신해 무대에 선 거야.』

『그럼 지금은 왜 마음이 복잡한 거야?』

『……몰라.』

008 제8화 …… 친구 여동생과 나만 놓땡이

다음 날. 코쿠류인 쿠게츠 제작 프로젝트, 첫째 날.

다시 방문한 새하얀 모래사장이 왠지 칙칙하게 보였다.

바도 소리 이외의 그 어떤 소리도 들리지 않는 공간에서, 나와 이로하는 마치 무인도에 남겨진 듯한 착각에 사로잡혔다.

"저는 절대 무리라고 생각해요! —자, 토스!"

"아니, 괜찮을 거야. 그 사람은 프로 편집자거든. —토스."

출장 음식 서비스가 준비한 아침 식사를 멤버 전원이 함께 먹은 후, 카나리아와 마시로와 스미레와 오즈는 작업방으로, 그리고 나와 이로하는 바다로 향했다.

"일러스트레이터에게 마감을 절대로 지키게 한다맨을 자칭했지만, 거짓말이 틀림없어요. 곧 무라사키 시키부 선생님에게 두 손 두 발 다 들고 항복할걸요? —토스!"

"왜 그렇게 발끈하는 거야. 너답지 않아. —토스."

통, 통 하며 비치발리볼이 경쾌한 소리를 내며 허공을 갈랐다.

한여름 해변을 대표하는 듯한 이 공의 오가는 것에 맞춰, 우리는 말로도 캐치볼을 이어갔다.

"왜긴 왜예요! 선배는 분하지 않은 거예요? 신 캐릭터 작성은 저희의 공동 작업이 될 예정이었잖아요! 그런데, 그딴 사람한테 빼앗겨 버렸다고요— 토스~!"

"뭐, 좀 유감이기는 해. 그래도 카나리아 씨의 기획은 완벽했어. 오즈도, 무라사키 시키부 선생님도, 마키가이 나마코 선생님도 의욕을 보였으니 다수결로 3대2야. 내 신조에 비춰보면 NO라고는 말 못한다고— 토스."

이로하의 목소리에 약간 힘이 들어가더니, 공은 먼 곳까지 날아갔다. 나는 그 공의 낙하지점으로 이동해서 토스했다.

"부우~. 내 의견은 백 명분이다~, 같은 청춘 러브코미디 느낌 나는 억지를 부려보지 그랬어요? —토~~~스!!"

"나는 언제나 최선의 선택을 내리려고 했어. 그리고 이번에는 이게 최선이라고 생각했지. —우왓, 공을 대체 얼마나 높이 날린 거야."

분노에 사로잡힌 이로하가 공을 하늘 높이 날려버렸다. 하늘 높이 올라간 공이 태양과 포개지면서 검은 점처럼 보였다.

강렬한 빛 때문에 눈을 가늘게 뜬 나는 잠시 생각에 잠겼다.

—이로하의 결의가 부질없어진 건 좀 미안하게 생각하지만, 그래도 이 녀석이 이렇게 언짢아할 줄은 몰랐다.

우리 말고는 아무도 없는 한여름의 해변. 처음에는 이로하가 단둘뿐이네요~ 하면서 놀려댔고, 나도 카게이시 마을에서의 일을 떠올려서 복잡한 감정에 휘둘렸다. 하지만 30

분쯤 지나니 다른 멤버의 딴죽이나 참견이 없는 것에 아쉬움을 느끼면서, 점점 말수가 줄어들었다.

미묘하게 거북한 느낌이 들었기에, 어제 다 같이 비치발리볼을 할 때 썼던 공을 가져와서 둘이서 놀기 시작했지만…….

공을 날릴 때마다 아드레날린이 분출되는 건지, 이로하의 말투가 점점 거칠어졌다. 서브와 스파이크와 리시브가 없이 그저 토스만 하고 있으니, 딱히 과격해질 요소가 없는데도 말이다.

"이로하는 예의 『코쿠류인 쿠게츠』란 캐릭터가 별로라고 생각해?"

"……그렇진 않아요."

자신 없는 듯이 고개를 숙인 이로하가 삐친 듯한 투로 그렇게 말했다. 아무리 감정이 부정하더라도, 자신의 감성에 거짓말을 하지 못하는 것이리라.

"그럼 그게 대답이야. 그 애보다 더 뛰어난 캐릭터를 짜지 못한다면, 우리에겐 나설 자격은 없어."

"……부우."

"분하면 기획력을 더 기르는 수밖에 없어. 너나, 나나 말이야. 이번에는 어쩔 수 없지만, 신 캐릭터 추가 기회는 앞으로 얼마든지 있을 거야. 이로하는 머리도 좋고 센스도 있으니까, 금방 끝내주는 신 캐릭터 기획을 짤 수 있게—."

"제가 분통을 터뜨리는 건, 그 때문이 아니거든요?"

"뭐?"

뜻밖의 말을 입에 담은 이로하에게, 시선을 빼앗겼다.

그 바람에 내 머리에 명중한 공이 그대로 튕겨나더니, 이로하의 발치로 굴러갔다.

"선배는 왜 분통을 터뜨리지 않는 거예요?"

"그야…… 《5층 동맹》을 위해 최적의 기획이 굴러들어왔으니까, 그걸 우선하는 게 당연하잖아."

"하지만, 그건……! 카나리아 씨의 저런 방식— 선배의 도움이 필요 없다는 듯한 방식까지, 인정할 필요는 없잖아요!!"

"……지나친 생각이야."

"그럼 만약에 말이에요? 카나리아 씨가 오빠와 무라사키 시키부 선생님을 《5층 동맹》에서 빼가서 마키가이 선생님의 미디어믹스 프로젝트팀을 만든다고 한다면, 선배는 어쩔 거예요?"

이로하는 평소의 짜증나는 태도를 치우더니, 진지한 어조로 그렇게 물었다.

……어떻게 할 거냐고?

뻔하잖아. 지금도, 옛날도 다를 게 없어. 내 신조는 흔들린 적이 없거든.

"그걸로 됐어. 《5층 동맹》에 있어 그게 최선이라면 말이지."

"……윽."

"오즈와 무라사키 시키부 선생님의 재능을 살릴 수 있고, 마키가이 나마코 선생님도 거기에 찬성한다면 그걸로 충분해. 그다음에는 이로하의 재능을 밝힐 타이밍을 재고, 그 재능을 활용하게끔 한다면……. 카나리아 씨가 진짜로 나를 대신해 《5층 동맹》을 프로듀스해준다면, 아마 괜찮을 거야. 그 사람이라면, 이로하의 재능도 정확하게 판단해서…… 우왓?!"

말을 하는 도중에, 비치발리볼이 날아왔다.

나는 반사적으로 한 손을 뻗어 공을 받아낸 후, 축구의 에이스 스트라이커처럼 오른발을 휘두른 이로하를 의아하다는 눈길로 쳐다보았다.

날카롭고 힘찬 슈팅이었다. 다친 발목도 괜찮아진 것 같아서 안심이 됐다.

"선배는 자기 평가가 너무 낮아요!"

"무슨 소리야?"

이로하가 발끈하며 그렇게 말하자, 나는 건성으로 그렇게 대꾸했다.

"카나리아 씨가 자기보다 더 뛰어나다고 단정 짓고 있죠? 선배가 몇 배는 더 우수할지도 모르잖아요."

"……사회에서 저렇게 실적을 쌓은 사람보다 우수하다고 진짜로 생각한다면, 나는 완전 자만심 덩어리라고."

"때로는 자만해도 괜찮지 않아요?"

"무리야. ―내가 항상 말했잖아?"

"그건……."

낮으면서도 단호한 목소리로 내가 딱 잘라 그렇게 말하자, 이로하는 말끝을 흐렸다.

그렇다. 나는 예전에 이로하에게 말한 적이 있다.

나는 자신이 누군가에게 인정받는 것을 바라지 않는다.

인간은 보잘것없는 생물이며, 자신이 다수에게 평가받을 만큼 성공했다고 인식한 순간에 성장이 멈춘다. 그리고 자기가 뭐든 할 수 있다는 생각에 거만해지며, 이윽고 쇠퇴와 몰락의 길로 접어드는 것이다.

한 번 성한 것은 반드시 쇠하기 마련이다. 그것은 세상의 도리이며, 역사를 살펴보면 망한 기업과 인간을 셀 수도 없이 찾아볼 수 있다. 자신만은 괜찮으리라고 생각하는 건 잘못이다.

"카나리아 씨가 실제로 무슨 생각을 하는 건지는 몰라. 딱히 《5층 동맹》을 빼앗을 생각은 아닐지도 모르지. 또 만약 빼앗긴다면, 나는 그것밖에 안 되는 녀석인 거야."

"……그럼, 결과가 나올 때까지 손가락만 빨면서 쳐다보기나 할 거예요?"

이로하는 퉁명한 표정으로 공을 다시 던지—.

"아, 그럴 생각은 없어."

"어."

—려다가 내 말에 찬물을 뒤집어쓴 것처럼 움찔한 바람에, 공이 엉뚱한 방향으로 날아가고 말았다.

"멍하니 시간을 보내는 건 낭비의 극치거든. 우리는 우리가 할 수 있는 일을 하자."

"우리가 할 수 있는 일, 이라고요?"

"응. 카나리아 씨의 실력을 의심하는 건 아니고, 실제로 그 아이디어는 대단하다고 생각해. 하지만, 아무리 유능한 프로듀서라도 『검은 새끼 염소』의 제작에 참여하는 건 처음이잖아. 어디서 발을 헛디딜지 모른다고."

"그, 그건 그래요! 선배니까 잘 처리할 수 있었던 부분도 있을 테니까요!"

"뭐, 거의 없겠지만 말이야."

"그러니까 선배는 자기 평가가 참……."

어쩔 수 없잖아. 이게 내 성격이라고.

"**만약**에 대비하자. ―그걸로 됐지?"

"……뭐, 좋아요. 그런데, 뭘 할 거예요?"

물가에서 굴러다니는 공을 쫓아가서 주워든 이로하는 나를 돌아보며 고개를 갸웃거렸다.

"코쿠류인 쿠게츠의 제작이 틀어졌을 때를 대비해 보험을 들어두는 거야."

"……아!"

"슈퍼 아이돌 편집자가 그런 실수를 저지를 리가 없다고 생각하지만……."

만약의 사태에 대비할 필요는 있다.

평소에는 대부분의 리소스를 작업에 할애하기 때문에 그럴 여유가 없지만…….

이렇게 여유가 있을 때는 당연한 듯이 그러고 마는 것이 나라는 인간이다.

"그렇게 해요! 생명보험의 옵션 급으로 팍팍 들어두자고요!"

"보험은 투자 대비 효율이 너무 낮으니까 추천하고 싶지 않아."

"에헤헤. 괜찮아요. 보험의 혜택을 보는 건 저쪽이니까요. 수수료나 왕창 뜯어먹자고요!"

활기찬 눈빛을 머금은 이로하가 공을 하늘 높이 날려버렸다.

방금까지 언짢아 보였는데, 또 이렇게 태도가 바뀌었다.

생각해보니 이로하는 내가 자기 긍정감이 낮은 모습을 보이면, 즉시 부정했다. 내가 자신을 낮춰 보는 것을 절대 용납하지 않았다.

……정말, 좋은 녀석인지 나쁜 녀석인지 알 수가 없다니깐. 뭐, 실제로 어느 쪽인지는 나도 잘 알고 있지만 말이야.

—자, 이로하의 기대에 부응하기 위해서라도, 코쿠류인 쿠게츠의 제작이 암초에 부딪힌다면 어떤 도움을 줄 수 있을까. 어떤 식으로 도와줘야 할까. 잘 생각해 봐야겠다.

우선 첫날의 동향을 살펴봐야겠다.

오늘부터 무라사키 시키부 선생님이 캐릭터 디자인 작업에 착수하고 있는데, 그 탈주병 퀸을 카나리아가 얼마나 제

어할 수 있을까. 그에 따라 이야기는 꽤 달라질 것이다.

그렇게 생각했는데…….

“해피 크리에이션♪ 프리티쿨한 캐릭터 디자인 완성짹~!!”

바다에서 논 후에 카나리아장으로 돌아온 우리를 맞이한 건, 태블릿을 치켜들며 기뻐하는 열일곱 살(자칭)의 모습이었다.

“완성……이라고요?”

“에, 에이, 너무 빠르잖아요! 무라사키 시키부 선생님이 이렇게 빨리 일을 마칠 리 없어요! 저희를 속이려고 해봤자, 소용없거든요?!”

“정말~. 사람 말을 참 못 믿네짹. 자, 증거☆”

카나리아가 그렇게 말하며 보여준 태블릿 화면에는, 안대를 착용한 고스로리 소녀의 그림이 표시되어 있었다.

“진짜야……. 게다가 퀄리티도 엄청나.”

“컨디션 만땅인 무라사키 시키부 선생님의 퀄리티네요……으으음.”

한쪽 눈을 감싼 안대에는 세세한 문양이 자수로 놓여 있었고, 옷도 세세한 부분까지 정성 들여 그려져 있었다.

무라사키 시키부 선생님은 마감에 허덕일 때가 많아서, 캐릭터 디자인 단계에서는 그렇게 정성을 쏟지 않는다. 나도 세상에 내놓지 않을 자료라 여기며, 그것을 용납해왔다.

캐릭터에 대한 애정이 강한 무라사키 시키부 선생님이라면, 게임에 실릴 일러스트를 그리는 단계에서 작화 칼로리가 높은 디자인을 나중에 추가해줄 것이다……라고 생각한 것이다.

하지만 이 코쿠류인 쿠게츠의 일러스트는 다르다.

캐릭터 디자인 러프 단계에서 세심한 부분까지 신경을 쓴, 돼지 지방이 가득 들어간 라멘처럼 칼로리가 엄청난 작품이었다.

"……대단하네요. 『검은 새끼 염소』의 유저라면 누구나 좋아할 외견이에요."

"그럴 거야~♪ 영원한 중학교 2학년, 카나리아 님의 센스에 무릎 꿇어쨱!"

"이게 카리스마 편집자의 수완……."

"훗훗훗. 더 칭찬해도 돼쨱. 칭찬은 아무리 많이 들어도 만족이 안 되거든쨱."

"하지만, 대체 어떻게 한 거죠?"

무라사키 시키부 선생님한테서 한나절 만에 캐릭터 디자인을 얻어내는 게 얼마나 어려운 일인지는, 오랫동안 담당 프로듀서였던 내가 가장 잘 안다.

평범한 방식으로는 절대 실현 불가능한 미션이다. 대체 어떤 마술을 쓰면 그녀에게서 예정대로 작업을 시킬 수 있을까.

"딱히 별일 안 했거든? 감옥— 모티베이션이 솟구칠 만한 멋진 작업 환경을 제공했을 뿐이야쨱."

"방금 엄청 불온한 단어가 들린 것 같았는데…… 스미레 쌤한테 나쁜 짓을 한 건 아니죠?"

"후학으로서 작업 공간을 보고 싶은데, 괜찮을까요?"

"OK, OK. 카나리아 님 특제 정신과 시간의 마술공방으로 안내해줄게쨱."

여러 작품의 패러디가 섞인 듯한 발언이라고 생각하면서, 나는 이로하와 함께 카나리아에게 안내를 받으며 별장 안을 나아갔다.

그리고, 우리가 머무는 객실보다 더 안쪽. 복도 끝에 존재하는 기묘한 광경이 눈에 들어왔다.

"전자 잠금장치……?"

멋진 별장의 새하얀 문에 어울리지 않는, 회색의 투박한 기계가 문손잡이 위에 달려 있었다.

카나리아가 조그마한 손을 내밀자, 삐삐삐 하는 전자음에 이어 문이 열리는 소리가 들려왔다.

지문 인식이라니, 무시무시하네.

"내부에서 열 수 없는 통조림방이야. 편집자라면 누구나 가지고 있는 고유결계지쨱."

"마술공방이 아니었나요."

"에이~, 사소한 걸 신경쓰는 건 난센스♪ 그것보다 화끈하게 오픈~♪"

카나리아는 텐션을 유지하며 문을 활짝 열었다.
"아니."
"이건……."
나와 이로하는 눈 앞에 펼쳐진 광경을 보고, 경악을 금치 못했다.

"그림 그리는 게, 즐~~거워~~~. 아하하하하. 우후후후후."

흰색, 흰색, 흰색. 흰색흰색흰색흰색흰색흰색흰색흰색흰색흰색흰색흰색흰색흰색흰색흰색.
15평 정도 되는 넓은 방.
손님이 묵기에 딱 괜찮아 보이는, 널찍한 공간이다.
—평범한 공간이라면 말이다.
이 방은 바닥도, 벽도, 천장도, 전부 흰색으로 통일되어 있었다.
이 기묘한 방이 실험동물을 격리하는 연구 시설이 아니라 크리에이터가 작업을 하기 위한 공간이라는 것을 판별할 수 있는 건, 방 중앙에 놓인 작업용 책상과 컴퓨터, 태블릿, 데생 인형 같은 소도구 덕분이다.
그런 작업용 도구 외에는 아무것도 없는 공간 한가운데에서, 스미레는 행복한 표정으로 펜을 놀리고 있었다.
컴퓨터 모니터에 표시된 코쿠류인 쿠게츠의 스탠딩 일러

스트 러프에, 아름다운 선이 더해져 갔다.

펜선 작업도 순조……롭다니…….

평소의 스미레라면 캐릭터 디자인 작업물을 제출했으니 사흘은 농땡이 부려도 되지? 라는 듯이, 다음 작업에 착수하기 전에 마음껏 놀아댔다.

하지만 현재 스미레는 일심불란하게 캐릭터와 마주하고 있었다.

"스, 스미레 쌤. 괜찮아요?"

"아하하하하— 어, 이로하. 왜 그래? 나, 지금 즐겁거든?"

"목소리에서 생기가 없잖아요! 정신 좀 차려요. 스미레 쌤, 지금 엄청 이상하다고요!"

"정말, 무슨 소리를 하는 거니? 그림 그리는 거, 참 즐겁거든?"

"말 한마디 한마디에서 위화감이 넘쳐흐르잖아요! 정신 좀 차려요, 스미레 쌤!"

이로하는 스미레의 어깨를 잡고 세게 흔들었다.

그 바람에 머리가 덜렁거리는데도 스미레는 앳된 어린애 같은 표정으로 고개를 갸웃거리더니, 곧 아, 하고 중얼거리면서 다시 펜 태블릿으로 작업을 이어갔다.

"코쿠류인 쿠게츠, 귀여워. 귀여운 거 그리고 싶어. 나, 즐거워!"

스미레는 그런 소리를 늘어놓으면서 엄청난 속도로 손을

놀렸다.

유부녀 최면물의 에로CG 모음에서나 볼 법한 빙글빙글 도는 눈으로 작업을 이어가는 스미레를 보며, 나는 섬뜩함을 느꼈다.

“아하. 오락 제로의 감옥, 인가요.”

“딩동댕동~♪”

스마트폰을 꺼내서 확인해보니, 예상대로 이곳은 전파 차단도 철저하게 되는 곳인지 전파가 전혀 잡히지 않았다.

“인터넷을 완전히 차단했고, 컴퓨터에도 일 관련 소프트만 깔려있겠죠.”

“맞아. 무라사키 시키부 선생님의 본질은 『탈주병』이지?”

“……알고 있었나요.”

“전부터 마키가이 선생님한테 이야기를 들었거든. 뭐, 처음에 잠시 논의를 해보자마자 바로 아~ 이런 타입이구나~ 하고 감이 왔어♪”

“첫 논의 때, 바로 말인가요?”

“겉멋으로 오랫동안 편집자를 해온 게 아니거든☆”

카나리아는 윙크를 하며 피스 사인을 날렸다.

행동 하나하나가 오글거리고, 부담되며, 짜증을 부르지만, 그래도 확실한 재능과 실력이 느껴지는 일하는 업무 능력을 보니 불평할 마음이 가셨다.

“툭하면 도망치려고 하는 이런 타입은, 매사에서 편한 쪽을 고르려고 해짹."

"마치 평소의 시키부를 본 것 같네요."

"그러니 이런 병아리를 컨트롤하는 건 간단해짹. 편한 쪽으로 도망치려고 한다면, 그림을 그리는 상태가 가장 편하고 즐겁다는 식으로 생각하게 만드는 거야."

"합리적이군요. 그 방향으로 생각을 유도하는 건 쉽지 않겠지만요."

"그럴까? 카나리아 님은 장소를 만들어줬을 뿐이야. 무라사키 시키부 선생님의 모티베이션 관리에는 딱히 별다른 수고를 들이지 않았거든?"

"아…… 그것도 그러네요."

"할애하는 시간은 최소로, 그리고 효과는 최대로. 낭비를 팍팍 줄여서 효율화를 추구하면, 이런~ 경지에 도달하게 되는 거야짹."

"……그렇군요."

카나리아가 으스대듯 그렇게 말했지만, 나는 반박을 할 수 없었다.

그저 한 수 배웠다는 생각뿐이었다.

아직 『검은 새끼 염소가 우는 밤에』의 일러스트 업무에는 낭비를 줄일 여지가 남아 있다고 생각하기는 했다. 하지만 카나리아가 나보다 빨리, 그리고 정교하게, 《5층 동맹》의 과제를 클리어할 줄이야.

증쇄 확률 100%의 아이돌 편집자, 키라보시 카나리아는 역시 무시무시했다.

*

그리고 다음 날. 코쿠류인 쿠게츠 제작 프로젝트, 둘째 날.
"자, 마시로 선배. 아~ 해봐요."
"……우물. 맛있어……."
아침에 일어나서 식사하러 가보니, 핼쑥해진 얼굴로 의자 등받이에 몸을 맡기고 있는 마시로와, 벌어진 그녀의 입에 어미 새가 먹이 주듯 숟가락으로 요거트를 넣어주는 이로하라는 기묘한 광경을 목격했다.
"간호 현장이냐."
"아, 선배. 좋은 아침이에요."
"……잘 자……."
"앗! 마시로 선배, 안 돼요! 하다못해 밥 다 먹은 후에 잠들어요!"
이로하는 힘이 다한 듯한 마시로의 어깨를 흔들며 그렇게 외쳤다.
"원고 수정 작업이란 건 참 힘든가 보네."
"으~…… 응…… 힘들어……."
내가 맞은편에 앉아서 홍차를 따르며 말을 건네자, 마시로는 꾸벅꾸벅 졸면서 고개를 끄덕였다.

정말, 힘들어 보였다. 그저께 제출한 원고를 벌써 수정해야만 한다니, 소설가는 참 힘든 직업 같았다.

그와 동시에 카나리아의 대단함도 깨달을 수 있었다.

마키가이 나마코 선생님의 원고도 받자마자 교정 작업을 마쳤고, 마시로의 원고도 체크했으며, 그뿐만 아니라 『검은 새끼 염소가 우는 밤에』의 캐릭터 시나리오 발주도 한 것이다.

마키가이 나마코 선생님 쪽 일만 한다면 현실적이지만, 마시로도 동시에 돌보는 건 허들이 상당할 것이다.

"너무 무리하지 마. 기왕 바다 근처의 저택에서 지내고 있잖아. 기분 전환하고 싶어지면 같이 놀자."

"그래요. 마시로 선배의 바다의 토막 지식 백선(百選)도 아직 못 들었잖아요."

대체 어느새 그런 이야기를 주고받은 걸까. 그리고 어떤 내용인지 좀 궁금한걸. 그런 지식이 진짜로 백 개나 있는지가 특히 말이야.

"마시로 어때? 오늘 일이 적당히 마무리되면 잠시 쉬자."

"응…… 마무리…… 어제, 했어."

"오오, 정말이야?"

"응. 시나리오의…… 플롯, 끝냈어……."

"뭐?"

마시로가 잠꼬대하듯 그렇게 말하자, 내 등골을 타고 오한이 흘렀다.

소설을 시나리오라고 부른 건가? —그건 일단 제쳐두기로 하고…….

플롯, 이라고?

마시로는 신인상 응모를 통해 담당 편집자가 붙게 됐고, 카나리아에게 지도를 받으며 상업 데뷔를 목표로 삼고 있는 것 같았다. 카게이시 마을에서 여관 통조림을 하며 초벌 원고를 완성했고, 이 카나리아장에서는 그 원고의 지적 사항을 방영해 수정 작업을 하는 것으로 알고 있다.

플롯이란 소설의 설계도 같은 것이며, 본문을 집필하기 전에 준비하는 것이다.

마시로는 왜 지금, 플롯을 만든 거지?

그 의문의 해답. 그것은, 어떤 무시무시한 진실을 시사하고 있었다.

원고를 플롯 단계부터 다시 쓴다. 즉…….

완전 폐기.

……인 것이, 아닐까?

만약 그렇다면 너무 안 됐다. 비몽사몽 상태인 마시로에게, 나는 아무 말도 건넬 수 없었다.

“헬로 익사이팅♪ 금세기 최고의 극렬 감성 시나리오가 완성짹~!!”

우리가 마시로를 걱정하며 아침을 먹고 있을 때, 또 태블릿을 하늘 높이 치켜든 하이 텐션의 카나리아가 나타났다.

“시나리오? 코쿠류인 쿠게츠의 캐릭터 시나리오 말이에요?”

“당근이지짹. 마키가이 선생님, 혼신의 최강 플롯이야짹!”

“최강 플롯……! 저기, 저도 읽어봐도 될까요?”

“당근당근~. 선생님의 신작을 누구보다 빨리 읽을 수 있는 게 프로듀서의 특권인걸♪ 자, 읽어봐~!”

나는 카나리아가 건네준 태블릿의 화면을 뚫어지게 응시했다. 몸이 저절로 앞으로 굽혀졌으며, 목소리 또한 환해졌다.

같은 제작팀의 동료 같은 관계를 제쳐두고, 나는 순수하게 작가 마키가이 나마코의 팬이다.

매번 『검은 새끼 염소가 우는 밤에』를 위해 써주는 신작 시나리오를 기대하고 있으며, 그것은 카나리아가 진두지휘를 맡은 코쿠류인 쿠게츠의 캐릭터 시나리오일지라도 마찬가지다.

아니, 이 고양된 기분은 평소 이상일지도 모른다.

그것도 그럴 것이, 『검은 새끼 염소』 관련 시나리오에 내가 전혀 관여하지 않은 건 이번이 처음이니 말이다.

물론 평소에도 스토리는 마키가이 나마코 선생님이 주도

적으로 짠다. 하지만 그 과정에서 나와 LIME을 통해 상의를 하며, 미리 방향성을 맞춘 후에 진행할 때가 많다. 그래서 순수하게 독자 관점에서 작품을 접하는 경우가 없었다.

하지만 지금은 그저 한 명의 독자— 서점에서 발견한 『백설공주의 복수 교실』의 최신간을 읽는 느낌으로 이 시나리오를 볼 수 있는 것이다.

자, 과연 어떤 스토리가 펼쳐질까…….

"…………."

한 글자, 한 글자, 성심성의를 다해 읽었다.

코쿠류인 쿠게츠란 캐릭터와의 만남. 초반에는 그녀의 제멋대로에 이상야릇하며 지리멸렬한 인간성에 주인공들이 휘둘리며 당혹스러워한다.

그러나 함께 저택에서 발생한 괴이(怪異)에 맞서면서 가까워지게 되고, 점점 그녀란 인간의 심오한 깊이를 느끼면서 공감하게 된다.

후반에 밝혀지는 그녀의 충격적인 과거와, 기존 캐릭터와의 의외인 것 같으면서도 납득이 되는 인연.

플레이어 자신의 달성감을 자극하는 기믹, 다수의 플레이어가 협력해서 수수께끼를 푸는 듯한 소설성까지 겸비한 뜨거운 전개, 그리고 눈물을 부르는 결말.

하나의 이야기로써…… 그것도 소설이 아니라 스마트폰 게임이라는 매체에 매칭된 이야기로서 완벽하다고 말할 수밖에 없는, 너무나도 멋진 구성이었다…….

"아, 아키. 입, 다물어. 읽으면서 감상을 전부 말하다니…… 저질……."

"……아차."

아무래도 생각이 입 밖으로 전부 새어 나온 것 같았다.

그런데 왜 마시로가 얼굴을 붉히며 화내는 걸까. 혹시 『검은 새끼 염소』의 플레이어로서, 마키가이 시나리오를 고대하고 있는 건가? 그렇다면 스포일러를 당하는 게 싫을지도 모른다. 마시로, 미안해.

"자, 감상을 말해줄래?"

열일곱 살 편집자 카나리아는 귀엽게 미소 지으며 고개를 갸웃거렸다.

이해해. 저 표정이 이해된다고.

자신만이 최고의 결말을 아는 영화를 타인에게 추천하고, 그 감상을 물으면서 짓는 표정이야.

그래서 나는 추천받은 이로써, 이 말을 건네기로 했다.

"좋아요……."

많은 말은 필요 없다.

단행본 한 권, 약 10만 문자 분량의 독후감을 집필 가능할 듯한 만감이 교차하는 마음이, 그 짧은 한마디에 응축되어 있었다.

"그렇지~? 그렇지~? 마키가이 선생님의 재능을 120%까지 이끌어냈어쨱♪"

"으, 으으으~. 넘어가 버리면 어떻게 해요, 선배. 평소 퀄리티와 별반 다르지 않을 게 틀림없다고요!"

"아냐, 평소보다 훨씬 대단해. 이로하도 읽어봐."

"흐, 흥~. 좋아요. 저는 선배처럼 눈물샘 취약맨이 아니거든요? 그렇게 쉽게 감동시킬 수는 없다고요."

뾰루퉁한 표정으로 태블릿을 건네받은 이로하가 그 내용을 훑어보더니…… 오열을 터뜨렸다.

"우에에에에에엥!! 코쿠류인 쿠게츠, 진짜 좋은 애야아아아아아!!"

"그렇지?"

"나마코 테이스트가 더 가속되면서 감성이 완전 폭발하고 있어요!"

"일단 눈물 닦아."

"아, 고마워요. —그런데 이제까지 마키가이 나마코 선생님이 쓴 글과는 뭔가 좀 다르지 않아요?"

이로하는 내가 건네준 손수건으로 눈물을 닦으면서 의문을 표시했다.

확실히 나도 그게 신경 쓰였다. 역시 가장 먼저 마키가이 나마코 선생님의 재능을 찾아낸 카나리아만이 끌어낼 수 있는 무언가가 있는 걸까.

"후후후. 실은 이 히로인의 설정은 마키가이 선생님과 미묘하게 비슷해쨱."

"비슷하다고요……?"

"응. 겉으로 보기에는 어둠 속성이 강한 여자애 같지만, 그 속내는 완전 소녀 그 자체! 갭의 방향성이 마키가이 선생님 자신과 엄청~ 비슷하니까, 궁합이 끝내줘쨱."

"소녀?"

마키가이 선생님은 남성인데?

하지만 그러고 보니, 마키가이 작품은 남성 작가가 쓴 것인데도 불구하고 여성의 섬세한 마음을 능숙하게 그려내는 것으로 정평이 나있다.

본인 안에, 매력적인 여성과 통하는 뭔가가 영혼 레벨로 존재한다— 즉, 마음에 찌찌가 달린 것이다.

"작가가 가장 매력적으로 그리는 캐릭터란 본인과 흡사한 캐릭터야쨱. 그 본질이 어디에 있는지 파악하는 것도 편집자가 갖춰야 할 자질이거든☆"

"아하…… 한 수 배웠어요."

이것이 일류의 방식인가.

키라보시 카나리아, 열일곱 살. 일에 대한 자세. —그런 프로그램 제목이 어렴풋이 보인 듯한 느낌이 들었다.

"부우……."

"왜 심통 난 것 같은 표정을 짓는 거야. 이 정도면 실력을 인정해줘도 되지 않아?"

"그건 그렇지만~. 으으~."

이로하는 납득할 기색이 전혀 없었다.

그리고 어찌된 건지, 마시로도 볼을 부풀린 채 카나리아의 옆구리를 손가락으로 찔러대고 있었다.

"저질. 왜 이렇게 아슬아슬한 짓을 하는 거야?"

"아앙. 잠깐만. 옆구리. 짹짹. 찌르지. 마~……."

"……마시로, 뭐 하는 거야?"

"아무것도 아냐."

내가 말을 건네자, 마시로는 손을 멈추며 청초한 미소를 머금었다.

그 반응도 그렇고, 등 뒤에 있는 카나리아의 할 말이 있는 듯한 시선도 그렇고, 진짜 영문을 모르겠네.

*

"저기, 뭐랄까요. 감복할 수밖에 없네요."

아침 식사 시간이 끝나고, 업무 방에 틀어박히러 가는 마시로와 수영복으로 갈아입으러 가는 이로하를 배웅한 후…….

주방에는 접시를 씻는 물소리와 식기가 자아내는 덜컹덜컹하는 소리가 울려 퍼졌다.

"응~? 방금 카나리아 님 천재~ 하고 말한 사람은 누구야? 잘 안들렸어짹♪"

"아, 진짜로 천재 맞잖아요."

"니헤헤헤. 정말, 아무리 진실이라도 그렇게 솔직하게 말해주니 멋쩍네짹."

설거지를 하는 건 이 별장을 관리하는 귀여운 메이드……가 아니라, 키라보시 카나리아 열일곱 살이다. 이 집의 주인인 사람이다.

긴 금발을 리본으로 묶은 그녀는 가정적인 앞치마를 걸치고 있었다.

비현실적인 활동 실적과 어마어마한 대부호란 점을 생각하면 상상조차 할 수 없는 모습이지만, 의외로 잘 어울렸다.

"……그런데, 집안일을 직접 하는군요. 가정부는 고용하지 않은 거예요?"

"누구나 부러워하는 초절정 귀여움. 모든 이를 절로 무릎 꿇게 하는 일의 신. 돈다발 찰싹찰싹 출세녀. ―그런 사람한테 이런 일면이 있으면 호감도 업업~일 거 같지 않아~?"

"의외로 가정적인 면?"

"YES! 이러면 언제 미디어의 돌격 취재가 있어도 준비 OK야짹♪"

"사적인 시간에도 캐릭터를 유지하는 건가요. ……진짜 대단하네요."

편집자로 일하는 한편, 자신을 인기 아이돌로서 셀프 프로듀스하고 있다.

그 행동만 보면, 저자의 인기를 이용해 거들먹거리는 나쁜 사람처럼 보일지도 모른다. 실제로 어젯밤에 조사해보니, 인터넷상에는 그녀의 안티도 많았다.

하지만 그런 비판의 목소리에도, 카나리아는 자신의 Ytube 채널의 동영상을 통해 이렇게 말했다.

『안티들 보고 있니~? 오늘도 재생수에 공헌해줘서 고마워 짹! 배금주의계 아이돌, 카나리아 님이에요☆ 앞으로도 작가 씨의 작품을 짹짹 팔아서, 모두의 행복을 추구할게요짹♪』

그렇게 안티를 부추기는 동영상에는 천 개가량의 BAD와 10만 개에 달아는 GOOD이 달려 있었다.

그것이야말로 카나리아의 대단함의 본질이라고 생각한다.

평범한 장사꾼은 타인에게 미움받는 것을 극도로 두려워한다. PR이나 돈벌이라고 여겨지면 미움받을 거란 이유로 진짜 목적을 숨기고, 자선사업을 하는 듯한 위선적인 얼굴로 남들의 선의에 꼬리를 친다.

무난하게, 무난하게. 얌전하게. 풍파를 일으키지 않도록. 그렇게 한심한 방송을 하고 만다.

하지만 카나리아는 아무것도 숨기지 않는다. 자신이 왜 아이돌 활동을 하고 있는가, 그것은 작가의 책을 팔고 싶으니까. 선전 전략에 필요한 돈을 벌고, 미디어믹스를 위한 자금을 확보하며, 또한 자기 자신도 막대한 보수를 손에 넣고 있다는 것을 숨기지 않고 공표한다.

거짓이 있다면, 나이 정도다. 그것도 연출의 일부인 것이 명백하기에, 거짓에 포함되지 않는다.

자신의 희망, 야망, 온갖 내면을 드러내며, 부담스러운 캐릭터를 철저하게 이어가는 행동의 밑바닥에서는 담당 작가를 향한 뜨거운 애정, 그리고 말로 형용 못할 집념이 느껴졌다.

물론 이런 캐릭터는 그녀의 진짜 모습이 아니겠지만―♪.

사적인 시간도 이렇게 철저히 개조하는 것을 보면, 그것은 거짓된 모습이라 단정 지을 수도 없다.

"뭐, 『귀여운 여자애』를 실컷 만들어왔으니 말이야. 그 메소드를 나 자신에게 쓸 뿐이야. ―아앙~. 직권 남용이라고는 하지 마~☆"

"그래요☆. 그런 브랜드 의식이 바로, 코쿠류인 쿠게츠 같은 매력적인 캐릭터를 창조하는 거군요."

"응~? 카나리아 님에게 감탄한 거야?"

"네. ―**훔치고 싶다**, 고 느낄 정도로요."

내가 뜨거운 감정을 담아서 그렇게 말하자, 카나리아는 접시를 씻던 손을 멈추면서 동그란 눈동자로 나를 응시했다.

그리고, 방긋, 웃었다.

"너도 화려하게 아이돌 데뷔, 해볼래짹?"

"그건 사양할게요."

나는 주저 없이 그렇게 말했다.

"어~, 유감이야☆ 카나리아 님의 후계자 GET&GET인 줄 알았는데~."

"지금의 카나리아 씨가 이런 식으로 활동할 수 있는 건 기초 중의 기초, 그러니까 왕도를 완벽하게 갖췄기 때문이라고 생각해요."

여러 해에 걸쳐 정권 찌르기를 계속한 덕분에 이른 경지, 같은 거라고나 할까. 그저 겉모습만 흉내 내봤자, 그냥 정신 나간 놈이 될 뿐이다.

"저는 아직 그 경지에는 이르지 못했어요. 만약 그 수준에 이른다면, 모르겠지만요."

"흐음~. 자기 실력을 파악하고 있구나~. ……마음에 들어."

마지막 말은 캐릭터가 묻어나지 않는, 무심코 입 밖으로 흘러나온 듯한 원래 목소리였다.

으음~ 하며 한동안 생각에 잠겨있던 카나리아는 거품을 묻히려는 듯이 손가락으로 내 콧등을 두드렸다.

"OK OK, 가르쳐줄게~☆ 너한테 아직 부족한 부분♪"

"……정말요?"

코가 간질간질하는 가운데, 나는 카나리아에게 되물었다. 프로에게 조언을 들을 기회는 귀중하다.

"『검은 새끼 염소가 우는 밤에』의 동향에는 전부터 주목했어쨱."

"마키가이 선생님의 리소스를 빼앗는 라이벌이라서, 군요."

"아냐~. 게임 자체도 재미있어짹."

"그건…… 영광이네요."

"마키가이 선생님을 통해 노벨라이즈 기획을 진행하고 싶어~ 같은 미래의 투자 가능성을 포함해, 흥미로운 콘텐츠이긴 해짹. 하지만—."

카나리아는 빙글빙글 춤추는 듯한 스텝으로 싱크대로 돌아오더니, 접시 하나를 손에 쥐었다.

거품으로 범벅이 된 그것을 뒤집자, 세제로 닦은 표면과 다르게 뒷면에는 기름때가 남아 있었다.

"—네 프로듀스는, 더러운 부분에서 눈을 돌리는 느낌이야☆"

"더러운…… 부분……?"

"응. 크리에이터를 상냥히 감싸주며, 즐겁게 앞으로 나아가려 하는 힘은 이미 일류 수준이야. 하지만, 그것만으로 만들 수 있는 작품은 카나리아 님 안목에선 아직 멀었어짹. 트라우마, 증오, 르상티망. 가슴 깊은 곳에 잠들어 있는 정념— 저주 같은 것을 억지로 도려내는 듯한 프로듀스를 할 수 있을까. ……네가 한 단계 더 도약할 수 있을지는, 거기에 달렸어."

"저도, 크리에이터의 부정적인 감정이 명작을 낳는다는 의식은 가지고 있어요."

"하지만 자기 손으로 그런 짓을 하지는 못하지~?"

"……윽!"

날카로운 지적, 이라고 생각했다.

나는 《5층 동맹》의 밸런스를 꽤 의식하고 있다. 멤버 중에 심리 상태가 위험한 이가 있다는 것은 자각하고 있으며, 컨트롤을 실수했다간 돌이킬 수 없는 사태가 벌어질 거라는 생각한다. 그래서 효율을 중시하면서도 신중하게, 신중하게, 의사 결정을 해왔다.

하지만 그것이 『저주』에서 눈을 돌리는 짓인 건가?

"예를 들자면 말이야. 너, 좋아하는 사람 있어?"

"어? 아니…… 저기. 그, 그게, 이 이야기와, 연관이 있어요?"

"즉답 못하는 걸 보면, YES네☆"

"자, 잠깐만요. 저 스스로는 모르겠단 말이에요! ……아."

무심결에 부정한 순간, 나는 실언을 했다는 것을 눈치챘다.

이래서야 자신이 느끼고 있는 명확하지 않은 감정이 연애 감정인지 아닌지 고민하고 있다고, 그런 생각을 품고 있다고 고백한 것이나 다름없다.

아니나 다를까, 카나리아는 이웃과 수다 떠는 주부 같은 눈길로 나를 쳐다보며 히죽거렸다.

"어느 쪽이야, 어느 쪽? 마시로 양? 아니면 이로하 양?"

"그 둘 중 한 명이라고 단정 짓는 건가요."

"무라사키 시키부 선생님은 절대 아닐 거 아냐. 나이 차이를 생각하면 상대방이 범죄자가 될 수도 있고, 캐릭터적으로도 공감성은 높지만 여친으로서는 완전 꽝인걸."

말이 심하네. 일단 사귀면 재미있을 상대라고는 생각하거든? 나는 사귈 생각이 전혀 없지만 말이야. 다른 사람한테는 매우 추천하는 상대라고. 한집에 살며 일러스트를 납기일에 맞춰 그리도록 구박해준다면 더 좋고 말이지.

"뭐, 제 교우 관계를 보면 의심스러운 건 그 두 사람이긴 하죠."

"쨉쨉. 양쪽 다 귀엽고 말이야☆"

"귀여운……가요. 뭐, 일반적으로 보면 그렇긴 하겠네요."

나는 미적지근한 어조로 그렇게 말할 수밖에 없었다.

"자기 눈에 어떻게 보일지는 가능하면 생각하지 않는 거지~?"

"……으음. 뭐, 그래요."

"그럴 것 같았어~. 바로 그런 점이야☆"

카나리아는 검지로 나를 가리키며 매끄럽게 윙크했다.

응, 짜증나네.

하지만 그녀는 그런 짜증나는 태도를 치우면서 진지한 분위기를 두르더니, 접시의 더러운 면을 쳐다보며 차분한 어조로 말했다.

"너는 말이지? 참 상냥하고 포용력이 있으니까, 마음 놓고 어리광을 부릴 수 있는 상대이긴 해도……."

카나리아는 나를 힐끔 쳐다보더니…….

불쌍히 여기는 듯한, 쓸쓸한 듯한, 체념이 어린 듯한 미소를 머금었다.

“더러운 부분을 보여줘도 될 상대는, 아냐.”

“제가…… 믿음직하지 못한 건가요. 신용할, 수 없는 거군요.”

“아냐, 정반대야. —너무 완벽해서, 그래.”

어디가?

나 이외의 《5층 동맹》 멤버들은 재능이 넘치는 천재들이다. 그들을 완벽하다고 표현한다면 납득이 될 것이다. 커뮤니케이션 능력 혹은 다른 부분에 문제가 있는 녀석들이지만, 자신의 분야에 있어서는 완벽하다 해도 과언이 아닌 실력을 지녔다.

하지만 나는 아무것도 없다. 그래서 모자란 부분을 노력과 효율화로 메워야만 한다.

그런데, 이 자칭 열일곱 살이 뭐라고 하는 걸까.

“남에게 폐를 끼치지 않고, 사심 없이, 적절한 거리를 유지하며, 자신들을 프로듀스하기 위해 최선의 길을 나아가는, 마치 히어로 같은 완벽 초인.”

“그게 대체 누구인데요. 저는 그런 사람이—.”

“네가 자기를 어떻게 생각하느냐와, 남들이 너를 어떻게 생각하는지는 완전히 별개의 문제야짹. 적어도— 아~, 그 애는 《5층 동맹》의 정식 멤버는 아니던가? 아무튼, 이로하 양의 행동을 보면 일목요연해짹.”

“이로하의 행동, 이라고요? 짜증나게 구는 것 말고는, 딱히 기억에 남는 게 없는데요."

"**수영복 입은 모습을 안 보여줬지**? 모처럼 바다에 왔는데 말이야~."

"네……?"

카나리아의 말은 수많은 의문 부호를 낳을 만한 파괴력을 지녔다.

이로하의…… 수영복이, 뭐?

나한테 수영복을 기대하게 해놓고, 실은 그 위에 겉옷을 걸쳤어요 같은 식의 짜증나는 장난을 쳤을 뿐이라고 생각하는데 말이다.

"영문을 모르겠네~ 하고 생각하는 표정이네~."

"아니, 당연하잖아요. 제가 완벽 초인이란 말과 수영복이 무슨 상관인데요?"

"어머어머쨱~. 너는 그 부분을 이해하지 못하는구나~."

카나리아는 손가락을 까딱거린 후, 질린 듯한 표정을 지었다.

"**자기 몸매에 자신이 없는 애한테, 수영복 차림은 최악의 오점이거든**~?"

"자신이…… 없는……?"

이 자칭 열일곱 살이 누슨 소리를 하는 걸까.

코히나타 이로하는 우리 학교의 전교생이 인정하는 초절정 미소녀다. 그녀 또한 나를 놀릴 때, 성적인 매력을 아낌

없이 동원했다. 자신의 미모와 몸매에 자신이 없다면 절대로 그런 짓을 못 할 것이다.

"에이, 그럴 리가 없어요. 반대라고요, 반대. 그 녀석은 그런 쪽으로 자신만만하거든요."

"역시 동정답네쨱. 귀여운 애일수록 가슴을 감춘다고 고전 역사서에도 적혀있어쨱."

"없거든요? 대놓고 거짓말하지 마세요."

"방금 그 말을 일단 제쳐두기로 하고~. 아무튼, 아키 군이여~. 가슴 이야기니까 가슴에 손을 대고 생각해봐쨱. —너, 이로하 양의 찌찌를 본 적 있어?"

"네……?! 이, 있을 리가 없잖아요!"

무심코 새된 목소리로 그렇게 외쳤다.

이 사람이 갑자기 무슨 소리를 하는 걸까. 같은 또래 여자애의 가슴을 쉽게 볼 수 있겠냐고. 그게 허용되는 건 소년지 계열 에로 코미디풍 하렘 러브코미디에서만이라고.

"왜 못 본다고 생각하는데?"

"보통은 보여주지 않잖아요."

"왜 보통은 보여주지 않는다고 생각하는데?"

"그야 부끄러우니까……."

"맞아. 즉, 이로하 양은 부끄러워하는 거야. 『자신이 없다』는 건 바로 그런 의미야쨱. 알몸을 보여줘도 부끄럽지 않은 건, 여신 프레이야나 밀로의 비너스, 그리고 카나리아 님 뿐일 거야짹."

"자기를 서양쪽 신화의 신들과 동급으로 취급하는 거예요? 멘탈 끝내주네요."

카나리아가 전혀 부끄러워하지 않으며 그렇게 말하자, 나는 쓴웃음을 머금었다.

"뭐, 사회적 지위 같은 건 아무래도 상관없어짹."

카나리아는 깨끗하게 씻은 접시를 식기 건조대에 두면서 그렇게 말했다.

"즉, 정신성의 문제야짹."

"정신성?"

"카나리아 님이 어깨를 나란히 하는 건 천상의 신들. 다른 하계의 인간들은 벌레나 마찬가지인 존재야짹. 벌레한테 알몸을 보여주더라도, 전혀 개의치 않잖아?"

너무해.

"그런 논리라면, 카나리아 씨는 하등 생물인 저한테 알몸을 보여줘도 전혀 부끄럽지 않겠네요?"

"보여줄까~?"

"자, 잠깐 스톱! 서슴없이 벗지 말아 주세요!!"

카나리아가 한치의 주저도 없이 옷을 벗어 던지려 하자, 나는 허둥지둥 말렸다.

농담을 했을 뿐인데, 진짜로 벗으려 하다니…….

"뭐, 아이돌은 간단히 알몸을 보여주면 안 되니까, 실은 안 벗을 생각이었지만 말이야☆ 그래도 알몸을 보여주는 게 딱히 부끄러운 건 아냐쨱."

"정말인가요……. 아니, 정말이겠죠……."

더 의심했다간 카나리아가 진짜로 옷을 벗어 던질 것 같았기에, 나는 일단 그 말을 사실이라고 여기기로 했다.

카나리아는 의기양양한 미소를 지었다.

"이게 바로 『부끄러움』의 본질이야쨱. 자기보다 랭크가 떨어지는 상대에게는 부끄러운 모습을 보여줘도 노 대미지지만, 자기보다 우위에 있는 상대나 빈틈없는 상대에게 부끄러운 모습을 보여주는 건 엄청 허들이 높아쨱."

말도 안 되는 소리 같지만, 왠지 설득력이 있는 것처럼 느껴졌다.

그게 카나리아의 말솜씨 때문에 그렇게 느껴지는 건지, 아니면 진리를 담고 있기 때문인지는 나도 판단을 내릴 수 없었다.

"더러운 욕망을 보여주지 않겠다. 상대에게 지나치게 다가서지 않겠다. 너의 그런 자제심은 다른 멤버의 자제심과 이어져 있어. ―그게 너의, 프로듀서로서의 가장 큰 약점이야."

"내…… 약점……."

"뭐, 금방 이해하는 건 어려울지도 몰라☆"

카나리아는 그렇게 말하며 빙글 돌아섰다. 그리고 고개를 기울이며 돌아보는 멋진 구도(애니메이션에서 흔히 보는 그

© tomari

거)로 나를 쳐다보더니, 윙크를 하면서 말했다.

"모처럼 이로하 양과 단둘이 놀 수 있게 됐으니까, 좀 더 한여름의 아방쮜르를 즐겨봐♪"

설거지도 얼추 끝났고, 할 말도 다 한 것일까.

카나리아는 그 말을 남긴 후, 바람처럼 주방에서 사라졌다.

"……더러운 욕망에서 눈을 돌리고 있다, 는 건가……."

카나리아의 모습이 사라진 후, 의자에 앉아서 그녀가 한 말을 되새긴 나는 그대로 등받이에 몸을 맡겼다.

엔터테인먼트의 본질은 욕망이다.

프로 편집자인 카나리아가 그것을 파내는 방법을 중요시하는 심정은 아마추어에 불과한 나도 이해할 수 있다.

실제로『검은 새끼 염소가 우는 밤에』를 제작하면서, 마키가이 나마코 선생님이 그린 거무튀튀한 정념을 게임에서 표현하려고 의식한다.

불안, 공포, 질투, 분노, 그리고 사랑—.

안전을 갈구하는 욕구와 인정받고 싶어 하는 욕구, 소유욕과 성욕, 그런 것을 자극해서 유저의 마음을 흔들려 하는 것이다.

하지만 듣고 보니, 그것은 누군가가 품고 있는 욕망이다.

나 자신의 욕망이 아닌 것이다.

사랑—. 창작의 세계에서, 신화시대부터 내려온 이야기다.

인간이 지닌 욕망 중 가장 두드러진 것. 근원적인 욕구라

해도 과언이 아니다.

"아…… 그래……."

그 점을 이해하지 못해선, 오히려 비효율적일지도 모른다.

카게이시 마을에서의 그 어처구니없는 의식을 치른 후로 내 가슴속에서 막연히 맴돌고 있는, 이로하를 향한 감정.

그 녀석의 얼굴을 보기만 해도 맥박이 조금 빨라졌다.

그 녀석이 치근덕거릴 때마다, 얼굴이 새빨갛게 달아올랐다.

그 녀석의 목소리를 듣기만 해도…….

그 녀석의 샴푸 향기를 맡기만 해도…….

그 녀석의.

그 녀석의.

그 녀석의…….

물거품처럼 무수히 생겨났다 사라지는 『그 녀석』의 특징과, 그에 대해 반응하고 마는 나 자신을 객관적으로 관찰하자, 보이기 시작하는 것이 있다.

코히나타 이로하. 나한테만 짜증나게 구는 친구 여동생.

나 자신의 욕망에 비춰봤을 때, 나는 그 녀석을 어떻게 하고 싶은 걸까. 어떻게 생각하고 싶은 걸까.

그 답을 찾아야만, 카나리아를 넘어설 수 있다면…….

오즈와 무라사키 시키부 선생님과 마키가이 나마코 선생님에게, 《5층 동맹》의 멤버들과 계속 함께할 수 있는 거라면…….

사랑과 청춘을 버리고, 전력을 다한다는 선택지 자체가

잘못된 것이라고 봐야 한다.

그런 것에 정신이 팔렸다간, 내 실력으로는 그들을 쫓아 갈 수 없다. 더욱, 더욱 대단해져야만 한다. 하지만 그 바람에 자신의 욕망과 감정과 마주하지 못하게 된다면, 그 녀석들의 재능을 끌어낼 수 없다.

심각한 딜레마다.

게다가, 만약 「사랑」이 내 목표를 달성하는 데도 필요하다면…….

용기를 내 「사랑」과 마주한 끝에 고백까지 한 마시로에게, 나는 대체 무슨 짓을 한 것일까.

지금 자신의 가치관을 교정한다면, 마시로에게의 대답이 달라질까. 아니면, 내 목표와 상관없이 결과는 달라지지 않을까.

알 수 없다. 나도 무엇이 정답이고, 어디로 향하면 될지 알 수가 없었다.

이 게임, 난이도가 너무 높잖아. 나 같은 평균적 능력치의 인간도 클리어할 수 있게 설계하라고.

"나는…… 대체, 어떻게 해야 할까……."

*

『가장 간단한 답이 눈앞에 있는데, 역시 아키는 그걸 선택하지 않는구나.』

『…………..』

『힌트는 내가 아키에게 사랑과 청춘을 추천한다는 점이야.』

『……그건, 네가 좋은 녀석이라서잖아.』

『좋은 녀석인 내 선의에 따를 수는 없는 거야?』

『…………..』

『바로 그런 점이야, 아키. ……뭐, 그게 아키답지만 말이야.』

009 제9화 …… 친구 여동생이 나한테만 비키니

그 후로 하루, 또 하루가 흘렀다.

일러스트는 캐릭터 디자인 후에 스탠딩 일러스트와 카드 러프, 데생, 컬러 작업 등의 작업 공정으로 순조롭게 진행되고 있으며, 시나리오 또한 본문이 착착 완성되고 있다.

물론 최고의 퀄리티로 말이다.

누구보다도 『검은 새끼 염소』와 진지하게 마주해온 나는 알 수 있다. 카나리아의 주도하에 만들어진 이 캐릭터 시나리오는 이제까지의 시나리오 중 최고의 완성도를 자랑할 것이다.

걸작이라 평가하는 유저의 목소리를 벌써 예상할 수 있다.

게다가 오즈가 만든 AI가 현재 유저의 진척 상황과 과거의 방대한 데이터(신 캐릭터의 입수율, 스토리 열람률, 에필로그 도달률, 이탈률 등등)에서 적절한 게임 밸런스를 산출해, 코쿠류인 쿠게츠를 원하는 층이 아슬아슬하게 클리어할 수 없는 난이도로 설정해줄 것이다.

오즈가 완성된 소재로 임시 스크립트를 짜고, 그것을 감수 담당인 카나리아가 확인하면서 미세 조정을 한다.

그런 일련의 흐름은, 제삼자의 입장에서 보면 프로의 업무 그 자체였다.

이렇게 완벽하게 맡은 일을 소화하는 《5층 동맹》 동료들을 보면서 이들이 얼마나 우수한지, 나는 다시 인식했다.

이 녀석들은 정말 대단해.

그래서, 나는 의문에 휩싸이고 만다.

—너는 이 녀석들을 이끌 그릇을 지녔을까?

—카나리아를 비롯해, 프로 편집자나 프로듀서가 그들의 재능을 너보다 더 잘 끌어낼 수 있지 않을까?

—《5층 동맹》으로서 일하는 것보다, 『검은 새끼 염소가 우는 밤에』를 만드는 것보다, 훨씬 유익한 일이 얼마든지 있지 않을까?

—너만 할 수 있는 일이 대체 뭐지? 너는 누구지? 너는 저들에게 뭘 줄 수 있지?

너는. 너는. 너는.

그 의문에 답하지 못한다면, 나는 이 팀에 속할 자격이 없다.

내가 빠져야 《5층 동맹》 멤버가 최고의 결과물을 내놓을 수 있다면, 마땅히 그렇게 해야 한다.

"선배~! 이거 좀 봐요! 모양이 신기해요!"

"그래."

"우와, 커다란 게가 있네요. 어, 새까맣네. 으음, 게는 보통 빨갛지 않아요?"

"그래."

"아하하! 이 불가사리, 절묘하게 징그러우면서 귀엽네요! 술에 취해서 소파에서 퍼질러 자는 스미레 쌤을 닮았어요!"

"그래."

"……저기, 제 말 듣고 있는 거예요?"

"그래."

"……………………."

"그래."

"귀엽디 귀여운 이로하 양의 수영복 차림이 너무 고대되어서, 마음이 딴 곳을 여행 중~ 같은 상황이에요? 정말~. 선배는 진짜 못 말리는 색골이라니까요☆"

"그래……."

"……………………."

"그래."

…………………….

"그르—."

"적, 당, 히, 해~~~~~!!!"

"우왓?! 갑자기 뭐하는 거야?"

갑자기 얼굴에 뭔가가 부딪친 듯한 느낌이 들었다.

그 뒤를 이어 이로하의 큰 목소리도 들렸다.

얼굴에 찰싹 달라붙은 그것을 떼어내 보니, 재미있는 형태를 한 불가사리의 배 부분이 눈에 들어왔다.

그로테스크하네.

"아까부터 정신이 어디 팔린 거예요? 저희가 뭘 해야 하는지, 잊은 건 아니죠?"

"으음…… 뭐였지?"

"고기잡이예요."
"잠깐만. 어쩌다 그렇게 된 거야?"

퍼뜩 정신을 차려보니, 물가에 멍하니 서 있는 내 오른손에는 작살 같은 것이 쥐어져 있었다.

발치의 통에는 조개와 게 같은 것이 가득 들어 있었다.

플라스틱 통의 표면이 게의 집게에 긁히는 소리가 파도 소리와 섞이는 가운데, 이로하는 어이없다는 듯한 눈길로 나를 쳐다보았다.

"선배가 말했잖아요. 『우리가 할 수 있는 일을 하자』 고요."

"그게 왜 고기잡이인 건데?"

“신선한 해산물로 고생 중인 이들의 기운을 북돋아 주자! 같은 슬로건을 내걸었던 기억이 있네요. 사흘 전쯤에요.”

“그런 이야기를, 했었나……. 그리고 신선하긴 하겠지만, 이걸 먹어도 되는 거야?”

“……솔직히 자신이 없어요.”

통 안에서 꿈틀거리고 있는 녀석들은 슈퍼나 어시장에 파는 것들과 달라 보였다.

독이 있을지도 모르니, 먹는 건 좀 그럴 것 같았다.

내가 그렇게 제안하자, 이로하는 집으로 돌아가렴~ 하고 말하며 통을 뒤집어서 해산물들을 해방시켜줬다.

이제야 생각이 났는데, 이 고기잡이는 진심으로 시작한 게 아니며, 우리가 진짜로 해야 할 일 또한 아니다.

다들 일주일 안에 신 캐릭터 투입 작업을 완료하기 위해 필사적으로 일하고 있는데, 나만 이로하와 단둘이 여름을 만끽할 수는 없다. ……아, 마시로는 신 캐릭터와는 상관없는 일을 하고 있지만, 사소한 건 그냥 넘어가도 될 것이다.

나와 이로하는 「우리 나름의 작전」을 수행하면서, 아이디어를 촉진하기 위한 운동 겸 해산물을 잡아서 다른 이들의 기운을 북돋아 준다면 최고일 거라는 얕은 생각을 했다. 그 결과, 고기잡이를 시작한 것이다.

……하지만, 이로하의 지적이 사실이라면, 아무래도 나는 얼이 나가 있었던 것 같다.

하루, 또 하루.

중도 경과 확인 삼아 동료들이 이룩한 최고의 결과물을 볼 때마다, 내 텐션은 쑥쑥 하락했다.

한심한 일이다. 자신이 관여하지 않은 상태에서 만들어진 『검은 새끼 염소』를, 질투하다니 말이다. 이것은 나 혼자만의 콘텐츠가 아니다. 《5층 동맹》 동료 전원이 힘을 합쳐 만든 콘텐츠이며, 애초부터 내 것이라 부를 수 있는 게 아니다. 그러니 빼앗겼다고 여기며 침울해할 자격은 없다.

“하아…….”

“정말~. 표정이 왜 그렇게 칙칙한 거예요! 에잇.”

“푸읍?! 인마, 그만해.”

이로하가 바닷물을 발로 걷어찼다.

며칠간의 별장 생활 동안 상처가 완전히 아물면서, 이로하의 발은 완치됐다. 그런 그녀가 발로 물을 날리자, 나는 몸을 살짝 비틀었다.

입안에서 바닷물의 짠맛이 감돌자, 나는 인상을 찡그렸다.

그 모습을 본 이로하가 아하하☆ 하고 웃었다.

“꼴사납네요☆.”

“이, 인마…….”

“선배 잘못이에요. 모처럼 초절정 미소녀 이로하 님과 단둘이 놀 권리를 얻었는데! 정신이 딴 데 가 있잖아요.”

“방치한 건 미안하게 생각해. ……그래도, 이해해 달라고.

생각할 게 좀 있거든."

"이번 신 캐릭터 투입에 관한 거죠?"

"그래……."

"부~~~우. 으으으~. ……선배, 잠깐 저 좀 봐요."

"응?"

이로하는 주위를 두리번거리면서 목소리를 낮췄다. 프라이빗 비치인 이 장소에서는 남의 시선이나 목소리를 신경 쓸 필요가 없겠지만, 그녀는 내 팔을 잡으면서 남들 시선을 의식하듯 어딘가로 끌고 갔다.

대체 왜 이러는 걸까. 나는 그렇게 생각하면서도, 순순히 이로하를 따라갔다.

곧 우리는 약간 으슥한 곳에 있는 바위 밭에 도착했다.

별장 입구에서도 사각지대이니, 이곳은 그야말로 사람들의 눈길이 닿을 리 없는 은밀한 장소였다.

"어, 어이, 이로하. 뭐 하려는 거야?"

"잔말 말고 거기 앉아봐요. 허리업~."

"으, 응."

이로하에게 압도당한 나는 순순히 바위에 걸터앉았다. 두 발로 바닥을 디뎌서 균형을 잡으며, 똑바로 앉으려 했다. 하지만 그게 의외로 어려운 탓에, 곧 평행감각을 잃고 비틀거릴 뻔했다.

바로 그때, 이로하가 내 코앞까지 얼굴을 쑥 내밀었다.

"윽?! 뭐, 뭐하는 거야?"

나 스스로도 목소리가 떨린다는 것을 느낄 수 있었다.

숨결이 닿을 만큼 가까운 거리에 이로하의 얼굴이 있는 상황이지만, 나는 얼마 전까지만 해도 일상다반사적으로 이런 일이 벌어져도 전혀 개의치 않았다.

하지만 지금은 그럴 수가 없었다. 이로하의 얼굴이 이렇게 가까운 곳에 있으니, 의식할 수밖에 없었다.

벽쿵을 하는 요령으로 표본에 나비를 고정하듯 내 몸을 옭아매더니…….

무적의 강자라고 주위에서 여겨지는 불로불사의 미소녀 같은 강자의 아우라가 물씬 묻어나는 목소리로, 이로하는 말했다.

"나의 동포여. 어둠을 드러내며, 내 칠흑의 불꽃과 뒤엉키거라."

"뭐……?"

"직역하자면 『고민이 있으면 말해봐요. 힘이 되어드릴게요』예요."

"왜 일본어에서 일본어로 번역할 필요가 있는데? ……어, 잠깐만 있어 봐."

어라? 이 데자뷔 같은 느낌은 뭐지? 최근에 이렇게 말을 빙빙 둘러서 하는 캐릭터를 본 것 같은데 말이야.

"코쿠류인 쿠게츠예요. 선배가 연습해두라고 말했잖아요."

"아…… 그래. 코쿠류인 쿠게츠구나."

"그래요. 아직 각본이 안 나왔으니까, **저와 선배가 예상하는 코쿠류인 쿠게츠**, 지만 말이에요."

다들 열심히 일하고 있는 상황에서 우리가 할 수 있는 일 중 하나가 바로 이것이다.

시나리오가 완성되면 바로 레코딩을 할 수 있도록, 캐릭터 구상을 미리 시작해두는 것이다.

피서지에서 작사 작곡 수행 중인 오토이 씨에게 돌아와달라고 해야겠지만, 그 사람은 불평을 늘어놓으면서도 협력해 줄 것이다. 이럴 때를 대비해, 샤인머스킷 케이크를 파는 가게도 조사해뒀으니 말이다.

"……그런데, 왜 일부러 코쿠류인 쿠게츠를 연기하는 거야? 그리고 고민이 있으면 말해 봤자 나는 딱히 고민 같은 건 없다고."

"이 어리석은 놈!"

찰싹!

"아프……지는 않네."

뺨을 맞았지만, 나를 때린 건 손바닥……이 아니라, 불가사리였다.

"자신의 어둠조차 컨트롤하지 못하는 미숙한 자여. 주인인 나에게 참회의 공물을 바치지도 못하겠다는 것이냐?(혼자 안고 있지 말고, 뭐든 말해봐요)"

"……언제까지 이 역할 연기를 계속할 거야?"

"선배가 속내를 털어놓을 때까지예요☆"

새로운 치근덕의 일종, 인걸까? 캐릭터 구상의 완성도가 높아질수록 캐릭터 시나리오의 질도 향상될 테니, 나로서는 만만세다.

"속내는 무슨. 나는 예전이나 지금이나 달라진 게 없어."

다른 이들—《5층 동맹》에 모인 재능 넘치는 이들과 함께하기 위해서도, 나는 노력을 멈출 수 없다. 그 노력의 방향성이 올바른지, 내가 할 수 있는 일이 더 있지 않을지, 뭐가 부족한 걸까, 그런 생각에 빠져있는 것—.

"—그런 건, 전부터 생각해왔던 거야."

지금은 그 양이 아주 약간 늘어났을 뿐이다.

내가 드문드문 늘어놓는 말을, 이로하는 진지하게 들어줬다.

그리고, 갑자기 **불로불사의 미소**을 머금더니…….

"요란(擾亂)의 꽃을 하나로 모으는 자. 아름다운 꽃에 닿은 그 손이, 독가시에 찔리고 만 것인가(천재에게 둘러싸인 자가 느끼는 초조함, 이란 건가요)."

"……초조함, 일까. 뭐, 마음의 정리가 된 줄 알았더니 실은 그렇지 않았던 걸지도 몰라."

"꽃을 시샘할 필요는 없노라. 그대는 꽃마저도 시샘하는 신목(神木)일지니(선배는 충분히 특별하다고 생각하는데요).”

“어디가 말이야. 특별한 구석이 전혀 없는 대체 가능한 물건이잖아. 내가 《5층 동맹》에 필요없는 존재라면, 사라져도 된다고 생각해. 그게 가장 효율적인 판단이라면, 주저 없이 그걸 선택할 수 있어.”

아니, 그때가 온다면 나는 적극적으로 그렇게 해야만 한다.

인간의 진리는 유약하고 추악하다.

처음에는 숭고한 이념에 따라 활동해온 인간마저도, 자신의 정의를 지나치게 신봉한 나머지 대의를 위해 악행을 저지르게 된다. 독재적인 원맨 사장이 경영하는 악덕 기업에 싫증이 나서 자신이 생각하는 이상적인 회사를 만들려고 한 경영자가, 어느새 자기 또한 부하를 괴롭히게 되는 것이다.

재능이 있으면서 사회에 녹아들지 못한 녀석들이 있을 곳을 만들어주려 한 인간이, 자기 보신을 위해 그들에게서 기회를 빼앗는 일도 충분히 있을 수 있다.

그러니 나는 항상 자기 자신에게 엄격해지려고 했다. 자기가 그들에게 좋은 일을 해주고 있다, 은혜를 베풀고 있다, 같은 생각을 조금이라도 하게 되면 언젠가 모든 것이 파탄나고 만다. 자신이 있을 곳에 조금이라도 집착하게 된다면, 언젠가 올바른 길에서 벗어나고 만다.

이 세상에 넘쳐나는 빌어먹게 비효율적인 인간 및 조직과 같은 말로를 맞이하게 될 것이다.

그렇게 생각했다.

"……생각, 했는데……."

흘러나왔다. 이것도 카나리아의 작전인 걸까?

나를 나태의 나락에 빠뜨리기 위한 비열한 함정인 걸까?

자신의 약점, 드러내선 안 되는 추악한 부분이, 입에서 흘러나왔다.

그런 내 입가에는 허세를 부리듯 쓴 웃음이 어려 있었다.

"이렇게 실력 차이를 실감하니, 꽤 괴롭네."

나는 볼을 긁적이며 그렇게 말했다.

"선배……."

"아, 미안해. 약한 소리를 해봤자 소용없지."

1년 전과 지금은 상황이 다르다.

오즈의 커뮤니케이션 개조는 순조롭게 진행 중이고, 지금은 대외적인 부분을 꾸밀 줄도 안다. 무라사키 시키부 선생님의 본가 문제 또한 해결됐다. 『검은 새끼 염소가 우는 밤에』의 인지도도 상승했으며, 이 작품에 관여하는 크리에이터들의 시장 가치 또한 올라갔다.

그들의 재능은, 세간으로부터 인정받고 있다 해도 과언이 아니다.

하지만…….

"카나리아 씨를 일 처리를 보니, 이제 내가 없어도 되겠다는 생각이 들었어."

막상 입을 여니, 의외로 매끄럽게 말이 입 밖으로 흘러나왔다.

"물론 카나리아 씨는 슈퍼 편집자니까, 아무나 할 수 있는 일은 아닐 거야. 하지만 저 정도 레벨은 아니더라도, 일정 수준 이상의 프로듀서라면 지금의 《5층 동맹》을 충분히 이끌어갈 수 있을 거라고 생각해."

입을 열자, 마르지 않는 강처럼 말이 계속 흘러나왔다. 그리고 상류에 물이 괴이면서, 하류로 더러운 흙모래를 옮겼다.

"하지만, 이런 생각이 머릿속을 스치고 지나가. ……내가 여기까지 이끌어왔으니까, 다른 프로듀서가 저들의 재능을 눈치챌 수 있었다는 생각 말이야."

그 더러운 진흙물 때문에 구역질이 날 것 같지만, 이제 와서 물줄기를 막을 수는 없었다.

"진짜, 더럽고 추악한 생각이야. 이건 《5층 동맹》의 이익에 눈곱만큼도 도움이 되지 않는, 비효율적이고 저질스러운 독점욕에 지나지 않아. ……즉, 나는 그저 질투에 사로잡혔을 뿐인 거야. 하하."

결국, 전부 말하고 말았다.

말을 한 덕분에 마음이 편해졌다. 그리고, 다시 자기혐오에 사로잡혔다.

이렇게 비생산적인 푸념을 늘어놓는다고 해서, 뭔가가 달라지지도 않는 것이다.

"선배……."

봐. 이로하도 난처하다는 듯이 굳어버렸잖아.

"아, 방금 내가 한 말은 그냥 못 들은 걸로 해줘."

그래서 나는 허둥지둥 캔슬을 요청했지만…….

"……(절레절레)."

이로하는 아무 말 없이 고개를 저었다.

내 제안을 무자비하게 거절하더니, 가슴 때문에 약간 봉긋한 래시가드의 지퍼 부분을 한 손으로 꼭 움켜쥐었다.

그리고…….

"동포여, 누에고치 안을 드러내 준 것을 기쁘게 생각하노라(이야기해줘서 고마워요)."

이로하는 부드러운 미소를 머금으며 말했다.

"어둠 속을 사는 권속인 나는 그대가 뿜는 눈부신 빛에 항상 몸이 타들어 가고 있지(저는 선배가 참 눈부시다! 고 생각하거든요?)"

"……그건 착각이야. 실은 이렇게 더럽고, 약해빠진 녀석이거든."

"……………………."

이로하가 자신을 과대평가해주자, 나는 자기혐오에 휩싸인 채로 그렇게 대꾸했다.

이로하는 슬퍼하듯 눈을 가늘게 떴다. 그 어떤 격려의 말을 건네더라도, 솔직하게 받아주지 않으리라는 것을 눈치챈 것 같았다.

나 또한 그 어떤 말을 듣더라도 자신에 대한 혐오감을 떨쳐낼 수 있을 것 같지 않았다.

"그런가요. ……그럼, 저한테도 생각이 있어요."

이로하는 무슨 생각인지, 갑자기 래시가드의 지퍼를 손가락으로 잡더니…….

"두 눈 똑똑히 뜨고 보거라!"

저주받은 구속구를 파괴하듯, 단숨에 **래시가드를 벗어던졌다**.

"아…… 어……?"

어떤 반응을 보여야 정답인 걸까.

나는 이로하가 눈앞에서 보인 행동의 의미를 알 수 없어서, 그저 입을 동그랗게 벌린 채로 눈만 깜빡였다.

—오만하고 불손한 불로불사의 미소녀, 코쿠류인 쿠게츠라면, 벌레나 다름없는 아랫것들에게 아무렇지 않게 자신의 속살을 보여줄 수 있다. 그런 의미인 걸까.

처음에 머릿속에 떠오른 것은 눈부실 정도로 새하얗다, 라고 하는 흔하디 흔한 표현이었다.

태양의 빛이 바위에 막혀서 희미하게 그림자가 드리워져 있지만, 수영복에 감싸인 이로하의 새하얀 피부를 가리지는 못했다. LIME으로 나한테 보냈던 그 이미지를 봤을 때부터 알고 있었지만, 이로하가 입은 레몬 향기마저 감돌 듯한 밝은 색상의 비키니는 태양 같은 이미지를 지닌 그녀에게 잘 어울렸다.

밸런스 잡힌 볼륨감을 지닌 다리는 길고 날씬했으며, 허리와 복부의 매끄러운 곡선은 잡지 모델 저리 가라 할 정도의 몸매를 과시하고 있었다. 가슴 부분도 예상대로라고나 할까……. 때때로 등이나 팔에 닿은 감촉을 통해 예상은 했지만, 아, 물론 항상 머릿속에 맴돌고 있었다는 착각은 하지 말아줬으면 하지만, 아무튼, 남자로서 당연한 범주에서 상상한 대로, 상당한 볼륨의 계곡을 자아내고 있었다.

―아, 내 머릿속 실황에는 별다른 정보가 들어가 있지 않으니 그냥 다음 한 문장만 기억하면 충분하다.

비키니 차림의 글래머 여고생이 눈앞에 존재했다. 끝.

"서, 선배. ……선배가 입 다무니까, 더 부끄러운데요."

"어? 아, 응. 미안해. 하, 하지만, 이 상황에서 내가 무슨 말을 하냐고……."

나는 네가 왜 갑자기 수영복 차림을 선보였는지도 감이 오지 않았다.

방금 벗은 래시가드를 스카프처럼 두 팔에 걸친 이로하는 얼굴을 붉히며 시선을 피했다. 그런 모습을 보니 나 또한 동정답게 가슴이 콩닥콩닥 뛰었지만, 이 녀석은 그런 내 심정

© tomari

을 알고 있는 걸까.

"저는 이래 봬도 학교에서 꽤 귀엽다는 소리를 들어요."

"……알아."

그러고 보니 이 녀석은 어느새 코쿠류인 쿠게츠의 말투를 쓰지 않게 됐다.

지금 이 자리에 있는 건, 어디까지나 코히나타 이로하다.

"우주에서 가장 귀엽다며, 같은 반의 모든 남자애가 연모의 정이 담긴 눈길을 보내와요."

"스케일이 엄청나네."

"참고로 수영 수업은 남녀가 따로 해서, 제 학교 수영복 차림조차도 우리 학교 남학생들은 본 적 없어요."

"아하……. 무슨 이야기를 하고 싶은 건지, 감도 안 와."

"참고로, 오빠도 본 적 없어요."

"그러니까, 무슨 소리가 하고 싶은 거냐고!"

"저, 정말…… 믿기지 않네요. 이렇게 말했는데도 감이 안 오는 거예요?!"

"감은 무슨! 내가 알아듣기를 바란다면 그냥 솔직하게 말해!"

"그~러~니~까~! 선배한테만 보여준 거라고요! 제…… 수영복 차림을!"

이로하는 두 눈을 꼭 감으면서 그렇게 외쳤다.

이로하는 얼굴이 새빨개진 상태에서 입술을 부들부들 떨면서도, 얼마든지 보란 듯이 두 손을 좌우로 활짝 벌렸다.

"이걸로 평균에서 벗어난 거라고요!"

"뭐?"

"우리 학교 남학생 중 그 누구도 못 본 걸, 선배는 봤어요. 다들 망상만 하는, 이로하 님의 귀중한 수영복 차림을 실제로 봤으니까, 선배가 아무리 자신을 헐뜯더라도 『이로하 님의 수영복 차림을 본 적 있는 사람 랭킹』에서 세계 1위로 우뚝 올라섰단 사실은 절대 사라지지 않아요!!"

궤변에도 정도라는 게 있다는 생각이 들 만큼, 너무나도 어처구니없는 논리다.

하지만 이로하의 그 행동과 말에서는, 풀이 죽은 나를 위로해주려 하는 애정이 가득 담겨 있었다. 그것이 남녀 사이의 연애 감정이냐 아니냐 같은 사소한 점을 떠나, 이것이 그 어떤 종류의 감정이든 간에 이 녀석이 나를 생각해주고 있다는 사실에는 확신을 가질 수 있었다.

후배가 이렇게까지 나를 생각해주다니, 나는 참 못난 선배란 생각이 들었다.

"……고마워."

볼을 긁적이며 고개를 돌린 나는 솔직한 마음으로 그렇게 말했다.

멋쩍기는 하지만, 이 상황에서 고맙다는 말도 하지 않는 매정한 녀석이 되고 싶지는 않았다.

"나처럼 약한 소리나 늘어놓는 한심한 놈도, 너는 위로해주려고 하는구나."

"무슨 소리를 하는 거예요. 개인적으로는 선배가 이제야 속내를 털어놨다고 생각하거든요?"

"……거기까지 꿰뚫어 본 거야?"

"아, 그런 건 아니에요. 하지만 보답을 바라지 않는 자세나, 평소 하는 행동을 보고 말이죠? 무너지거나 포기해도 이상하지 않을 타이밍에도 절대 약한 소리를 안 하니까, 진짜로 아무 공격도 안 통하는 초인인지, 약한 모습을 숨기고 있는 건지, 감이 안 오더라니까요. 대체 왜 이제까지 아무 말도 안 한 거예요?"

"동료한테 괜한 걱정을 끼치는 건, 효율적이지 않거든."

정신 상태는 창작에 큰 영향을 끼친다.

푸념이나 약한 소리를 늘어놓는 건 쉽지만, 그 바람에 《5층 동맹》 멤버의 생산성이 떨어진다면 본말전도다.

"저기, 말이에요. 예전부터 엄처~~~~엉 하고 싶었던 말이 있거든요? 마침 좋은 기회니까 말할게요."

"응? 아, 그래. 좋아."

왠지 이로하의 눈빛에 질린 기색이 어린 듯한 느낌이 들었다.

"……읏?! 뭐, 뭐 하는 거야?!"

이로하는 바위에 걸터앉은 나와 몸을 맞댔다. 노출도가 상당한 수영복을 입은 이로하가 다가오는 것만으로도 자극적인데, 얼굴까지 이렇게 내미니 머릿속이 익어버리는 것 같았다.

하지만 버둥거리는 나를 표본처럼 고정시키려는 듯이, 이로하는 내 가슴에 자신의 가는 손가락을 댔다.

"《5층 동맹》."

"……응?"

"선배가 말하는 효율이란, 《5층 동맹》의 멤버가 최대한 빠르게 행복해질 수 있게 하기 위한 효율인 거죠?"

"응, 나는 그렇게 여기고 있어."

"그럼 이대로 간다면 선배는 효율충 실격이에요."

"……그렇구나. 나한테 부족한 게 대체 뭐야?"

"자신한테 잘못이 있을 거라고 의심하며, 부족한 부분이 있을 거라고 여기는 점이에요."

"그 선문답 같은 대답은 뭐야?"

"조금만 더 자기 자신을 소중히 여기는 게 어때요? 란 말이에요! 왜냐하면—."

이로하는 내 가슴에 손가락을 댄 채, 진지한 눈길로 쳐다보며 말을 이었다.

"《5층 동맹》에는 선배도 포함되어 있으니까요."

"……윽."

"선배 본인이 행복해질 수 없다면, 그건 실패에 불과해요."

이로하의 몸 중에서 나한테 닿아있는 부분은 그녀의 손가락뿐이다.

하지만 손가락을 통해 전해진 열기가, 내 피부를 타고 퍼져나가는 듯한 느낌이 들었다.

"……하지만 어쩔 수 없어. 이게 내 성격이라고."

"알아요☆"

이로하는 히히~ 하고 심술궂은 웃음을 흘리며 말했다.

"참고로 선배는 방금, 『이로하 님의 맨살에 닿은 적이 있는 사람 랭킹』에서도 세계 1위로 도약했거든요? 선두에 우뚝 선 감상을 들려주세요☆"

"또 괴상한 랭킹을……. 다른 참가자가 있긴 한 거야?"

"당연히 없죠! 참고로 실은 『이로하 님을 자기 방에 눌러앉게 한 사람 랭킹』에서도 세계 1위이고, 『이로하 양과 몸을 밀착시킨 적 있는 사람 랭킹』에서도 세계 1위니까, 실질적으로 선배는 세계 1위의 남자예요☆"

"그런 식으로 나누면, 누구나 세계 1위가 될 수 있을걸?"

"에헤헤. 아무래도 선배는 칭찬을 받는 걸 싫어하는 것 같네요. 선배가 싫어하는 일을 하자는 게 신조인 저로서는! 과감&적극적으로, 선배를 세계 1위의 남자로 만들 작정이에요!"

이로하는 경례를 하더니, 평소의 짜증나는 미소를 머금었다.

—정말, 못 말릴 녀석이다.

하지만, 왜일까.

이제까지는 생각하지 않으려고 했지만, 어쩌면 결연의 의식을 계기로 내 관점에 변화가 생겼기 때문일까.

논리나 합리성 같은 건 전부 내팽개친, 짜증의 극치라 해도 과언이 아닌 이로하의 저 독자적인 수수께끼 이론이…….

나를 놀리기 위해 세계 1위의 남자라 불러대면서, 히히히 하고 있는 이로하의 미소가…….

내 심장을 움켜잡은 것이다.

그것이 연애 감정이라고 하는 건지는 솔직히 모르겠다.

단 하나, 확실한 게 있다면…….

나는 지금, 이로하를 「귀엽다」고 생각하고 있다.

물론, 이전에도 세간의 일반적 상식에 비춰본다면 귀여운 부류에 속한다고 여겼으며, 입을 다물고 본성만 드러내지 않는다면 이 세상 모든 남자가 귀엽다고 여길 거라고 생각했지만…….

지금, 내가 확신한 것은 그런 의미에서 「귀엽다」는 것이 아니다.

짜증나게 구는 이로하도, 귀엽다.

전략적으로, 효율적으로 연애 전쟁을 치르려고 한다면, 좋아하는 사람에게 불합리하게 심술을 부릴 필요는 분명 없다.

좋아하는 상대에게 일부러 심술을 부리는 녀석, 일부러

툴툴대는 녀석은 라이트노벨이나 애니메이션에만 나오는 가공의 존재다. 현실의 여자는 좋아하는 남자에게 감정이 묻어나는 미소를 지으며, 명명백백한 연모의 정을 드러낼 거라고 생각했다.

하지만 지금, 내 안에서는 그 논리가 뿌리부터 소리를 내며 무너지고 있었다.

짜증나면서도 귀여운 여자애가 실존한다면. 짜증나게 구는 것이 상대방이 귀엽다고 느낄 수 있는 행동이라면. 전략적 및 효율적으로 봐도, 그것은 연애 전쟁을 수행하는 전술로써 전혀 모순되지 않는다.

이로하가 나에게 어떤 감정을 품고 있는지는 알 수 없다. 호의를 가지고 있는 것 같지만 그것이 연애 감정이라 단정할 수는 없으며, 단순히 이로하가 좋은 녀석일 뿐일지도 모른다.

단 하나 확실한 건, 내가 이로하를 짜증나면서도 귀여운 녀석으로 인식하고 말았다는 점이다.

내가 이로하에게 느끼는 이 가슴의 떨림이 연애 감정인지는 확실하지 않다. 이해하지 못하는 걸 보면, 올바른 연애 감정은 아닐 것이다.

하지만 마시로에게 고백을 받고 마음이 흔들렸을 때처럼, 귀여운 여자애를 상대로 느끼는 두근거림을 이로하에게서도 느끼고 만 것은 엄연한 사실이다.

성적인 의미에서, 만이 아니다.

짜증나게 치근덕거리고, 짜증나게 웃으며, 짜증나게 구는 이 친구 여동생을, 그 꾸밈없는 짜증스러움을, 짜증나기는 하지만 귀엽다고 생각하고 말았다.

"…………윽!!"

그것을 자각한 순간, 자신이 히죽거리고 있단 사실을 눈치챈 나는 입가를 손으로 가리며 고개를 돌렸다.

그러자 이로하는 재빨리 내 반응을 눈치챘다.

"아~. 방금 선배가 멋쩍어했어!"

"그, 그런 적 없어."

"거짓말~. 얼굴이 빨갛거든요. 히히히, 그래요. 선배도 남자군요. 이로하 님의 수영복 차림에 완전히 함락되어버린 거네요☆"

"시, 시끄러워. 괜히 기어오르다가— 하응?!"

"아하하. 하응, 이라고 말했어~! 선배는 의외로 피부가 민감하네요~."

이로하는 내 피부에 원을 그리듯 손가락을 움직였다.

피부를 통해 오싹한 느낌이 등골을 타고 올라오자, 나는 무심코 신음을 흘렸다.

"하, 하지 마. 나, 그런 거에, 약하단……."

"스륵스륵. 스륵스륵. 스륵스륵스~륵!"

"그만해~!"

"아하하. 역시 선배를 놀리는 건 재미있네요~. 당분간 못 끊을 것 같아요☆"

신음을 흘리는 나를 보며 웃고 있는 이 무시무시한 여자, 코히나타 이로하…….

하지만 하고 싶은 일을 하려고 하는, 욕망을 드러내며 즐기려 하는 그 자세를 보고 눈치챘다.

카나리아는 지적했었다. 내가 좀 더 자신의 욕망을 겉으로 드러내도 괜찮을 거라고 말이다.

그저 《5층 동맹》을 위해 헌신하기만 하는 것이 아니라, 거기에 포함되는 자신이란 요소에서 눈을 돌리는 게 아니라…….

그것마저도 포괄해서 이득을 얻을 수 있는 길을 모색하는 것도……. 효율적인 게임 운영의 방식 중 하나일지도 모른다.

나에게는 이 **짜증귀염** 후배와의 즐거운 일상이 있다. 이 일상을 1초라도 더 오래 유지하는 것도, 내 솔직한 욕망 중 하나라고 여겨도, 괜찮지 않을까?

"……땡큐, 이로하. 이제 감이 좀 온 것 같아."

"에헤헤. 드디어 평소의 선배로 되돌아왔네요."

"그래? 나는 예전과 달라졌다고 생각하는데 말이야."

"효율적인 길을 선택할 때의 선배로 되돌아갔어요."

"아…… 그건, 그럴지도 몰라."

어찌 보면. 《5층 동맹》의 최대 행복을 최고 효율로, 란 콘셉트로 되돌아간 것이다.

이전과 다른 건, 자신의 감정과 똑바로 마주하게 됐다는 점이다.

그래도 어쩌면 좋을지 몰라 고민하던 이 며칠 동안의 나보다는『평소 모습』에 가까울 것이다.

나는《5층 동맹》과 어떤 식으로 마주하면 좋을지, 왠지 알 것만 같은 느낌이 들었다.

망설임을 불식시켜준 이로하, 의문을 던져준 카나리아에게 감사해야겠는걸.

……아무튼 나는 이로하를 향해 고개를 돌린 후, 양손의 손가락을 풀면서 방긋 웃었다.

"—그러고 보니 너, 방금까지 나를 마구 간지럽혔지? 그건 내 간지럼 태우기에 뻗을 각오가 되었으니 한 짓이지?"

"아, 사양할게요. 그런 짓 하면 치한이야~ 하고 외칠 거예요☆"

"그건 너무 불공평하지 않아?"

"물론 선배가 이로하 님의 피부를 만지고 싶다며 사정한다면, 한번 생각해볼 수는 있어요. 진심을 담아 무릎을 꿇고, 이로하 님을 간지럽히게 해주세요~ 하고 울면서 애원한다면—."

"정말이지?"

"어."

"자존심만 좀 버리면 너한테 당한 걸 곱절로 갚아줄 수 있는 거잖아? 싸게 치는 거네."

"잠깐만요. 선배, 농담이죠?"

"당하기만 하는 건 적성에 안 맞거든. —자, 귀여운 목소리로 울부짖어 달라고."

"자, 잠깐만요. 안 돼요. 더 다가오지 마…… 후냐앗~?!"

여름 하늘 아래에서, 단말마 같은 웃음소리가 울려 퍼졌다.

사람을 마구 간지럽혔던 이 짜증녀는 실은 자기도 민감했었다. 내 손아귀에 도망치기 위해 모래사장으로 도망쳤을 즈음에는 경련을 일으키더니 그대로 풀썩 쓰러지고 말았다.

……약하면서 왜 그딴 짓을 한 거냐고…….

그렇게 정신적으로 진척이 있긴 했지만, 남들이 보기에는 그저 즐겁게 놀기만 한 듯한 나와 이로하가 별장으로 돌아왔을 때…….

사건이, 발생했다.

"아, 아키 군…… 이로하 양……."

현관에 도착한 순간, 볼이 헬쑥해진 카나리아가 갓 태어난 사슴처럼 불안정한 발걸음으로 우리에게 다가왔다.

내가 어깨에 걸친 수건에 매달리고서야 겨우 서 있을 수 있는 듯한 그녀에게, 나는 물어보았다.

"왜, 왜 그래요?"

"미안한데…… 도와줘. 어쩌면 좋을지 모르겠어짹."

"으음, 상황을 이해할 수가 없는데요."
"간결하게 설명하자면 말이지……."
초췌한 몰골로 의기소침한 카나리아가 이렇게 말했다.

"무라사키 시키부 선생님과 마키가이 나마코 선생님이 슬럼프에 빠졌어짹."
"아."

나는 그 한마디를 듣자마자, 상황을 바로 파악했다.

*

『자, 트러블슈터 아키 님이 나설 때야.』
『즐거운 투로 그딴 소리 하지 말라고…….』

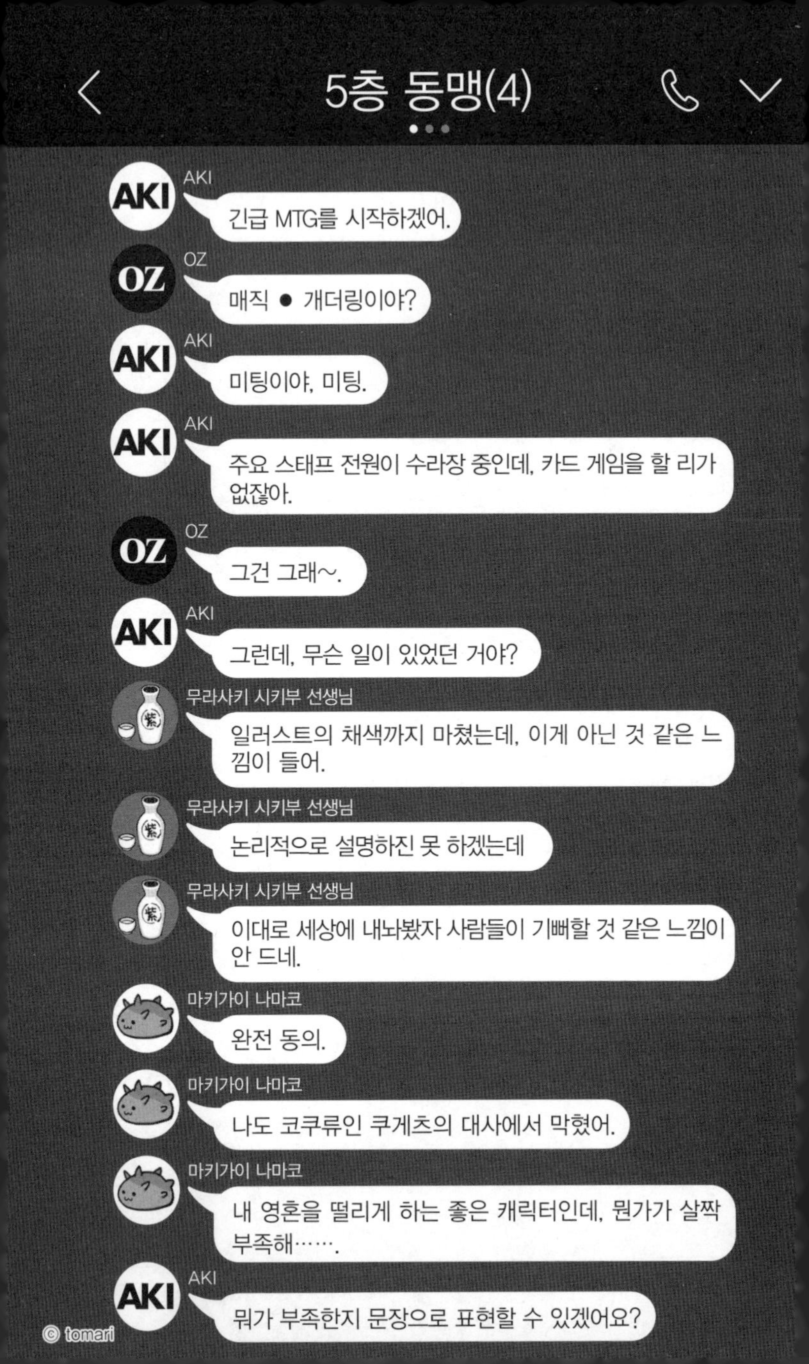
5층 동맹(4)
AKI
긴급 MTG를 시작하겠어.
OZ
매직 ● 개더링이야?
AKI
미팅이야, 미팅.
AKI
주요 스태프 전원이 수라장 중인데, 카드 게임을 할 리가 없잖아.
OZ
그건 그래~.
AKI
그런데, 무슨 일이 있었던 거야?
무라사키 시키부 선생님
일러스트의 채색까지 마쳤는데, 이게 아닌 것 같은 느낌이 들어.
무라사키 시키부 선생님
논리적으로 설명하진 못 하겠는데
무라사키 시키부 선생님
이대로 세상에 내놔봤자 사람들이 기뻐할 것 같은 느낌이 안 드네.
마키가이 나마코
완전 동의.
마키가이 나마코
나도 코쿠류인 쿠게츠의 대사에서 막혔어.
마키가이 나마코
내 영혼을 떨리게 하는 좋은 캐릭터인데, 뭔가가 살짝 부족해…….
AKI
뭐가 부족한지 문장으로 표현할 수 있겠어요?
© tomari

마키가이 나마코

으음….

무라사키 시키부 선생님

내 마음의 거시기가 안 선다고 표현할 수밖에 없네.

AKI

은근슬쩍 음담패설 좀 늘어놓지 말아 줄래요?

OZ

다짜고짜 거시기에 비유하다니, 대단하네.

마키가이 나마코

나는 캐릭터의 대사가 확 죽어버린다고 느껴. 매력이 부족해.

AKI

마키가이 선생님의 문장력으로 퀄리티를 억지로 끌어올리는 건 어때요?

마키가이 나마코

소설이라면 문장을 통해 매력을 증폭시킬 수 있겠지만

마키가이 나마코

분량 배분이 엄격한 게임에선 그럴 수 없다고.

마키가이 나마코

근본적으로 대사 하나하나의 위력을 늘려야 해.

OZ

맞아. 그편이 유저 정착률에도 기여할 거야.

마키가이 나마코

설정을 봤을 땐 「이거다」 싶었는데 말이지.

마키가이 나마코

코쿠류인 쿠게츠. 이 캐릭터의 뭐가 부족한 걸까?

AKI

카나리아 씨가 지정한 마감까지 이틀 남았나….

OZ

그 사람이 멋대로 정한 마감이니까, 여차하면 어겨도 괜찮지 않아?

무라사키 시키부 선생님
신이시여!

마키가이 나마코
역시 OZ야.

AKI
아니, 기왕이면 맞춰보자. 그 후의 작업에도 여유가 생길 거잖아.

무라사키 시키부 선생님
이 악마!

마키가이 나마코
이래서 AKI는 문제야.

AKI
너무 그러지 마.

AKI
이런 상황에 대비해, 대안을 준비해뒀어.

무라사키 시키부 선생님
오오.

마키가이 나마코
어떤 대안이지?

AKI
일단 다들 거실에 모여봐.

AKI
마키가이 선생님은 LIME통화로요.

마키가이 나마코
오케이.

OZ
이제부터 대체 뭐가 시작되는 거지?

AKI
뭐, 일단….

AKI
다 같이 애니를 보자.

010 제10화 …… 친구 여동생이 《5층 동맹》에서 짜증나게 군다

그날 밤. 코쿠류인 쿠게츠 납품 마감까지 앞으로 사흘…… 아니, 날짜가 바뀌었으니 이제 이틀 남았다.

우리는 카나리아장의 거실에 있는 80인치 4K 텔레비전 앞에 모였다.

내 옆에는 이로하, 스미레, 오즈…… 그리고 몸을 움츠린 채 소파 구석에 앉아있는 카나리아가 있었다.

마시로의 모습은 보이지 않는 건, 아직 원고 수정 작업이 끝나지 않아서 방에 틀어박혀 있기 때문이다. 대신은 아니지만, 스마트폰의 LIME 통화 너머에는 이 자리에 없는 마키가이 나마코가 대기하고 있다.

별장에서 일어난 살인 사건을 해결하는 탐정 소설의 추리 파트를 연상케 하는 전원 집합 상태지만, 딱히 이제부터 시작되는 건 거창한 해결편이 아니다.

"자, 일단 애니를 보죠. 이 텔레비전, 넷플리맥스를 볼 수 있나요?"

"넷플……? 응……. 볼 수 있어짹……."

카나리아는 가라앉은 목소리로 그렇게 말했다. 시나리오 담당과 일러스트 담당을 슬럼프에 빠뜨린 데다, 해결 방법도 찾아내지 못해서 꽤 낙심한 것 같았다.

저 상황에서도 말끝에 짹을 붙이는 건, 프로 의식 때문일까. 잘 모르겠다.

"마키가이 선생님도 텔레비전 볼 수 있어요?"

『아…… 여행 중이라 텔레비전이 없는데 말이야.』

"어. 그럼 새 시나리오를 여행지에서 쓰고 있는 거예요?"

『……윽! 아, 아니, 으음, 그게…… 마, 맞아! 모처럼 마감을 해치워서 힐링 좀 하려고 하는데, 너희가 발주를 했잖아!』

"아…… 맞아요. 타이밍이 최악이었네요. 죄송해요."

『게다가 왜 우리 담당 편집자가 진두지휘를 하는 건데? 영문을 모르겠다고.』

대꾸할 말이 없다.

마키가이 선생님의 시점에서 본다면, 경위 자체를 이해할 수 없을 것이다.

『뭐, 그래도 스마트폰이 한 대 더 있으니까 그걸로 넷플을 보면 돼. 뭘 하려는 건지 모르겠지만, 어울려주겠어.』

"그거 다행이네요. 그럼 지금 바로 마이허니의 1화를 시청할 준비를 해주세요."

『마이허니…… 아, 봄 시즌에 했던 그거 말이구나.』

그렇다. 그건 마시로가 막 전학왔을 즈음, 《5층 동맹》의 동료들이 매주 고대하며 시청했던 애니메이션의 제목이다.

"아키, 뭘 하려는 건지 모르겠거든? 설마 현실 도피 삼아 애니 감상을 하려는 거야?"

"정말?! 마감 확 째고 미오의 복부를 탐닉해도 돼?! 끼얏호~~~!!"

"시키부."

"잘못했습니다. ……아니, 내가 왜 혼나는 건데?! 애니를 보자고 말한 건 아키잖아?! 왜 내가 혼나는 거냔 말이야!"

"너무 그러지 말아요, 스미레 쌤. 선배한테 비책이 있을 거예요☆"

"비책~?"

"미심쩍은 눈길로 쳐다보지 마. 너한테도 나쁜 이야기는 아니잖아."

"후후. 재미있을 것 같은 이야기인걸."

『일단 들어는 볼까.』

오즈와 마키가이 나마코 선생님도 긍정적인 반응을 보였기에, 나는 일단 안도했다.

"그럼, 지금부터……."

""""꿀꺽……!""""

동료들은 숨을 삼키며, 기대에 찬 눈길로 내 말을 기다렸다.

그 모습을 보자, 자신의 존재 가치를 인정받고 있는 듯한 느낌이 들었다.

겨우 이 정도로 안도하는 못난 자기 자신을 질색하면서도…….

나는, 나라는 인간이, 원래 가지고 있는 무기로 싸워나가야만 하니 어쩔 수 없다고, 지금이라면 그렇게 생각할 수 있을 듯한 느낌을 받으며…….

"마이허니 정주행, 전부 볼 때까지 못 자YO를 개최하겠어!!"

나는, 당당한 목소리로 그렇게 말했다.

…………………….

…………..

…….

『바보 아냐?』

"윽. 마, 마키가이 선생님. 비판은 환영하지만, 좀 완곡하게……."

『아니, 그래도 모레가 마감이잖아.』

"푸풉. 애니를 보며 낭비할 시간이 없긴 해. 상식적으로 생각하자면, 말이야."

마키가이 나마코 선생님은 당혹스러워했다. 한편, 내가 뭘 노리는 건지 눈치챈 듯한 오즈가 여유 넘치는 미소를 머금었다.

"흐음~. 선배는 진짜 당치도 않은 소리를 하네요."

"바쁠수록 돌아가라는 말도 있잖아. 사면초가인 상황에서 책상에 붙어 있어봤자 한 걸음도 나아갈 수 없어. 그렇다면 재미있는 애니를 접하는 데 시간을 쓰는 게 효율적이야."

"아하☆ 일단 논리적이긴 하네요. 그래도 마감 직전에 그런 전략을 고르는 건 무리거든요? 역시 선배는 재미있다니까요~."

"이렇게 됐으니, 너도 우리와 같이 애니를 즐기는 게 어때?"

"아……."

이로하는 퍼뜩 놀란 표정을 지었다. 내가 하려는 말이 뭔지 눈치챈 것 같았다. 이로하는 실없이 웃으며 말했다.

"그럼, 호의에 따르도록 할게요~."

이로하가 진심으로 기뻐하는 듯한 표정을 짓자, 나까지 기분이 좋아졌다. 《5층 동맹》 멤버 전원이 애니메이션을 함께 보는 것은 이번이 처음이다.

"아아앙, 반가워라~. 여름 시즌에도 『길모퉁이 덤벨 신부 사가』라는 갓 애니가 있었지만, 미오땅의 큐트함과 BL쇼타의 존귀함을 같이 맛볼 수 있는 건 『마이허니』 뿐이거든~!"

"시키부."

"잘못했습니다."

"아냐."

이름을 불렀을 뿐인데 정색&무릎 꿇기를 하는 스미레에게, 나는 악랄한 미소를 지었다.

참을 필요 없다.

평소 같으면 마감 직전의 농땡이는 만 번 죽어 마땅할 만큼 큰 죄지만, 오늘은 특별하다.

프로듀서로서 허락해주겠어.

“괜찮아. 전심전력을 다해 즐겨!”

“우오오오오오오오오오오오오! 신이시여어어어어어어어어어어어어어어!!”

이리하여 《5층 동맹》 전원+카나리아의 여섯 시간 연속 『마이허니』 시청 마라톤이 개최됐다.

*

『역시 마이허니는 3화에서의 기대감이 좋은걸~. 토모미 누님이 죽는 걸 이미 아는데도 울먹거리게 돼. 흐름이 완벽 그 자체라고.』

“이 부분, 완전 장난 아냐…… IF의 세계라도 좋으니까 행복해졌으면 해서, 토모미 언니의 2차 창작을 엄청 그렸다니깐.”

“적의 CG가 위화감이 없는 것도 대단하네. 토모미 누님의 아름다운 사망 신에 일조하고 있어.”

『오즈, 너는 진짜 감정이 매말랐구나…….』

“맞아~, 맞아~.”

“아니, 오즈의 말도 일리가 있어. 작화 코스트를 삭감하면서 연출의 화려함을 양립시키는 데서, 장인의 기술이 느껴져."

『아키, 너마저…….』

"정말~, 이래서 남자들은 문제라니까! 역시 섬세한 여자의 마음을 이해하는 건 우리뿐이네~."

『잠깐…… 어이, 시키부!』

"응? ―앗! 어버버버버!"

"남녀차별적 발언 좀 자제해주세요, 무라사키 시키부 선생님. 그리고 마키가이 선생님도 남성이니까, 성별하고는 상관없다고요."

"그그그, 그래! 이러면 안 되지! 시키부는 덜렁이!"

우리는 LIME에서 리얼타임으로 나누던 대화를, 리얼에서 재현하고 있다.

전원의 취향의 최대공약수 같은 전원이 즐길 수 있는 애니를 보며, 각자의 시점에서 감상을 이야기하고, 때로는 상대의 취향을 비난한다.

시점이 동일한 사람은 단 한 명도 없었다.

하지만 그 하나하나가 조각난 파편을 쌓아 올리면서, 증축에 증축을 거듭한 끝에 예술로 승화된 구룡성채처럼, 일종의 통일감을 자아내고 있었다.

게다가 LIME에서와는 달리…….

"미오의 가장 큰 매력은 주인공 군에게 마구마구 대시한다는 점이에요~. 둔감남이라 눈치 못 채지만요. 저렇게 호의를 마구 드러내고 있는데도 눈치를 못 채니, 더욱 가까이 다가가며 어택하는 모습이 참 기특하고 귀엽다니까요~!"

"바로 그거야아아~!! 이로하도 뭘 좀 아네~~~!!"

『그래. 센스 있는걸.』

"에헤헤~. 그렇지도 않아요~. ……윽, 술냄새! 스미레 쌤. 어느새 보드카를 딴 거예요?!"

"애니를 맨정신으로 보는 건 실례잖아! 이게 나의 전심전력이야!"

LIME에서와 달리, 이곳에는 이로하가 있다.

마치 원래부터 《5층 동맹》의 동료들과 LIME그룹에서 이야기를 나눠온 것처럼, 이로하는 매우 자연스럽게 대화에 참여했다.

물론 이제까지도, 맨션 5층에 사는 이웃으로 여겨져 왔다.

파티에도 꼭 참가했다.

오즈도, 스미레도, 마키가이 나마코 선생님도, 이로하를 동료처럼 여기고 있을 것이다.

하지만 지금은 다르다.

어디까지나 《5층 동맹》 활동의 일환인, 슬럼프 탈출을 위한 애니 감상회다. 리얼 타임으로 애니를 감상하며 감상을 이야기하는 건, 주로 LIME 그룹에서 이뤄졌다. 이로하는 내 스마트폰을 통해, 대화를 훔쳐보기만 할 뿐이었다.

비정상적인 형태로 쌓아 올린 모래성에, 새로운 피스가 정

© tomari

확한 위치에 꽂혔다— 눈앞의 광경이, 나는 그렇게 느껴졌다.

그리고 마이허니의 스토리와 캐릭터에 관해, 서로가 자유분방하게 의견을 한창 나누고 있을 때였다.

모두의 얼굴과 목소리에, 어라? 하는 의문이 어리는 순간이 존재했다.

다섯 시간이 흘러서, 애니메이션이 후반에 접어들었을 즈음의 일이다.

심야 텐션으로 흥분한 스미레와 마키가이 나마코 선생님이 갑자기 움찔하더니, 뭔가를 생각하는 듯한 낌새를 보였다.

—왔구나.

때가 됐다는 것을 감지한 나는 이로하에게 눈짓을 보냈다. 시선이 마주치자, 내 마음의 메시지를 읽은 이로하가 알았다는 듯이 윙크를 했다.

그리고…….

"다들, 눈치챈 것 같네."

영상을 일시 정지시켰다.

화면 앞으로 걸어간 나는 용의자를 줄 세워놓고 추리를 시작하는 탐정처럼 그렇게 말했다.

"마이허니 10화. 이게 열쇠야."

"……아키, 그게 무슨 소리지?"

"여기까지의 스토리 내용과 히로인— 미오의 캐릭터성에

대한 우리의 감상은 제각각이었지만…… 이 10화에는 우리 모두의 감상이 일치하는 타이밍이 있어."

마이허니에서 미오는 초반부터 철두철미하게 「강한 여자」로 그려져 왔다. 남자 주인공을 파트너로 인식하면서도 때로는 신랄한 말을 건네고, 자신의 책무와 사랑 사이에서 흔들리느라 솔직하게 마음을 열지 못했다.

하지만 방송 종반. 10화에서 주인공과 연인 사이가 된 미오는…….

주인공에게 짜증스러울 정도로 치근덕거리게 된다…….

"그 순간, 미오의 묘사는 무라사키 시키부 선생님도, 마키가이 선생님도, 오즈마저도— 최고로 귀엽다고 극찬했어."

의견이 전혀 다르던 우리의, 교차점.

끝까지 평행선을 달리던 우리의 길이, 그 한 점에서 교차됐다.

만약 내가, 《5층 동맹》에서, 다른 누구도 할 수 없는 역할이 있다면, 사막에 숨겨진 모래알만한 보석 같은 그 장소를 찾아서, 다른 이들을 이끄는 것이다.

"우리의 신 캐릭터…… 코쿠류인 쿠게츠를, 우리에게 있어 가장 이상적인 존재로 만들려고 한다면—."

말을 끝까지 잇기도 전에, 이로하가 먼저 앞으로 나섰다.

오즈가, 스미레가. 스마트폰 너머에서는 마키가이 나마코 선생님이. 방 구석에서 카나리아가 지켜보는 가운데, 이로하가 가슴에 손을 대며, 깊이, 깊이 심호흡을 하더니…….

"—**이런 느낌**으로 만들면 되지 않을까?"

홍채의 색깔이 변했다. 표정에서 「이로하」가 사라지더니, 다른 누군가의 얼굴로 뒤바뀌었다.

그것은 스위치가 켜지는 신호다. 평소 같으면 오토이 씨의 스튜디오에서만 보여주는, 연기자로서의 코히나타 이로하의 얼굴이 이 자리에서 모습을 드러냈다.

"종언의 때, 달이 지는 밤까지 함께 있고 싶다. 주인과의 찰나를 그림에 담아, 영원토록 품고 싶다. 그렇게 소망하는 건, 나의 방자한 소망인 게냐?"

이로하는— 코쿠류인 쿠게츠는 금방이라도 사라질 물방울 같은 목소리로 그렇게 물었다.

잔혹한 결말을 예감하며, 안타까움이 어려 있는 눈동자.

손을 뻗지 않으면 후회할지도 모른단 초조함에 사로잡힌 나머지, 이 자리에 있는 모두가 한 순간…… 무심코 자리에서 일어날 뻔했다.

그 정도로, 우리는 이로하의 눈동자에 몰입되어 있었다. 하지만…….

이로하가 갑자기, 입가에 미소를 새겼다.

"농담이니라♪ 후후. 왜 칠칠치 못한 표정을 지은 거지? 나와의 밀회를 상상하며 흥분한 게냐? ……정말, 귀여운 녀석들이구나. 귀여워해 주마♪”

분위기가, 산산이 부서졌다.

오랜 친구처럼 익숙한 분위기로 되돌아가더니, 코쿠류이 쿠게츠는 그 마성의 손가락으로 내 볼을 톡톡 두드렸다.

말투, 동작, 태도. 눈에 보이는 부분은 영겁의 세월을 살아온 흡혈귀답게 오만하지만, 그것은 어찌 보면 현실성을 머금었다. 일상생활 속에서 내가 항상 접하고 있는, 짜증나는 여자의 언동 그 자체였다.

당초 예정되어 있던 코쿠류인 쿠게츠와는 미묘하게 다른 캐릭터성이다.

하지만 그것은 캐릭터가 지닌 매력을 훼손하기는 고사하고, 자양강장제처럼 적절한 자극을 가하고 있었다.

“……오, 오오……!”

스미레는 몸을 앞으로 쑥 내밀며 눈을 반짝였고…….

『이거…… 괜찮은걸…….』

마키가이 나마코 선생님은 스마트폰 너머에서 감탄을 터트렸으며…….

“아~, 그런 거구나.”

오즈는 턱에 손을 대더니, 모든 것을 이해한 듯한 눈길을 나에게 보냈다.

다들 내 의도를 충분히 이해한 것 같았다. 그것을 확인한 나는 역할에 몰두한 이로하의 어깨를 가볍게 두드렸다.

"멋진 연기였어. 땡큐, 이로하."

"……헤헤헤♪ 이야, 재미있는 역할이네요. 하지만 이 애의 대사를 고안하는 건 대박 어렵겠어요☆"

늠름한 흡혈귀의 분위기가 사라지더니, 이로하는 원래의 후배 여고생으로 되돌아갔다.

그 변모에 스미레와 오즈는 망연자실했지만, 이 자리에서는 세세하게 설명할 생각이 없었다. 연극부 일 이후로 이로하가 연기에 재능이 있다는 건 다들 알고 있다. 『검은 새끼 염소가 우는 밤에』의 성우를 혼자서 도맡아 하고 있다는 것까지는 들키지 않았지만 말이다.

그 점은 이로하의 연기가 너무 능숙하기에 들킬 염려가 없고, 나 또한 몇 명의 성우에게 의뢰를 하고 있는지 숨기고 있다. 그러니 그 방대한 숫자의 캐릭터를 이로하가 혼자서 연기할 거라고는 상상도 못할 것이다.

그러니 이 정도 선이라면 이로하의 정체를 숨길 수 있다고 판단해서, 이 퍼포먼스를 구상했다. 약간의 위험 부담을 안으면서 이런 일을 벌인 이유는 하나다.

"어때? 너희가 보고 싶었던 건— 아니, 우리가 보고 싶었던 건, 이런 코쿠류인 쿠게츠 아닐까?"

스미레와 마키가이 나마코 선생님에게 보여주기 위해서다.

화룡점정.

두 사람의 내면에 막연히 떠올라 있는 코쿠류인 쿠게츠란 캐릭터, 그 완벽한 그림에 마지막 한 점을 찍기 위해서인 것이다.

"그…… 그래! 이거야, 이거! 이거야말로 내가 추구하던 쿠게츠땅이야!!"

『고결함과 오만함의 이면에 숨겨져 있는 소녀스러움……. 그것만으로는 부족하다고 생각했어. 하지만 거기에 애정 표현으로서의 깔보는 태도를 더한다면……. 강해. 이 캐릭터는 너무 강하다고!』

"맞아. 중2병 느낌의 미소녀만으로는 기존 캐릭터의 연장선상에 위치할 거야. 하지만 거기에 약간의 짜증스러운 치근덕거림을 더해서, 현재의 우리를 가장 자극하는 형태로 완성시킨 거구나."

"조오오오오오오오오았어, 지금 바로 쿠게츠땅의 마무리 작업에 착수할래애애애애애애!"

『나도 그래야겠어. 오래간만에 의욕이 샘솟는걸.』

"—그래도 이제 최종화까지 2화밖에 안 남았으니까 좀 더 볼래!"

『어이, 너무 의지박약인 거 아냐? ……뭐, 나도 볼 거지만 말이야.』

"그런데 아키."

작가와 일러스트레이터가 흥분을 감추지 못하는 가운데, 오즈는 심술궂은 미소를 머금었다.

"이 귀여움은 《5층 동맹》 전체의 공통 의견은 아니었잖아?"

"응…… 역시 너는 그냥 넘어가지 않는구나."

"마이허니 10화. 미오의 치근덕을, 아키만은 마음에 안 든다고 했어. 어디 사는 누군가가 생각나기 때문에, 좋아할 수 없다면서 말이야."

"……맞아."

"나한테 있어 바람직한 형태로 심경에 변화가 발생했다고 생각해도 될까?"

오즈는 내 속내를 캐려는 듯이 나를 뚫어지게 응시했다.

하고 싶은 말은 잔뜩 있으며, 오즈의 예상 또한 지나치다고 생각한다. 하지만 그것을 말로 표현하는 건 좋은 수가 아니란 느낌이 들었다.

"이게 《5층 동맹》 전체의 공통 의견이야. ―그 이상도, 그 이하도 아니라고."

나는 딱 잘라 그렇게 답했다.

그리고, 동료의 의욕을 상승시킬 결정타를 날린 공로자를 돌아봤다. 그리고 시선이 마주치자마자 의기양양한 표정으로 콧김을 뿜으며 가슴을 펴는 그녀를 향해…….

굿잡, 이라는 듯이 엄지를 치켜들었다.

"헤헤헤♪ ……브이!"

그리고 이로하 또한, 소년 같은 미소를 지으면서, 힘차게 V사인을 날렸다.

*

"너, 어쩔 작정이었던 거야~?"

"뭐가 말이죠?"

"마감 직전에 그런 식으로 농땡이를 치게 했잖아. 비정상적인 짓이야짹."

"……그럴지도 모르죠."

텔레비전 앞에서 마이허니 최종화를 보며 흥분하고 있는 멤버들 사이에서 벗어나 거실에서 커피를 홀짝이고 있을 때, 카나리아가 미심쩍은 표정을 지으며 그렇게 말했다.

나는 쓴웃음을 지었다.

"저 녀석들, 참 이상하죠? 결속이 전혀 안 된다고나 할까……."

"사이가 좋은지 나쁜지, 감이 안 와~."

"맞아요."

원래 팀 운영이란, 하나의 이념 아래에서 하나의 목표를 향해 매진하는 것이 가장 효율적이다. 조직의 가치관에 맞지 않는 인간을 들이고, 매사에 반발하는 그 녀석에게 대처하다 보면, 속도와 통솔이 망가지고 만다.

모난 돌이 된 그 인간은 불쌍하지만, 그런 인간은 조직에서 배제된다. 자기와 마음이 맞는 조직을 찾을 때까지, 정처 없이 헤맬 수밖에 없다.

하지만 《5층 동맹》은 다르다.

"하나같이 동료들과 마음이 맞지 않는 녀석들이지만, 어찌 된 건지 통솔이 되는 블랙박스. 그게 바로 저희예요."

"그 시스템의 내용물은 이해 자체가 불가능하다는 거야?"

"그래요. 왜 이대로 성립이 되는 건지 모르겠지만, 어찌 된 건지 성립이 되고 있죠. 그건 매일 같이 같은 애니를 보고, 같은 게임을 즐기며, 중구난방의 의견을 대충 교환하는…… 그런 식으로 쌓아온 경험의 집대성이기 때문 아닐까 싶어요."

"무라사키 시키부 선생님의 농땡이도, 마키가이 나마코 선생님의 LIME을 통한 트집도, 그 모든 것이 상호 작용을 하면서 작품의 아웃풋을 형성한다……?"

"어디까지나 제 생각이지만요."

애니와 만화, 게임, 그 외의 다양한 오락을 못 하게 한 결과, 무라사키 시키부 선생님은 일러스트 작업에 집중할 수 있었다.

욕망의 핵심을 철저하게 파악하고 있는 편집자에 의해, 마키가이 나마코 선생님은 최고의 시나리오를 구축할 수 있었다.

하지만 거기서 「완성」까지 이끌어가기 위해서는. 『검은 새끼 염소가 우는 밤에』의 업데이트에 걸맞은 최고의 형태로 아웃풋시키기 위해서는. 《5층 동맹》이란 커뮤니티가 쌓아 온, 언어화되지 않는 **공통적인 재미**를 공유할 필요가 있다.

"제가 저들에게 제공할 수 있는 메리트는 아직 많지 않아요. ……하지만, 《5층 동맹》이란 장소의 공기, 거기서 쌓아올린 형태 없는 공통 언어. —그것은, 저를 포함한 《5층 동맹》이기에 창조할 수 있었던 문화예요."

"오호라~. 너는 답을 찾아냈구나~."

싱크대에 등을 맡기며 와인을 한 모금 마신 카나리아는 어른스러운 미소를 머금었다.

붉은 액체가 흔들리며 자아내는 수면을 응시하면서…….

나는 그녀를 향해, 고개를 숙였다.

"감사합니다."

"고맙단 말을 들을 이유는 없어짹. 카나리아 님은 비참한 패배자인걸짹."

"하지만, 처음부터 이길 생각이 없었죠? 제가 소중한 걸 깨달을 수 있도록, 이런 대결을 제안했을 뿐이잖아요."

"…………."

카나리아는 답하지 않았다.

하지만 나는 확신하고 있었다.

진짜로 스태프를 빼앗을 생각이었다면, 나를 박살 낼 수 있는 더 효율적인 방식이 얼마든지 존재한다.

일주일 안에 결과를 내겠다는 무모한 조건을 일부러 제시할 필요도 없다.

고등학생이 여름방학을 만끽할 수 있도록 배려하는 듯한 일정을 제시한 시점에서, 그녀에게 적개심이 없다는 건 명백했다.

"《5층 동맹》에 내가 제공할 수 있는 가치를 생각하라. —그 말 덕분에, 저희 팀을 다시 돌아볼 수 있었어요."

"방심은 금물이야~."

"네. 임시방편의 대답에는 아무런 의미도 없으니까요."

수학처럼, 명확한 답이 존재하지 않는다. 이것은, 내가 《5층 동맹》의 리더인 이상 항상 생각해야만 하는 문제다.

"아하하, 꽤하네. 거기까지 깨달았다면, 더는 할 말 없어째."

카나리아는 피곤한 표정으로 웃었다.

그 표정을 보고, 그녀 또한 이 며칠 동안 무모한 스케줄을 진행하기 위해 전력을 다했다는 것을 눈치챘다.

"그런데, 왜 이런 일을 벌인 거죠? 왜 제가 성장할 수 있도록 도와준 건가요?"

"딱히 너를 위해서 한 건 아냐."

자기는 그렇게 좋은 사람이 아니라는 듯이 미소 지은 후, 카나리아는 말을 이었다.

"너를 도와준 건, 마키가이 선생님을 위해서야. —겸사겸사 카나리아 님 자신을 위해서이기도 해."

"그, 말은……?"

"마키가이 선생님이 자기 책을 미루면서까지, 자기 인생의

절반을 바치려 하는 《5층 동맹》. 기왕이면 강한 집단이 되어주는 편이 선생님이란 브랜드에도 도움이 되거든짹."

"오히려 지금은 저희가 UZA문고의 실적에 기대고 있으니까요. ……언젠가, 꼭 보답하고 싶어요."

"애초에 선생님의 리소스를 빼앗아주지 않는다면 참 기쁠 텐데 말이지짹?"

"……뭐라 대꾸할 말이 없네요."

나는 비아냥이 담긴 그 날카로운 한마디를 듣고 가슴이 뜨끔했다. 하지만 카나리아는 나를 비난할 생각이 없는지, 가볍게 웃어넘겼다.

"뭐, 됐어짹. 너희한테 협력하기로 한 건, 선생님 본인이잖아☆"

"진심으로 감사하게 생각해요."

"그럼, 카나리아 님의 부탁을 하나 들어주지 않겠어?"

"부탁……이라고요? 뭐, 제가 할 수 있는 일이라면……."

"지금 뭐든지 하겠다고 말했지짹?"

"아뇨, 뭐든지 하겠다고는 말 안했어요."

나는 정색하며 부정했다.

물론 농담이겠지만, 편집자를 상대로 언질을 남기는 건 위험하다는 것을 직감적으로 경계했다.

카나리아도 농담이었던 건지, 그 말에 딱히 집착하지는 않았다.

그녀는 호주머니에서 얇은 카드 한 장을 꺼냈다. 손바닥에 쏙 들어갈 사이즈인 그것을 손가락 사이에 끼우더니, 모퉁이 부분에 입맞춤을 한 후에 나에게 쓱 내밀었다.

"너, 카나리아 님의 하인이 안 될래?"

"……네?"

"원래 주목하고 있었지만, 네가 《5층 동맹》을 이끄는 방식을 보고 확신을 가졌어짹. 네가 UZA문고에 들어와 준다면—카나리아 님과 함께, 온 힘을 다해 달려준다면. 십 년 안에 대제국서점을 쓰러뜨릴 수 있다……고 말이다."

그녀가 내민 카드는 UZA문고의 사원 명함이었다.

호시노 카나, 라고 적혀 있었다.

"키라보시 카나리아 열일곱 살. 성은 호시노이고, 진명은 카나. 이쪽 명함을 건네주는 건, 진정으로 인정한 상대뿐이야. ……어때?"

카나리아의 눈빛에서는 장난기를 찾아볼 수 없었다.

단순하게 생각해보면, 엄청난 기회다.

대제국서점만큼은 아니지만 대히트 작가 마키가이 나마코를 데리고 있는 신진기예 출판 레이블의 에이스이자, 개인적으로 대활약 중인 이 유명한 슈퍼 편집자의 제안인 것이다. 업계 지망자라면 군침을 삼키고도 남을 제안이다.

—불가사의한 이야기다.

이 사람은, 내가 뭐라고 대답할지 훤히 알고 있을 것이다.

"감사한 제안이지만—."

나는 이미 마음을 굳혔다.

그 심플하기 그지없는 대답을 입에 담으려던, 바로 그때였다.

"에이. 네가 《5층 동맹》을 우선하리라는 건, 이 카나리아 님도 잘 알아☆"

"알면서 왜 그런 질문을 한 거죠?"

"만약 앞으로 어떤 일이 벌어져서, 피치 못하게 《5층 동맹》을 해산할 수밖에 없게 된다면 말이지? 그때는 이 연락처로 연락을 주지 않을래?"

"즉, 보험으로 삼아도 된다는 거군요."

"뭐, 그런거야~짹. 재수 없는 소리처럼 들릴지도 모르지만, 세상일이라는 건 아무도 모르거든~."

"……그런 건 중요하죠. 진짜로 보험으로 여겨도 된다면, 저로서는 진심으로 감사드릴 일이에요."

실패하면 돌이킬 수 없다. 그런 식으로 자기 자신을 궁지에 모는 것보다, 마음이 조금 편해질 것이다. 설령 이 길을 나아가다 좌절하게 되더라도, 내 편에 서줄 사람이 있다면 정말 든든하리라.

"미끄럼방지턱처럼 쓰이는 게 완전 밥맛이지만~, 이게 다 먼저 반한 내 잘못이야☆"

"……무슨 소리를 하는 거예요. 마음에도 없는 말 마세요."

"아하하! 뭐, 카나리아 님은 아이돌이니까 너만의 것이 되어줄 순 없어☆"

"하아, 놀리지 마세요."

와인을 마시며 깔깔 웃는 성인 여성(외모는 어린애 같지만)의 헛소리를 가볍게 흘려넘긴 후, 나는 거실에서 시끄럽게 떠드는 동료들을 쳐다보았다.

지금 내 옆에 있는 건 엔터테인먼트 업계에서 일류의 실적을 자랑하는 사람이며, 그런 사람에게 인정받는 건 내 평생에 있을까 말까 한 일이리라. 그것은 나 혼자만의 힘으로는 도저히 일으킬 수 없었을 이벤트이기에, 나는 영원히 저 녀석들이 있는 쪽으로는 발을 뻗고 못 잘 것이다.

하지만…….

"저도 돌아가 볼게요."

냉장고에서 토마토 주스를 꺼낸 나는 카나리아에게서 돌아선 후, 거실을 향해 한 걸음을 내디뎠다.

"응. 가봐. 《5층 동맹》의 아키 군."

"네. 정말, 감사했습니다. **호시노 선배**."

지나칠 정도로 선을 긋지는 말자.

내가 선 곳은, 카나리아처럼 크리에이터들과 일정 거리를 유지하는 어른의 관계가 아니라…….

미숙하고 애매모호하며 발밑이 흔들거리는 《5층 동맹》—그 안에 포함된, 퍼즐 조각 중 하나니까.

epilgue1 ······ 에필로그 1 ······ 이제부터 내가 해야 할 일

"신 캐릭터 일러스트, 시나리오, 시스템, 전부 무사히 납품 완료됐으니—."

"딱딱한 인사는 됐어~! 자, 다 같이 수영하자~!"

"앗! 어이, 시키부! 인사 정도는 끝까지 들어!"

"너무 그러지 마! 오래간만에 맞이한 마감 없는 날이잖아! 그것보다 이로하는 오늘 비키니네! 우우, 우와. 장난 아냐. 완전, 에로오오오오~!"

"아하하! 스미레 쌤의 시점이 완전 동정 같아졌네요! 대박~!"

"저질. ……아무튼 이로하는 전투력이 너무 세. 으으…… 에잇. 에잇."

"어. 왜 물 뿌리는 거예요? 마시로 선배, 그만, 우냣~?!"

"이미 바다에 뛰어들었네. ……저 녀석들, 평소 운동 부족이면서 이럴 때만 민첩하다니깐."

그로부터 이틀…… 아니, 사흘 후.

밤샘 마이허니 시청 후, 의욕이 불타오른 스미레와 마키가이 나마코 선생님은 기한 안에 성과물을 내놨다. 거의 같은 시기에 마시로도 원고 수정 작업을 마쳤는지, 조개처럼 꼭 닫혀 있던 작업 방의 문을 열고 밖으로 나왔다.

마감 당일에 노도와도 같은 기세로 작업을 마무리 지은 다음 날, 작업 때문에 지친 우리는 한나절 동안 쓰러져 있었으며…….

사흘째인 오늘은 완벽하게 부활한 후, 귀환 전 마지막 바다를 다 같이 즐기기로 한 것이다.

팀의 대표로서 인사를 해서 분위기를 고조시킬까 했지만, 여자들은 깔끔하게 무시하며 놀기 시작했다. 결국 나와 오즈만이 모래사장에 남겨졌다.

……뭐, 됐어. 대표 인사 같은 건 비효율의 극치거든. 인사를 하면 텐션이 상승할까 싶어 해봤지만, 그렇지 않아도 저렇게 즐거워한다면 괜히 할 필요는 없어.

"수고했어. 아키."

"……너도 수고 많았어."

여자들의 기세에 압도당한 내가 멍하니 서 있자, 오즈가 내 옆에 앉았다.

아름다운 얼굴은 평소와 마찬가지로 단정했지만, 눈 밑에는 나만이 알아볼 수 있을 만큼 어렴풋한 피로의 흔적이 어려 있었다.

"갑자기 신 캐릭터 관련 작업을 하게 되어서, 고생했지?"

"그렇긴 해. 하지만 좋은 캐릭터가 될 것 같아서, 작업하면서 즐거웠어."

"그럼 다행이야."

나는 그렇게 대꾸하며 옆에 앉았다.

바다를 보니 이로하가 튜브에 탄 채 물 위에 둥둥 떠다니고 있었고, 마시로가 바다야말로 자기 고향이라는 듯이 평소와 달리 활기차게 헤엄치고 있었으며, 스미레는 물에 빠지기 직전이었다.

그런, 매우 일상적인 풍경을 보고 있을 때…….

"그건 그렇고, 아키도 꽤 완곡한 방법을 썼잖아. 효율충답지 않아."

"무슨 소리야?"

나는 일단 시치미를 뗐다.

하지만 이 절친만은 속일 수가 없는 건지, 오즈는 빙그레 미소 지으며 말을 이었다.

"코쿠류인 쿠게츠에 무라사키 시키부 선생님과 마키가이 나마코 선생님이 선호하는 캐릭터 매력을 부여할 뿐이라면, 이로하가 그런 연기를 선보일 필요가 없었을 거야. ……그 짧은 연극, 미리 준비한 거지?"

"맞아. ……너는 진짜 놓치는 부분이 없구나."

그 지적은 정확했다.

나와 이로하는 다른 이들이 작업에 열중한 사이, 우리가 할 수 있는 일을 하자는 생각으로 준비를 해왔다.

그것이 바로 「나와 이로하가 생각하는 코쿠류인 쿠게츠」다.

만약 《5층 동맹》의 멤버가 휘청댈 포인트가 있다면, 그것은 코쿠류인 쿠게츠에게 매력이 부족하다고 두 사람이 느끼는 순간이 아닐까. 나와 이로하는 상의 끝에 그런 결론에 도달했고, 미리 대비책을 준비해둔 것이다.

"왜 일부러 마이허니 전편 시청 같은, 비효율적인 일을 시킨 거야?"

"들켰으니 어쩔 수 없지. 너한테만 가르쳐줄게."

체념한 나는 그 노림수를 이야기하기로 했다. 그다지 칭찬받을 만한 이유가 아니라서 말하고 싶지 않았지만, 절친에게 비밀을 만드는 건 싫거든.

저기, 실은— 하고 운을 뗀 후, 나는 이렇게 말했다.

"심야의 하이 텐션일 때 일을 벌여서 납득시키는 게, 가장 손쉬울 것 같더라고."
"그 이유는 좀 너무하지 않아?"

"슬럼프 상태인 녀석에게, 평범하게 프레젠테이션을 해서 설명해줘도 받아들이지 못해. 하지만 밤샘 애니 시청으로 『이런 게 좋은걸』 하고 생각하는 타이밍에, 그런 식으로 매력적인 코쿠류인 사츠키의 연기를 선보이면 분위기에 휩쓸려서 의욕이 상승할 거라고 생각했어."

"감동의 이유가 밝혀지다! 같은 전개를 기대했는데……."

오즈는 약간 실망한 것 같은 표정을 지었다.

“유감이지만, 나는 내 제안이 절대적으로 옳고, 무조건 받아들여질 거라고 믿진 않아.”

이로하의 말을 듣고, 《5층 동맹》의 일원인 나 자신을 소중히 여기자고 생각했다.

하지만 다른 멤버에 비해 능력이 떨어지는 점 또한, 객관적인 사실로 잊어선 안 된다고 생각한다.

“나와 이로하가 내놓은 결론이 어느 정도 성과를 거둘 거라고는 생각했어. 하지만, 그게 받아들여질 수 있도록 최선을 다해 노력하자고도 생각했지. 그 녀석들의 판단력이 저하된 타이밍을 노린 건 좀 비겁한 짓일지도 모르지만…… 그래도, 나는 내가 쓸 수 있는 모든 수단을 쓸 거야.”

“아키…….”

“이런 내가 싫다면, 나와 인연을 끊어도 돼.”

“또 그런 소리 한다~. 아키의 성격은 옛날 옛적에 파악했거든?”

내가 자학적인 느낌이 감도는 발언을 입에 담자, 오즈는 쓴웃음을 머금었다.

내가 어떤 수를 쓰더라도 웃으며 용서해준다. 인정해준다. 어리광을 부릴 뿐일지도 모르지만, 오즈가 이런 녀석이기 때문에 나는 마음 놓고 내 방식으로 나아갈 수 있다고 생각한다.

“그건 그렇고, 연극 때부터 어렴풋이 눈치챘지만—.”

손가락으로 만든 동그라미를 망원경처럼 눈에 댄 오즈가 바닷가에서 노는 세 사람을 쳐다보았다.

아니, 아마 그 중 한 명…… 동생인 이로하를 쳐다보고 있는 거라고, 나는 직감적으로 눈치챘다.

"—『검은 새끼 염소』의 성우는, 이로하였구나."

"역시 더 숨기는 건 무리겠지."

나는 체념하며 그렇게 말했다.

오즈에게 알려지면, 어떤 루트로든 어머니인 오토하에게 그 사실이 알려질지 모른다. 오즈를 의심하는 건 아니지만, 만일 발각되더라도 오즈를 의심하고 싶지 않아서 사실을 밝히지 않았다.

하지만, 이제 한계인 것 같았다.

"항상 아키의 방에서 지내는 데다 파티에도 매번 참가하니까, 《5층 동맹》에 관해 잘 아는 건 당연하다고 생각했어. 하지만 일전의 신 캐릭터 연기— 그건 『검은 새끼 염소』의 문맥을 완벽하게 이해한 사람의 연기였거든."

"설마 네가 『문맥』 같은 말을 할 줄은 몰랐어."

"네 덕분이야. 『검은 새끼 염소』로 국어 문제를 낸다면, 풀 수 있을 것 같아."

오즈의 지적은 날카로웠다.

이로하는 남녀노소, 그 어떤 성격의 캐릭터도 교묘하게 연기할 수 있는 팔색조 목소리의 소유자다.

하지만 『검은 새끼 염소가 우는 밤에』의 등장인물들의 연기에는 근원이 되는 부분에 독특한 분위기가 감돌고 있다.

그것이 이로하의 연기 버릇인지, 아니면 미묘한 호흡이 자아내는 특징인지, 혹은 시나리오와 그림을 포함해 《5층 동맹》이란 집단이 지닌 보이지 않는 무언가가 모여서 탄생한 세계관인지는 알 수 없다. 하지만 그 「무언가」는 엄연히 존재하는 것이다.

그렇기에 『검은 새끼 염소가 우는 밤에』는 다른 누구도 흉내 낼 수 없는 콘텐츠로서, 과잉 경쟁의 시대에서 지지를 얻고 있다.

"연기할 때의 이로하는 참 즐거워 보여."

"응. ……이 일은, 오토하 씨에겐……."

"알아. 말할 리가 없잖아. 나는 아키와 이로하의 편인걸."

"그래주면 고맙겠어."

내가 절실한 어조로 부탁하자, 오즈는 웃으며 고개를 끄덕였다.

그런 그의 시선은 바닷가에서 서로에게 물을 끼얹고 있는 스미레와 마시로를 향했다. 뒤편으로 이동한 이로하는 마시로의 옆구리를 간지럽혔고, 곧 그녀와 뒤엉켜서 서로에게 간지럼을 태우기 시작했다.

"그건 그렇고, 내 동생이지만 엄청난 재능을 지녔는걸. 아키가 짜증스럽게 여기면서도 계속 보살펴준 건, 이로하의 재능을 이 세상에 내놓고 싶기 때문이지?"

"그래. 그 재능이 묻혀버리는 건 사회적 손실이야. 나는, 저 녀석의 재능에 반했거든."

"그렇구나. 그럼 연애 쪽으로는 가능성이 없는 거야? 이로하가 여자애로서 매력적이라서 신경을 써주는 거라고 생각했거든."

"전에도 말했지? 저 녀석의 치근덕은 딱 질색이라고."

"하지만 그런 부분이 귀엽다—고 여기는 츤데레 씨인 줄 알았어. 하지만, 연기의 재능을 높이 평가하는 거였다면, 내 착각이 맞는 것 같네."

"그래. 착각……**이었다**고, 해야 할 거야."

"응? 의미심장한 말투인걸."

내가 밝히지 않은 의도를 눈치챈 듯한 오즈가 고개를 갸웃거렸다.

무시무시할 정도로 머리 회전이 빠른 절친을 보고 어이없어하면서도, 나는 최근 들어 겨우 눈치챈 새로운 사실을 입에 담았다.

"이로하는 짜증나는 녀석이야. ……하지만 그 짜증나는 면도, 귀여운 부분 중 하나이긴 해."

나는 고개를 돌린 채, 볼을 긁적이면서 겨우겨우 그렇게 말했다. 오즈의 얼굴도, 바다에서 놀고 있는 이로하도, 쳐다볼 수가 없었다.

"오오……! 아키가, 드디어……!"

오즈는 몸을 쑥 내밀며 기뻐했다.

항상 나와 이로하를 커플로 만들려고 획책하는 이 녀석은, 방금 내 말에서 희망을 발견했을지도 모른다.

하지만…….

"아, 넘겨짚지는 마. 확실히 이로하의 짜증나는 면도 귀엽다고 생각하지만…… 이건 연애 감정과는 거리가 멀다고 생각하거든."

"어어……. 이 상황에서 그런 소리를 하는 거야? 순순히 항복하는 게 어때?"

"아니, 이건 변명 같은 게 아니라고."

결연의 의식이 열린 날 이후로, 나는 툭하면 이로하 때문에 가슴이 뛰었다. 어쩌면 이것이 연애 감정일지도 모른다는 의심 또한 했다.

하지만 차분하게 생각해보니, 이로하 같은 귀여운 여자애를 접하면서 가슴이 뛰는 것은 사춘기 남자에게 정상적인 반응이다. 그것은 연애 감정과는 별개의, 생리적 현상이라 할 수 있을 것이다.

즉…….

"이로하는 여자로서 매력적이라고 생각해. 하지만, 이게 연애 감정이라고는 생각할 수가 없어. 억지로 그런 식으로 생각할 시기도 아니라고 보거든."

“……《5층 동맹》이, 아직 목표에 도달하지 못했으니까?”

“그래. 게다가 츠키노모리 사장과 한 약속도 있잖아. 마시로가 졸업할 때까지는 가짜 남친인 척하고, 그동안은 진짜 연애는 하지 않기로 했어. ―전부 올바른 곳으로 이끈 후에, 차분하게 생각해봐야 하지 않을까 해.”

그것이, 나 자신의 결심이다.

용기를 내서 고백해준 마시로와……. 나를 어떻게 생각하는지는 모르지만, 항상 곁에서 함께 해주는 이로하와…….

내가 답을 찾아내고 그 두 사람과 진지하게 마주하기 위해선, 우선 이 과제를 클리어해야만 한다.

“……하아. 내 중매쟁이 생활도 길어질 것 같네.”

“아니, 억지로 맺어주려고 할 필요는 없거든?”

오즈가 어이없다는 듯이 어깨를 으쓱하자, 나는 딴죽을 날렸다.

그리고 나는 다시 바다에서 놀고 있는 이로하를 쳐다보았다.

이로하와, 스미레와, 마시로.

일전의 일로 마키가이 나마코 선생님도 이로하를 알게 됐을 것이다.

중학생 시절. 오즈를 따라 코히나타 가에 갔을 때, 그 집 거실에서 무료한 표정을 짓고 있던 친구 여동생이 지금은 다른 이들과 장난을 치며 즐겁게 놀고 있었다.

우등생의 가면을 쓴 채 주위와 무난한 거리를 유지하면

살아온 이로하와는, 전혀 다른 얼굴이다.

한동안 내 앞에서만 보여줬던 저 짜증나는 얼굴을, 마시로와 스미레 앞에서도 아낌없이 드러내고 있다.

그리고 그 얼굴은, 놀라울 정도로 귀엽다는 생각이 들었다.

그래서, 생각했다.

저 녀석이 진심으로 즐거워할 때의 저 짜증나는 얼굴을, 짜증나면서도 귀여운 얼굴을, 이 세상에 널리 알리고 싶다. ……하고 말이다.

짜증나지만 귀여운 여자애가 현실에 존재한다. 이로하는 이로하인 채로 당당히 살아가는 편이 매력적이다. 그렇게 고함쳐서, 사회가 인정하게 만들고 싶다. ……하고 말이다.

프로듀서로서의 욕구가 점점 고개를 치켜들었다.

"저기, 이달 말에 여름 축제가 열리지? 그 후에는 문화제도 하잖아."

"응. 이벤트 천지인 가을이 벌써 고대 돼."

"이벤트 준비를 하며 클래스메이트와 교류하고, 새로운 청춘을 구가하는, 그런 계절이야."

"후후. 아키가 『청춘』 같은 단어를 입에 담을 줄은 몰랐어. 그래. 이로하의 짜증귀염을 인정하면서도, 너도 조금은 변했나 보네?"

"응. 그런 청춘 이벤트를 통해, 꼭 하고 싶은 일이 있어."

내가 이제부터 무슨 말을 하려는 건지 눈치챈 것일까. 오즈는 싱글벙글 웃으면서, 내 말을 기다렸다.

하지만 미리 말해두겠는데, 나와 오즈의 의식은 치명적으로 어긋나고 있었던 것 같았다. 자기 내가 한 점의 의문도 품지 않으면서 당당히 내뱉은 발언에, 오즈는 한동안 사고회로 정지 및 당혹감에 사로잡혔다. 그리고 10초 후, 「엥, 그거야?」 하고 딴죽을 날렸다.

하지만, 나에게 있어 그것은 진심으로 해내고 싶은 일이다. 《5층 동맹》 전원이 행복해질 수 있는 최적의 답을 찾는다는 내 방침에서도 전혀 벗어나지 않는다.

그리고 무엇보다…….

나와 오즈와 마시로와 오토이 씨와 미도리가 졸업한 후, 교사인 스미레를 제외하면 학생 중에서 외톨이가 되어버릴 이로하를 위해서도 필요한 일이다…….

"문화제에서, 이로하에게 동급생 절친을 만들어주고 싶어. 그 녀석이 마음을 열 수 있는, 치근덕댈 수 있는 상대를—나한테 있어, 오즈 같은 절친을 말이야."

epilgue2 ······ 에필로그 2 ······ 사장 정례 회의

내 이름은 츠키노모리 마코토. 어디에나 있을 법한 평범한 나이스 미들이다. 남과 좀 다른 점을 꼽자면, 세계적인 경쟁력을 자랑하는 거대 엔터테인먼트 기업 허니플레이스 워크스의 대표이사 사장이라는 점일까.

검은색 고급 차의 후방 좌석, 부드러운 쿠션에 몸을 맡긴 나는 창밖을 쳐다보았다.

일류 유리 장인이 만든 것처럼 푸르고 투명한 바다. 이렇게 아름다운 광경을 볼 수 있는데도 도로를 달리는 차량은 거의 없으며, 몇 분 전에 스쳐 지나간 **안전 운전에 매우 힘쓰는 투박한 사륜 구동차** 뿐이다.

이 앞에 있는 아름다운 모래사장이 어느 부호의 개인 소유지가 아니라 관광지였다면, 내 전속 운전사도 이렇게 편안한 드라이브는 하지 못할 것이다.

키라보시 카나리아. 본명은 호시노 카나.

그녀의 별장이 바로, 지금 내가 향하는 곳이다.

UZA문고의 대히트작을 원작으로 한 스마트폰 게임 애플리케이션의 앞으로의 전개에 대해 그녀와 이야기를 나누기로 되어 있다. 그녀가 여름 동안 별장에 머물고 있었기에,

이렇게 먼 곳까지 찾게 된 것이다.

사장이 직접 교섭을 할 건이 아니라고 부하들은 말했지만, 나는 현장 출신이라 그런지 직접 투자를 결정한 안건은 내 손으로 진행시키고 싶었다.

『어차피 슈퍼 아이돌 편집자 카나리아 씨를 만나고 싶은 것뿐이잖아요…….』

비서는 어이없다는 투로 그렇게 말했지만, 그건 사실무근이다.

이 세상 남성의 인기를 그녀가 한몸에 모으고 있다는 건 알고 있으며, 실제로도 귀여운 외모를 지녔다고 생각한다.

하지만 내 여성 취향에 맞지 않기에, 노릴 마음이 전혀 들지 않았다.

이미 다섯 번이나 만났는데도 베드인은 고사하고, 손조차 잡지 않은 것이다. 이 사실을 통해 나를 신용할 수 있을 거라고 생각하지만, 내 비서는 꽤 엄격했다.

하아. 나는 인터넷 만남 앱을 통해 원조교제녀에게 메시지를 보내며 한숨을 내쉬었다.

새하얀 모래사장과 커다란 별장이 보였다. 검은색 고급차는 그 별장의 주차장에 세워졌다. 약간 주름이 생긴 재킷을 펴면서 바람처럼 차량에서 내리는 신사— 흠, 내가 생각해도 참 멋진 아저씨란 생각이 들었다.

자신의 멋진 모습에 만족하며 여름 하늘 아래에 선 나를—.

"이렇게 먼 곳까지 와주셔서 감사해요, 츠키노모리 사장님. 이쪽으로 오시죠. 이미 회담 준비는 마쳤답니다."

고스로리 큐트 레이디— 호시노 카나가 공손히 고개를 숙이며 맞이했다.

"마시로의 신간은 어떤 느낌인가?"

"정말 재미있어요. 약간 독기가 가시긴 했지만, 원래부터 지나치게 개성적이라 독자들 사이에서 호불호가 갈렸으니까요. 오히려 딱 적당한 수준이 됐다고 생각해요."

"그래. 순조로운 것 같아 다행인걸."

별장 안. 응접실로 안내된 나는 고급 소파에 앉아서, 고급 홍차의 향기를 맡으며, 그 기쁜 소식에 미소 지으며 수염을 쓰다듬었다.

그리고 호시노 양은 눈앞에서— 평소, 슈퍼 아이돌 편집자 키라보시 카나리아로서 활동할 때와는 전혀 다른 청초한 태도로 앉아있었다.

"그녀는 전학을 한 후로 참 밝아졌어요. 《5층 동맹》의 시나리오를 맡은 후로 좋아지는 징조가 보였지만…… 츠키노모리 사장님의 안배 덕분이려나요."

"역시 남자를 추켜세우는 걸 잘하는걸."

"아뇨. 저는 사실을 말할 뿐이니까요."

겸손한 그녀를 보며 웃음을 터뜨린 나는 사랑하는 딸의 1년

전 표정을 떠올렸다.

방에 틀어박혀서 소설만 쓰던 딸. 때때로 집안에서 마주쳐도, 이 세상 전체가 하찮다는 듯한 표정을 짓고 있었다. 그런 마시로를 볼 때마다 아버지로서 괴로웠다.

그러던 어느 날, 호시노 양에게서 이런 보고를 받았다.

『《5층 동맹》이란 인디즈 게임 제작 집단의 의뢰를 맡았다고 하네요. 마키가이 선생님은 어찌된 건지 매우 적극적이지만…… 신원불명의 집단이니 동향에 주목하겠어요.』

개인 제작 게임 같은 건 도중에 기획이 좌절될 것이 뻔하다. 게임 제작이 얼마나 어려운지 모르는 풋내기가 비상식적으로 인기 신인 작가에게 접촉했고, 아직 세상 물정을 모르는 마시로가 그 제안을 받아들였을 뿐이다.

당시의 나는 그런 냉정한 생각을 하며 그 보고를 들었다.

하지만 그 후, 『검은 새끼 염소가 우는 밤에』는 실제로 서비스가 시작됐으며, SNS상의 감상과 마키가이 나마코의 인기 덕분에 점점 그 존재감이 커져 갔다.

"그리운걸. 처음에는 수상한 이야기라고 생각했는데…… 게다가 그 《5층 동맹》을 이끄는 게 조카라는 걸 알았을 때는, 여자애에게 칼침 맞고 죽는 줄 알았지."

"……칼침을 맞는다면, 그건 전혀 다른 인과관계에서 비롯된 것 아닐까요?"

"냉철한 일침을 날려줘서 고마워. ……아무튼, 아키테루 군이 『검은 새끼 염소』의 멤버 전원을 내 회사에 취직시켜달라고 나한테 말했을 때는 꽤나 놀랐다니깐."

"경영자의 핏줄, 이라는 걸까요."

"내 멍청한 아들이 그걸 이어받아 줬다면 좋았을 텐데 말이야. —뭐, 그 이야기는 제쳐두지."

그 순간, 여러 실 가닥이 한 가닥이 뭉쳐지는 느낌이 들었다.

마시로를 사회 복귀시키기 위한 기회— 아니, 사회 복귀 같은 건 아무래도 좋다. 소중한 딸이, 옛날처럼 즐겁게 하루하루를 살게 된다. 그 가능성을 현실로 만들기 위해, 나는 아키테루 군에게 마시로를 맡기기로 했다.

"통조림 여행지에서 아키테루 군 일행과 합류했다고 했지? 방금까지 마시로도 비롯해, 전원이 여기에 있었겠군."

"네. 겸사겸사 그의 실력을 시험해봤죠. ……괜한 짓이었을까요?"

"하하하. 괜찮네. 그 정도 나이에는 무슨 일이든 다 경험이 될 테지."

나는 웃으면서 홍차를 한 모금 마셨다.

그러자 호시노 양은 열기 어린 한숨을 내쉬며 볼에 손을 대더니, 그윽한 눈길을 띠며 중얼거렸다.

"아하, 그래도 청춘은 참 좋네요~. 그를 보고 있으니, 고등학생 때로 되돌아간 것 같았어요. —그렇게 귀여운 미소녀 **둘**에게 사랑받다니, 참 부러워요~."

"푸웁—!!!"

20세기 개그 프로냐, 하고 스스로에게 말하고 싶을 정도로 입안의 홍차를 코미컬하게 뿜었다.

다행히 고개를 돌린 덕분에 호시노 양이 홍차에 젖지는 않았지만— 아니, 그런 건 아무래도 좋아!

"둘? 둘이라는 게 무슨 소리지?!"

"네? 마시로 양과—."

"그래, 마시로는 알고 있네. 마시로는 말이지. 진짜로 그렇고 그런 사이가 되면 좀 그러니까 계약을 제시했고 말이야."

"???"

호시노 양은 가짜 커플 계약에 대해 모르기에, 의아하다는 듯이 고개를 갸웃거렸다.

하지만 이건 중차대한 사태야, 아키테루 군.

"마시로 말고도, 아키테루 군과 청춘을 구가하고 있는 여자애가 있다는 건가?"

"어, 그런데요. 모르셨나요? —코히나타 이로하 양이에요."

"코히나타…… 이로하……."

그러고 보니 아마치 사장의 딸이 아키테루 군과 친하다는 이야기를 들은 적 있다.

정확하게는 아마치 사장의 아들인 코히나타 오즈마 군과 아키테루 군이 친구 사이이며, 코히나타 이로하 양은 어디까지나 『친구 여동생』이라고 들었는데…….

"사이가 참 좋아 보였어요. 정반대의 타입 같지만, 잘 어울리더라니까요."

"맙소사……."

"어?"

나는 불법적인 약의 기운이 떨어져서 금단 증상이 일어난 듯이 부들부들 떨리는 손을, 관자놀이 쪽으로 가져갔다.

그리고 전쟁에서 패하기 직전인 독재자 같은 표정으로, 나는 고함을 질렀다.

"이야기가 다르잖아!! 빌어먹을!!"

"아……."

호시노 양이 지뢰를 밟았다는 듯이 쓴웃음을 흘리며 볼을 긁적이는 가운데, 나는 굳게 결의했다.

조카의 청춘 상황에 대해, 면밀히 조사하기로 말이다……!

epilgue3 …… 에필로그 3 …… 스마트폰을 떨어뜨렸을 뿐인데

두근, 두근, 두근, 하며 심장이 시끄럽게 뛰었다.

어깨에 닿은 좋아하는 이의 감촉, 그리고 미묘하게 체온을 공유하는 감각에 가슴이 뛴 탓에 여행의 피로에서 비롯된 졸음이 싹 가시고 말았다.

돌아가는 차 안. 스미레 선생님이 운전하는 사륜구동차가 해안 도로를 안전 운전하며 나아가고 있었다. 창밖의 바다는 예술작품처럼 아름답지만, 관광지가 아니라 그런지 이 광경을 즐기며 달리는 차가 거의 없었다. 방금 스쳐 지나간 검은색 고급 차뿐이었다.

인적 없는 도로. 조용한 차 안.

뒷좌석에서 아키와 어깨를 맞대고 있는 상황.

마시로에게는 최고의 환경이었기에, 볼이 달아오르는 것을 막을 수 없었다.

카나리아 씨, 완전 대박.

잠시 후에 별장에서 중요한 회의를 하기로 되어 있다면서, 스미레 선생님의 차로 돌아가게 해준 것은 진심으로 감사한다.

하지만…….

"쿨…… 헤헤. 선배는, 진짜 못 말리겠네요……. 흠냐흠냐."

"으음…… 안 돼…… 저리 가…… 밀려오는, 짜증…… 쿨, 쿨……."

"…………."

뒷좌석에서 아키의 체온을 만끽하고 있는 건, 마시로만이 아니다.

아키를 사이에 두고 반대편에 앉아서 그의 어깨에 머리를 얹은 채 기분 좋은 듯이 자고 있는 이로하 양의 모습을 보니, 약간 울컥했다. 아키는 마시로의 남친이니까, 좀 배려를 해줬으면 좋겠다는 생각이 들었다. ……가짜 남친이기는 해도 말이다.

일단 자신도 아무 말 없이 아키와 어깨를 더욱 밀착시켰다. 음, 이걸로 됐어.

조수석에 앉은 코히나타 군과 운전석의 스미레 선생님은 이쪽 상황을 눈치채지 못했고, 깨어 있는 세 사람은 아무 말 없이 시간을 보내고 있었다. 마키가이 나마코의 비밀에 대해 스미레 선생님과 이야기를 나누고 싶지만, 코히나타 군— OZ가 깨어 있으니, 그럴 수도 없었다.

그러니 아키의 체온을 느끼고 가슴을 두근대고 있을 수밖에 없다. 응, 이건 불가항력. 어쩔 수 없는 일.

—그건 그렇고, 여름방학에 아키와 함께 바다에 다녀왔네. 용기를 내서 전학하기 잘했어.

작년까지의 즐겁지 않은 학교생활을 떠올리니, 지금 자신이 소설 속에서 망상을 하고 있는 게 아닌가 하는 생각이 들었다.

하지만 이것은 꿈도, 소설도 아니다. 그것은 아키의 따뜻한 체온이 증명해주고 있다.

"…………."

그와 동시에, 1년 전에는 느끼지 않았던 괴로움도 맛보고 있다. 날카로운 가시가 가슴을 찌르는 것만 같았다.

반대편에 있는 이로하 양의 얼굴을 보니, 그 고통이 더 커졌다.

처음으로 생긴 동성 친구.

그와 동시에, 같은 사람을 좋아하는 게 틀림없는 연적(라이벌).

마시로가 마감에 쫓기거나 바다에 왔다는 흥분으로 머릿속이 가득 차 있는 사이, 어느새 아키와 이로하 양이 가까워진 듯한 느낌이 들었다. ……카게이시 가에서의 요상한 의식에도 저 두 사람이 참가했었다.

……왠지, 아키는 마시로가 자기 애인이라는 걸 잊은 것 같지 않아?

아니면 가짜 커플이라는 게 들통난 걸까. ……그럴지도 몰라. 마시로는 애인 행세하는 걸 자주 깜빡했잖아.

그래서 자기한테도 기회가 있다고 생각한 이로하 양이 이렇게 적극적인 공세를 펼치는 걸까.

………….

……아냐. 괜찮아.

이로하 양은 어디까지나 OZ의 여동생이야. 친구 여동생에 불과한걸.

마시로는 《5층 동맹》의 크리에이터로서, 아키와 함께 꿈을 좇고 있다는 어드밴티지가 있어.

이로하 양의 연기에 재능이 있다는 걸 생각하면, 성우로 활동하는 것도 가능할 거야. 아키가 그쪽으로 프로듀스를 해주려 하지 않는다면, 《5층 동맹》에 멤버로 들어올 일은 없어.

"……하아."

거기까지 생각한 후, 아무에게도 들리지 않게 한숨을 내쉬었다.

진짜 저질이야. 이로하 양을 따돌리려고 하면 어떻게 해.

하지만 싫은걸. 이로하 양과 친해지고 싶지만, 사랑을 하고 있다는 이유만으로 이렇게 죄책감을 느끼게 돼.

좋아하는 사람이 아키가 아니라면 얼마나 좋았을까. 이로하 양이 다른 사람을 좋아한다면, 커플 폭파 주의자인 마시로도, 진심으로 응원해줬을 거야.

"으…… 으응."

"……!"

옆에 있던 아키가 몸을 뒤척이자, 마시로는 화들짝 놀랐다.

마치 마음을 읽힌 듯한 타이밍이라서 놀랐지만, 아키는

정신이 든 것 아니라 그저 무의식적으로 위치를 조정했을 뿐이었다.

그 바람에 아키는 쥐고 있던 스마트폰을 놓쳤다.

"잠들기 직전까지 일을 했구나. ……아키다워."

후후, 하고 웃음을 흘렸다.

못말린다고 생각하면서 스마트폰을 주워든 순간, 문뜩…… 그래, 진짜로 문뜩……. 진짜로 의도한 것이 아니라 우연히, 스마트폰의 화면이 눈에 들어왔다.

"……어?"

그리고, 무심코 그렇게 중얼거렸다.

"응~? 마시로, 왜 그러니?"

"……읏! 아, 아무것도 아냐. 진짜로 아냐."

운전석에 있던 스미레 선생님이 묻자, 허둥지둥 스마트폰을 아키의 엉덩이 옆에 숨기듯 두며 그렇게 얼버무렸다.

딱히 의심스럽지는 않았는지, 스미레 선생님은 「그래?」 하고 중얼거리면서 다시 운전에 집중했다.

그 모습을 보며 일단 가슴을 쓸어내렸다.

"…………."

하지만, 그던 대체 어떻게 된 거지?

아키의 스마트폰에 표시된 화면.

그것은, LIME을 통해 누군가와 대화를 나누는 화면이었다.

—오토이 씨.

연극부의 도우미로서 아키가 데려왔던 여학생이며, 《5층 동맹》의 음향 쪽을 도와주는 인물이라고 들었다.

그러니 그 사람과 연락을 나누는 건, 이해가 된다.

신 캐릭터의 시나리오, 일러스트, 신 시스템이 갖춰졌으니, 다음은 성우와 스케줄을 맞춰서 레코딩을 해야 한다. 그런 흐름으로 일이 진행된다는 건, 마시로도 안다.

하지만, **그 대화**는 대체 어떻게 된 거지?

《AKI》—그렇게 됐으니, 이번에도 레코딩을 부탁하고 싶은데요.

《오토이》 츄파드롭.

《AKI》 서른…… 아니, 특별요금으로 쉰 개에 어때요?

《오토이》 오케이~. 그럼 나도 슬슬 돌아갈 준비를 해야겠네~.

《AKI》 피서지에서의 휴가를 방해해서 미안해요.

《오토이》 뭐~, **코히나타**의 레코딩은 즐겁거든~. 오케이~ 오케이~.

《AKI》 고마워요. **이로하**와 스케줄을 맞춘 후, 다시 연락할게요.

《오토이》 알았어~.

머릿속에서 철컥철컥, 하는 소리를 내며 퍼즐이 맞춰지고 있었다.

《5층 동맹》의 구성원은 프로듀서 AKI, 엔지니어 OZ, 일러스트레이터 무라사키 시키부 선생님, 시나리오라이터 마키가이 나마코.

하지만 이 네 명의 주요 멤버 외에도, 외부 스태프가 있다. 사운드 엔지니어인 오토이 씨도 그중 한 명이다.

그리고 잊어선 안 되는 것이 바로, 정체불명의 성우 집단 X라고 SNS 상에서 불리는 존재…….

『검은 새끼 염소가 우는 밤에』의 캐릭터 보이스를 담당하는 성우의 이름은 공개되지 않았다.

어마어마한 바리에이션을 자랑할 정도로 캐릭터가 다양한 만큼 여러 사람이 성우를 담당하고 있다는 설, 어떤 사무소의 신인 성우를 한꺼번에 기용했다는 설, 혼자서 모든 배역을 연기하는 슈퍼 베테랑 성우가 협력해주고 있다는 설— 다양한 억측이 나돌고 있다.

하지만, 그 정체불명의 성우X가 누구인지는 생각해볼 필요도 없다.

그 때.

마시로를 괴롭히던 여자애에게 겁을 줬을 때의, 그 무시무시한 깡패 연기.

위기에 처한 연극부를 구원한 국민 여배우 빰치는 연기.

그리고 이번에, 코쿠류인 쿠게츠의 진정한 모습을 선보였을 때의, 연기.

객관적으로 정리해보면, 이제까지 눈치채지 못한 게 이상할 지경이다.

아키의 바로 옆에, 이렇게 연기를 잘하는 인재가 있다면…….

결론은, 나온 것이나 다름없다.

"이로하 양이…… 《5층 동맹》의, 성우……."

그 말은 누구의 귀에도 들어가지 않은 채, 그저 검은 물방울이 되어, 마시로의 가슴속 깊은 곳에 떨어졌다.

© tomari

■작가 후기

독자 여러분, 안녕하십니까. 아키테루가 짜증귀염에 함락당할 위기에 봉착한 제4권. 혼신의 한 권을 전해드렸다는 자부심을 품으며 이 후기를 쓰고 있는 작가, 미카와 고스트입니다.

이번에도 제작 과정에서 일어난 폭소 확정 에피소드를 들려드리고 싶습니다만, 이번에는 원고가 스무스하게 진행된 탓에 그런 에피소드가 전혀 겪지 않았다는 사실에 아쉬움을 느끼면서 담당 편집자인 누루 씨에게 「우랏!」 하고 기합을 지르며 원고를 투척했습니다.

『동생짜증』 사상 최고봉의 갓 에피소드를 썼다는 자부심에 사로잡힌 저는 유명 강타자가 공을 친 순간에 홈런을 확신하며 홈까지 느긋하게 걸어오는 심정으로, 담당 편집자의 절찬을 당당히 기다렸습니다.

그리고 며칠 후, 담당 편집자인 누루 씨한테서 예상대로 최고 클래스의 절찬 감상이 왔고—.

"재미있기는 한데, 왜 이 엄청 존귀한 장면에서, 이런 표현을 쓴 건가요?"

……어이어이, 이 갓 에피소드를 쓴 사람은 바로 나라고. 고개를 갸우뚱거릴 만한 표현을 썼을 리가 없잖아.

저는 해당 부분을 읽어봤습니다.

튀김옷을 벗어던지듯, 단숨에 래시가드를 벗어던졌다.

……어?(눈 깜빡)

튀김옷을 벗어던지듯, 단숨에 래시가드를 벗어던졌다.

……어어어???(고개 갸웃)

분위기가 완전히 박살 날 만큼, 뜬금없는 「튀김옷」이었습니다. 왜, 저기에. 그 의문의 해답은 나중에 판명됐습니다. 아무래도 그 문장을 쓴 날, 저는 저녁으로 튀김을 먹었던 겁니다. 그것도 역사와 전통 있는 가게의 맛있는 튀김을 말이죠. 가리비 튀김. 그 바람에 일어난 비극입니다.

결국 그 부분은 『저주받은 구속구를 파괴하듯, 단숨에 래시가드를 벗어던졌다』라는, 매우 멋진 문장으로 수정했습니다. 큰일날 뻔 했네요.

여러분도 문장을 쓸 때는, 저녁 식사로 먹은 튀김을 조심하십시오.

아무튼, 이번 4권은 드라마CD 첨부 특별판도 발매됐습니다. 『동생짜증』은 앞으로 더욱 기세가 상승할 듯합니다. 앞으로도 재미있는 일이 잔뜩 벌어질 테니, 독자 여러분께서도 계속 응원해주시면 감사하겠습니다! —이상, 미카와 고스트였습니다!

■역자 후기

안녕하십니까. 근로청년 번역가 이승원입니다.

『친구 여동생이 나한테만 짜증나게 군다』 4권을 구매해주셔서 진심으로 감사드립니다.

어느새 봄이 지나고 여름이 찾아오려고 합니다.

그에 따라 초대받지 않은 손님, 모기도 늘어나고 있네요.

빨리 모기 대책을 세우지 않았다간 얼마나 고생하게 될지…… 일단 전기 모기채와 모기장부터 완비할 생각입니다.

예전에 살던 산 중턱보다는 모기가 덜할 것 같습니다만, 그래도 미리 조심을 하는 게 좋지 않을까 싶습니다.

독자 여러분도 모기와의 공전절후의 대결에서 승리하십시오!

그럼 『친구 여동생이 나한테만 짜증나게 군다』 4권에 관해 이야기를 좀 해볼까 합니다.

스포일러가 포함되어 있을 수도 있으니 본편을 안 읽으신 분은 유의해주시길!

『친구 여동생이 나한테만 짜증나게 군다』 4권은 여름 바다 여행 편…… 네, 진짜로 여름 바다 여행 편이었습니다.

스미레 선생님에게 반(?) 납치를 당해 산속 마을로 끌려간 아키 일행은 무사히 최종 보스와 결판을 냈습니다.

그리고 이제 진정한 바다 여행 편이 시작되나 했더니…… 이번에는 묵을 곳이 없어서 여행을 못 가게 되는 사태가 벌어지죠.

하지만 바람처럼 나타난 초 슈퍼 아이돌 편집자, 키라보시 카나리아가 자기 별장을 내주면서 무사히 바다 여행 편으로 돌입합니다.

이대로 미녀들의 수영복 구경이나 하며 해피하게 끝나나 했습니다만…… 역시 『동생짜증』은 호락호락하지 않았습니다.

시크릿 보스 겸 초 슈퍼 아이돌 편집자인 카라보시 카나리아가 아키를 막아서고, 아키는 자신은 비교조차 안 되는 실력을 지닌 카나리아에게 압도당하고 맙니다.

그렇게 열등감에 사로잡히려던 아키를 구원해주는 건……. 아마 독자 여러분도 예상이 되실 바로 그녀!

지난 편이 무자비한 절단 신공이라 이번에도 또 그런 일이 벌어지나 걱정했습니다만, 예상과 달리 깔끔하게 마무리가 되더군요. ……에필로그에서 핵폭탄이 투하되지만요.^^

아키와 마시로, 이로하의 관계가 어떻게 변할지, 벌써부터 궁금합니다!

그럼 이만 줄이겠습니다.

항상 재미있는 작품을 맡겨주시는 L노벨 편집부 여러분에게 진심으로 감사 드립니다. 앞으로도 잘 부탁드립니다!

코로나를 핑계로 반 년 넘게 집들이를 안 온 악우들이여. 너희 주려고 사놓은 고기가 상하겠다고…….

마지막으로 언제나 제게 버팀목이 되어주시는 어머니와 『친구 여동생이 나한테만 짜증나게 군다』를 읽어주신 모든 분께 진심으로 감사 드립니다.

진실에 직면한 츠키노모리 부녀의 역습(?)이 기대되는 4권 역자 후기 코너에서 다시 뵙겠습니다!

2021년 4월 말

역자 이승원 올림

친구 여동생이 나에게만 짜증나게 군다 4

초판 1쇄 발행 2021년 5월 10일

지은이_ mikawaghost
일러스트_ tomari
옮긴이_ 이승원

발행인_ 신현호
편집부장_ 윤영천
편집진행_ 김기준 · 김승신 · 원현선 · 권세라 · 유재슬
편집디자인_ 양우연
관리 · 영업_ 김민원 · 조인희

펴낸곳_ (주)디앤씨미디어
등록_ 2002년 4월 25일 제20-260호
주소_ 서울시 구로구 디지털로 26길 111 JnK디지털타워 503호
전화_ 02-333-2513(대표)
팩시밀리_ 02-333-2514
이메일_ lnovelpiya@naver.com
L노벨 공식 카페_ http://cafe.naver.com/lnovel11

ISBN 979-11-278-5970-1 04830
ISBN 979-11-278-5641-0 (세트)

값 7,800원